Chaos en

Ander werk van Joost Zwagerman
bij De Arbeiderspers:

De houdgreep (roman)
Langs de doofpot (gedichten)
Kroondomein (verhalen)
De ziekte van jij (gedichten)
Gimmick! (roman)
Vals licht (roman)
Collega's van God (essays)
De buitenvrouw (roman)
In het wild (essays)
Het jongensmeisje (verhalen)
Pornotheek Arcadië (essays)
Landschap met klein vuil (columns)
Bekentenissen van de pseudomaan (gedichten)
Zes sterren (roman)

Joost Zwagerman

Chaos en Rumoer

Roman

Uitgeverij De Arbeiderspers
Amsterdam · Antwerpen

Eerste druk (geb.) augustus 1997
Tweede druk (ing.) augustus 1997
Derde druk september 1997
Vierde druk oktober 2002
Vijfde druk november 2002

Omslagontwerp: Ron van Roon
Omslagillustratie: Jill Greenberg/Photonica/Image Store

ISBN 90 295 5860 1/NUR 301
www.boekboek.nl

Voor Ariëlle en Thijs

The closer he tried to get to describing how he arrived at becoming this failure rather than another, the further he seemed from the truth. True lives belonged to others, or so others believed.

Philip Roth, *Sabbath's Theatre*

Inhoud

Augustus

I

Nadat Otto Vallei zich zes maanden lang iedere dag in zijn werkkamer had opgesloten om aan een roman te werken, biechtte hij zijn vrouw Karin op dat hij nauwelijks vorderingen had gemaakt. En zelfs dat was een zonnige voorstelling van zaken. In zekere zin was hij niet eens aan die roman begonnen.

Karin reageerde tamelijk laconiek op Otto's bekentenis, wat hem eerst verbaasde, daarna opluchtte en uiteindelijk zachtjes kwetste. Hij kon natuurlijk niet van haar verlangen dat ze net als hij diep ontgoocheld was, maar een minimum van solidaire somberheid had hij toch wel van haar verwacht. In plaats daarvan was ze alleen maar nieuwsgierig. Waarschijnlijk kon ze het zich niet goed voorstellen dat iemand in zes maanden tijd zó weinig kon uitvoeren. Zelf kon Otto het zich achteraf ook niet goed voorstellen.

'Heb je echt niets op papier gekregen?' vroeg ze. 'Niet eens één zin, zoals Jack Nicholson in *The Shining*?'

Hij gaf haar tien A-viertjes waarop hij die ochtend iets schamels had uitgeprint. Hij had de computer het aantal woorden, regels en zelfs lettertekens laten berekenen.

'Zesduizend woorden en nog iets. Vijfhonderdeenentwintig regels. Een gruwelijke oogst na een halfjaar. Vind je niet?'

De dagen na zijn bekentenis klaagde Otto dat hij niet aan het werk kwam, omdat hij allerlei verplichtingen had: lezingen, recensies schrijven, dat soort dingen. Bovendien ging iedere dag wel een paar keer de telefoon. Hij had geen leven zo.

De telefoon was sinds jaar en dag een van zijn ergste vijanden. Niets was funester voor het heilig vuur dan het ijzingwekkende gerinkel. Iedere keer dat de telefoon ging, trof het geluid hem als een goed doordachte poging hem in een hoek te drijven waaruit niet viel te ontsnappen. Niet opnemen was onmogelijk; hoe langer het gerinkel aanhield, hoe meer dwang erin doorklonk. Je moest opnemen. Je móest. Anders was je slap en laf. Slap en laf en bang. Dus nam je op.

En er veranderde niets. Je blééf slap en laf en bang – met dit verschil dat aan de andere kant van de lijn iemand aan je stem kon horen hoe slap en laf en bang je was. Een antwoordapparaat leek het perfecte redmiddel. Maar vrijwel iedereen die een boodschap insprak, eindigde met het verzoek om terug te bellen. Zo schoot je nóg niets op. Als het aan hem had gelegen, waren Karin en hij indertijd telefoonloos gaan samenwonen. Maar kennissen hadden hem bezworen dat je dat een vrouw niet kon aandoen.

Uiteindelijk bleek Otto's bekentenis over zijn beschamende improductiviteit toch nog ergens goed voor te zijn, want Karin en hij bereikten een compromis inzake de telefoon. Het toestel ging niet de deur uit – dat weigerde Karin – maar wel vroegen zij een geheim nummer aan. Verder annuleerde Karin namens Otto, die zich al drukbezet en geclaimd voelde met één afspraak in het verschiet, de twee lezingen die hij had staan voor de komende maanden. Zo vielen ook de laatste drukkende verplichtingen weg, en Otto had goede moed dat het schrijven alsnog zou gaan lukken.

Maar toen de telefoon stil bleef en zijn agenda bevrijdend leeg was, begon hij zich te ergeren aan het zoemen van de ventilator in zijn computer. Bovendien was het licht in zijn werkkamer niet goed. Tussen tien en twaalf uur viel een hinderlijke streep ochtendlicht diagonaal over zijn tafelblad en 's middags scheen de zon vol op het raam. Zo zou het niemand lukken iets van belang te schrijven. En hij moest ook nodig een nieuwe bureaustoel.

Otto bevestigde een donkerblauw rolgordijn voor het raam. Nu kwam er een onheilspellende duisternis in zijn werkkamer te hangen. Dat was ook weer niet de bedoeling. Hij kocht tweedehands lamellen. Maar die maakten een hinderlijk flappend geluid wanneer het tochtte in huis.

's Nachts werken ging hem evenmin goed af. Overdag had hij er geen last van, maar na elf uur 's avonds stoorde het hem dat de buizen in de badkamer soms suisden. Het geluid klonk precies door tot de plek in de kamer waar zijn bureau stond. In het weekend speelde de buurman schuin boven – Otto en Karin woonden in een driekamerflat in Buitenveldert – de halve middag klarinet. Je wist van tevoren nooit of de buurman voor de zaterdag- of zondagmiddag zou kiezen. Speelde vriend buurman zaterdag, dan was Otto de dag erna nog te verontwaardigd over zoveel burengerucht om rustig te kunnen werken. Werd het zondag, dan had hij zaterdag voor niets in angstige spanning gezeten, onzeker of de stilte nou wel of niet aan flarden zou worden gemusiceerd.

Soms waren de omstandigheden ideaal. Stil huis, mooi daglicht. Maar telkens wanneer hij op het punt stond om met aarzelende vingers het toetsenbord van zijn tekstverwerker te beroeren, was het alsof er een schaduwgedaante in hem opstond die hem van binnenuit bij zijn polsen pakte en hem honend begon toe te fluisteren. Dat hij het niet kon, schrijven. Nooit hád gekund. Dat al zijn pogingen hopeloos en meelijwekkend waren. Dat hij maar beter kon stoppen. Echt waar. Stop er toch mee, vriend...

En Otto stopte. Schriftje dicht, computer uit. Zeker wanneer de schaduwgedaante hem niet langer vriend of makker noemde en in plaats daarvan dreigende taal begon uit te slaan, bedacht hij zich geen moment en stoof zijn kamer uit, wég, naar buiten, waar hij begon aan een gejaagde wandeling door de buurt, af en toe gepijnigd glurend naar moeders met kinderen, autowassende mannen, onschuldige fietsers en al die anderen die onkundig waren van zijn bitter lot.

Hij begon serieus na te denken over verhuizen. Een nieuwe woning betekende behalve een heropleving van inspiratie en werklust hopelijk ook een ontsnapping aan de groteske schaduwterrorist. Desnoods was hij bereid om een huis te *kopen*. Het waren niet de minsten die zich een literaire productiviteit afdwongen door het juk van een hypotheekaflossing. Maar waar moesten Karin en hij naartoe? Otto zwoer bij Buitenveldert. Het was het enige deel van Amsterdam waar hij het kon uithouden. En het stemde hem altijd bijzonder tevreden wanneer Buitenveldert door Amsterdammers werd afgedaan als een curieus aanhangsel dat niets te maken had met het smoel van hun stad. Met zo'n imago hield je de zelfstrelende culturele bohème ver uit de buurt. Hier was je gevrijwaard van wat zijn uitgever Arnoud Zegel 'de club van OSM' noemde: Ons Soort Mensen, de blitse, bijdehante binnenstadbewoners en de verwaten arrivés in Zuid. Buitenveldert was een verrukkelijke *grey area*, door bijna iedereen gemeden, of het nu was uit stadschauvinisme of provinciale xenofobie. Van Leijenberglaan, Van Nijenrodeweg, Kastelenstraat, het had evengoed Amersfoort of Apeldoorn kunnen zijn. Dat was het zoete geheim van Buitenveldert: het was de provincie in Amsterdam.

Otto had Karin al een paar keer voorgesteld om écht de stad uit te trekken. Daar was ze fel op tegen. Toen ze elkaar zes jaar geleden hadden leren kennen, woonde Karin nog in de Marnixstraat, volgens Otto ziekmakend centraal, maar háár was het er wel bevallen. Met de emigratie naar die driekamerflat in Buitenveldert had ze naar eigen zeggen al een enorme concessie gedaan. Ze wilde ten minste binnen de stadsgrenzen blijven wonen en was ongevoelig voor Otto's argument dat dit waarschijnlijk de doodssteek voor zijn schrijverschap betekende.

Op een ochtend vroeg zij hem tijdens het ontbijt: 'Waarom ga je niet eens iets anders doen?'

Otto legde zijn mes en vork neer. 'Hoe kun je dat nou zeggen? Ik loop al maanden met een gedetailleerd plan in mijn hoofd. Het zou misdadig zijn om dat nu weg te leggen en aan iets anders te beginnen.'

Hij hoopte dat Karin hem nu naar de bijzonderheden van dat plan zou vragen. Maar dat gebeurde niet.

'Zo bedoel ik het niet,' zei ze. 'Ik heb het over ander werk. Een baan. Buiten de deur. Even niet schrijven.'

Nu was Otto ontzet.

'Een báán? Wat voor baan?' Verwilderd begon hij met zijn papieren servet langs de rand van zijn bord te vegen.

'Iets waar je aardigheid in hebt. Het hoeft ook niet meteen voor veertig uur te zijn. Neem een halve baan. Dan werk je de ene helft van de week buitenshuis en heb je de andere helft tijd voor je *writer's block*.'

Otto pakte zijn vork en maakte er korte stootjes mee in de lucht, zoals een dronkeman met gestrekte wijsvinger een ander in de borst kan prikken.

'Nooit van m'n leven,' zei hij op het ritme van de vorkstootjes. 'Een schrijver die niet leeft voor z'n werk kan maar beter meteen ophouden. Iets anders doen' – er klonk een scherpe verontwaardiging in zijn stem door, alsof Karin hem had voorgesteld om in duistere stegen onschuldige voorbijgangers te molesteren – 'is het begin van het einde. De kladderadatsch treedt onherroepelijk in. Dan kun je de literatuur net zogoed vaarwel zeggen.'

Karin had een nectarine in vier gelijke partjes gesneden waarvan ze er twee aan Otto gaf. Met volle mond zei hij: 'Ik heb trouwens helemaal geen *writer's block*. Ik ben op zoek naar een juiste tóón. Dat is wel even iets anders.'

Hij pakte de nectarinepit van Karins bord. Strijdlustig zoog hij de strengen vruchtvlees eraf. Toen hij van tafel opstond, bedacht hij dat het misschien geen gek idee was om aan een roman te beginnen over een schrijver die maar niet aan het schrijven komt. Toegegeven, zoiets was al ontmoedigend vaak gedaan. Bovendien werd het schrijvers doorgaans sterk afgeraden het vak zelf tot onderwerp te maken, niet in de laatste plaats door oude, eerbiedwaardige literatoren die het konden weten omdat ze zich er ooit zélf aan hadden bezondigd. Maar waren dit reële bezwaren? Als iets niet wilde lukken, wilde het bij hem misschien op een originele manier niet lukken. Er waren drie of vier manieren om op een fiets te stappen maar wel drieduizend om ervanaf te vallen.

Karin vertrok altijd om kwart over acht naar haar werk. Ze was procesmanager op een handelskantoor in Diemen. Die ochtend ruimde Otto stil jubelend de tafel af. In zijn werkkamer plaatste hij de klopboor in de muur boven het raamkozijn. Zalmkleurige gordijnen, aangeschaft op een markt in Zaandam, hulden zijn kamer in een morsige schemering die, dat besefte hij onmiddellijk, werken onmogelijk maakte. Het deerde hem niet. Hij had een onderwerp!

2

Sinds Arnoud Zegel directeur was van uitgeverij Orakel, verkeerde iedereen op kantoor opvallend vaak in een staat van verhuizing. Zegel had in twee jaar tijd vijf kamers versleten en nog steeds niet zijn plek gevonden in het grachtenpand. Telkens zette hij een herindeling op touw. Redacteuren en andere personeelsleden gingen morrend akkoord met iedere wisseling van plaats in het pand. Arnoud Zegel had zich eens tegenover Otto een kantoornomade genoemd. Otto had zijn uitgever in totaal misschien een keer of tien ontmoet, maar dat was genoeg geweest om een nauwelijks verhulde zelfvertedering te bespeuren.

Otto was een halfjaar niet op de uitgeverij geweest. Ooit was hij er een keer zonder aankondiging binnengewandeld, maar dat was de bedoeling niet, had hij begrepen uit de wat schrikachtige reactie van de directiesecretaresse. Arnoud Zegel hield er een klein kastensysteem op na. De bestsellerauteurs konden op ieder tijdstip bij hem binnenvallen. Dichters, essayisten, vertalers en andere fondsauteurs wier boeken een oplage van duizend niet overstegen, moesten daarentegen ongeveer twee weken van tevoren dag en tijdstip van bezoek vastleggen. Daartussenin zat de grote middenmoot van schrijvers die niet behoorden tot de groep die een minieme oplage kon paren aan een gedegen reputatie bij de critici van kwaliteitskranten, maar die zich evenmin mochten rekenen tot de financiële steunpilaren van Orakel. Wie behoorde tot die middengroep moest eveneens bellen voor een afspraak, zij het niet twee weken maar twee of drie dagen van tevoren. Otto had Arnoud Zegel drie dagen geleden opgebeld. Donderdagochtend om tien uur had de uitgever nog drie kwartier openstaan.

Om vijf voor tien stond hij aan de balie van Orakel. De receptioniste vertelde dat meneer Zegel zich kortgeleden bij een nieuwe herindeling ergens achter in het grote pand had gevestigd. Zij legde Otto uit welke trappen en gangen hij moest nemen. Onderweg passeerde hij de kamers van correctoren, vormgevers en pr-medewerkers. Overal stak hij kort zijn hoofd om de deur. Hij kwam te weinig op de uitgeverij om te weten of hij er graag gezien was, maar het gaf geen pas om zonder te groeten rechtstreeks naar de directiekamer te gaan.

De receptioniste had vermoedelijk zijn komst aangekondigd, want juist toen Otto wilde aankloppen deed Arnoud Zegel de deur open. De uitgever stak een vinger op en zei geluidloos articulerend: 'Eén minuut.' Hij had een draadloze telefoon aan zijn oor en was in gesprek met drie verschillende mensen óf met iemand die drie talen door elkaar husselde, want Zegel sprak beurtelings Frans, Duits en Engels. In de tussentijd zag hij kans Otto een stoel te wijzen. Otto ging zitten en gluurde naar de boekenkast achter het directiebureau. Net als in boekhandels keek hij vanuit zijn ooghoeken naar het staartje van het alfabet, vrijwel altijd rechtsonder in de kast.

Otto zag Updike, Vestdijk, Vian, Vidal. Geen Vallei.

Arnoud Zegel sloot zijn gesprek af met een zin die begon in het Engels en eindigde in het Frans en legde toen met een zucht de telefoonhoorn op tafel. Hij stond in literaire kringen bekend als een sluwe vos, en volgens aspirant-journalisten in studentenblaadjes, die het als hun missie beschouwden om autoriteiten als Zegel te jennen en neer te halen, zag hij er ook uít als een vos, met zijn spitse, beweeglijke hoofd en felle ogen die zich met een naar sadisme neigende voldoening vernauwden wanneer hij weer eens een ontzagwekkend uitvoerig citaat opdreunde dat niemand onder zijn gehoor kon thuisbrengen. Toch had Otto zelden associaties met een vos wanneer hij tegenover zijn uitgever zat. Wel dacht hij soms aan een hond, aan een retriever om precies te zijn. Het kwam niet vaak voor, maar áls Zegel eens naar een ander luisterde, dan tuitte hij zijn lippen en kreeg zijn blik iets onverwacht trouwhartigs. En wanneer hij snel iets doorlas, wreef hij in gedachten over de zijkant van zijn neus. Op die ogenblikken had Zegel iets van een knuffeldier op leeftijd, een oude schoothond die hield van grote, strenge vrouwen met zachte, warme handen. Totdat hij zijn mond opendeed. Dan was hij weer de autoriteit die hij wilde zijn. Zegel was klein van stuk maar had ter compensatie een stem als een legerofficier. Die stem zette hij ook nu op, terwijl hij zijn hand koesterend over het telefoontoestel liet gaan.

'Draadloze communicatie, wat een zegen. Een elegant basisstation op mijn bureau, drie, vier *handsets* die rondzwerven in het pand, en het bestaan van een uitgever biedt weer perspectieven. Hier, zie je die display? Daar staat het nummer op dat je belt maar ook de gesprekskosten die je maakt, en met een cijfercode plus drie keer drukken op de stertoets verschijnen er de weersvoorspellingen voor eigen land alsmede de exacte tijd en temperatuur in barre oorden, van Kazachstan tot Opper-Volta.'

Zegel pakte het toestel van tafel en gaf het aan Otto, die het welwillend maar zonder een greintje belangstelling bekeek. Hij behoorde tot een harde kern van weigerachtigen die de verdwijning van de draaischijf betreurden en dagelijks in stilte protesteerden tegen het afschaffen van de kalme fluittoon tussen kengetal en abonneenummer.

Zegel keek even dromerig voor zich uit en legde het apparaat weer op tafel nadat Otto het aan hem had teruggegeven.

'Een Siemens 9571, de Miss Universe onder de draadloze schonen. En ze worden steeds ranker en slanker. Mijn vorige toestel, een Edsom, lag nog in de hand als een jongevrouwenkuit. Maar deze hier is als een kinderpolsje zo licht. Met zo'n toestel in je hand verzoen je je voor even met je lot. Wij zijn allen nietig en schriel, Otto, dat zul je met me eens zijn. Maar zo'n toestel is een troost. Jij weet natuurlijk wat Henri Michaux in zijn *Apparitions* beweerde over de menselijke proporties in verhouding tot het ons omringende.'

'Mm mm,' deed Otto neutraal, en wist dat de ander wist dat hij het niet wist.

Zegel zette zijn gezicht in de citeerstand: blik schuin omhoog, kijkend naar niets in het bijzonder.

' "Het leven is een reuzenepos, en wij beleven het als mieren..." Vrij naar Michaux, hoor. Heel vrij. Die vrijheid is mij toegestaan, Otto. Een béétje lezer heeft de beschikking over honderden citaten die borrelen en gisten in de murwgelezen hersenpan en waar hij naar hartelust op mag variëren. Is het warm hier?'

Dat was het inderdaad. Otto had zijn bovenste overhemdknoopje losgemaakt. In Zegels kantoor waren ondanks de tijd van het jaar alle ramen potdicht. Otto vroeg of er misschien één open mocht.

'Liever niet,' antwoordde Zegel beslist. 'Ik hou wel van een inpandige tropentemperatuur. Hitte doet alles verdampen, behalve de kennisvoorraad in het mooie hoofd van een heethoofd. Je kent de gewoonte van de Numidiërs, Otto, zoals beschreven bij Herodotus?'

Zegel wachtte Otto's mm-klank niet eens af. 'Als hun kinderen nog heel klein zijn, schroeien de Numidiërs, dat vreemde volkje, met hete kolen het vel van hun schedel. Je begrijpt: niet alleen scheppen gaat van au. Dat doen ze natuurlijk niet zomaar. Als de kinderen later groot zijn, zullen ze minder last hebben van de zon. Geef toe, daar zit iets in. En wat denk je? Van alle volkeren op aarde zijn de Numidiërs het gezondst. Je weet, Otto, dat Flaubert eens gekscherend in een van zijn brieven aan zijn vriendin Louise Colet schreef dat hij op Numidische wijze is grootgebracht. Daar herken ik wel wat in. Ik heb, letterlijk, een dikke huid. Vooral dus hier.' Zegel tikte zich monter op de vrijwel kale schedel. Alleen boven zijn oren en op zijn achterhoofd had hij nog haar. 'Ik ben dan ook geheel immuun voor andermans warhoofderij, een eigenschap die mij zéér geschikt maakt voor dit vak.'

Zegel pauzeerde even, vermoedelijk om het kleine zelfportret te overdenken. Een blik op zijn telefoontoestel bracht hem weer bij de les. Er welde een floers van tederheid achter de flesdikke brillenglazen.

'Kijk nou toch eens, die kleine kokette Siemens. *A blessing*, en nu eens niet *in disguise*. Nog even en de Heere Heere zal draadloos kond doen van een eventuele reprise van zijn oudtestamentische grillen. Dankzij de telefoon, Otto, kunnen wij ons God wanen. Wij lispelen malkander fijne en edele dingen toe en verkeren soms in de waan dat de stem aan de andere kant van de lijn rechtstreeks van boven komt. Ja, wij worden door dit soort apparaten gestimuleerd tot het doen en denken van mooie, móóie dingen.'

'Je gaat er zelfs drie talen tegelijk van praten,' zei Otto.

Even keek Zegel hem niet-begrijpend aan. Toen klaarde zijn gezicht op.

'Ah, je bedoelt mijn gesprekje van zonet. Dat was Angelica Perrault. Angelica en ik springen altijd van de ene wereldtaal naar de andere. Angelica is scout voor Flammarion, HarperCollins en nog drie andere Europese uitgeverijen. Ze belde vanuit Frankfurt, GSM natuurlijk, ze heeft een Panasonic 400, met MEMO-toets en faxdatainterface. Dat toestel heb ik haar vorig jaar getipt. Zo'n 400 is méér dan een telefoon, Otto. Het is een metgezel, een vertrouweling, een geestverwant. Ken je die vormgeving? Brancusi in digitalis! Maar nu vraag jij je natuurlijk af, wat doet iemand als Angelica nú al in Frankfurt?'

'Precies,' beaamde Otto lusteloos.

'Je weet, de Buchmesse barst pas los in oktober, maar ondernemende types als Angelica gaan tegenwoordig eind augustus al naar Frankfurt om in alle rust zaken te doen. Ze heeft zojuist na, ik mag wel zeggen, *intens* lobbyen door Orakel *Morpheus voorbij* van Eddy Waterland aan Flammarion verkocht. Nederland is aan het *boomen*, Otto! Na Duitsland komen nu ook Spanje, Frankrijk en Scandinavië over de brug.'

Otto knikte kort. Tot nog toe *boomde* hij niet mee. Hij had bij Orakel twee romans en een verhalenbundel gepubliceerd, die onvertaald waren gebleven. Onvertaald zijn werd met het jaar een grotere schandvlek. Er waren nog maar nauwelijks Nederlandse schrijvers te vinden van wie nooit iets was vertaald. Behalve natuurlijk de groep die minimaal twee weken van tevoren voor een afspraak moest bellen, maar zij telden niet echt mee bij het vaststellen van dit soort ontwikkelingen in de literatuur. Als iemand in een gezelschap van goed verkopende en veel vertaalde schrijvers het woord Frankfurt liet vallen, ontstond er prompt een nauwelijks te beteugelen opwinding tijdens welke men op onnatuurlijke fluistertoon anekdoten over buitenlandse redacteuren en uitgevershuizen uitwisselde.

Otto had zich erbij neergelegd dat hij in druk waarschijnlijk altijd eentalig zou blijven. Maar het was iets anders dat hij zo nodig deelgenoot moest worden gemaakt van het zoveelste kruideniersuccesje van Eddy Waterland. Arnoud Zegel had er duidelijk geen idee van dat Otto iedereen uit de Nederlandse literatuur het allerbeste van de wereld wenste, met uitzondering van zijn fondsgenoot Ed Waterland, de jonge bestsellerauteur die, zo had Otto het ooit voor zichzelf geformuleerd, romans schreef over wat je van zijn gezicht kon lezen: verval in postmoderne tijden. De vroegoude tronie van de zich al jarenlang als fris en jeugdig afficherende Waterland was sowieso een vooraankondiging van zijn werk; onder zijn ogen hingen zwaar uitstulpende wallen, die door hun meerlagige sikkelvorm nog het meest leken op twee schaaltekeningen van de Amsterdamse grachtengordel, het stukje Nederland dat in Waterlands boeken steevast als plaats van handeling werd opgevoerd.

'Ik zag dat je tijdens mijn gesprek met Angelica een blik op onze winkel wierp, Otto.' Arnoud Zegel maakte met zijn duim een liftersgebaar naar de grote kast achter zich. 'De drie Valleien zijn er niet. Dat heeft een reden, ik herhaal: dat heeft een reden. Ik zal straks naar het magazijn bellen en drie nieuwe exemplaren laten bezorgen. Dan is Orakels bescheiden *tableau de la troupe* weer compleet.'

Otto glimlachte betrapt. Zijn uitgever had hem wel iets subtieler kunnen wijzen op zijn ijdel spieden. Maar Zegel keek hem welwillend aan.

'Weet je waarom ze er niet staan?' ging hij verder. 'Ik heb gisteren alledrie je boeken meegegeven aan Bengt Frihallsson, buitenlandredacteur van Slössarö.'

Arnoud Zegel leunde achterover in zijn directeursstoel en zweeg veelbetekenend. Waarschijnlijk verwachtte hij dat Otto aan een vreugdedans rond het bureau zou beginnen. Toen die uitbleef, zei hij met een uitgestreken gezicht: 'Slössarö is, zoals je ongetwijfeld zult weten, een van de gezaghebbende uitgevershuizen van Noorwegen.'

Otto knikte en trok tegelijkertijd zijn mondhoeken naar beneden als teken dat hij onder de indruk was.

'Ik schat je kansen hoog in,' sprak Arnoud Zegel. 'Zeker *Oud zeer* zou het daar wel eens heel goed kunnen gaan doen.'

Oud zeer was Otto's laatstverschenen roman. Een jonge intellectueel heeft een ingewikkelde, conflictueuze relatie met zijn vader, van beroep advocaat. Als de vader overlijdt, stuit de zoon op fraude en belangenverstrengeling in diens achtkoppige praktijk. Otto vroeg zich af waarom speciaal *Oud zeer* de Noren zou moeten bekoren. Ging Noorwegen misschien gebukt onder grootschalige juridische malversaties? Hij besloot Arnoud Zegel, die aan een verhandeling was begonnen over vertaalbeleid en Noorse royalties, dit soort vragen te besparen.

Oud zeer had een vergelijkbare ontvangst gekregen als zijn twee eerdere boeken. Geen laaiend enthousiaste kritieken, geen boekentoptien, shortlist of aanmoedigingsprijs. Maar volgens zijn vaste redacteur, de hartstochtelijk optimistische Wout Rookershoofd, was er geen enkele reden tot ontevredenheid. Nog nooit was er één werkelijk slechte recensie over Otto's werk geschreven, en *Oud zeer* was toch maar mooi op de longlist van de Eurobank-prijs terechtgekomen. (Otto: 'Maar daar staan wel vijfentwintig titels op.' Wout: 'Nou en? Maakt dat jouw plaatsje minder waard? Je staat ertussen, Otto. Dat heb je toch maar voor elkaar gebokst. Vergeet niet: er waren zo'n driehonderd inzendingen. Driehonderd! Je laat dus tweehonderdvijfenzeventig snurkers je achterlicht zien!')

Met drie boeken op zijn naam was Otto zich steeds ongemakkelijker gaan voelen onder het uitblijven van enige uitgesproken reactie in de literaire kritiek. Nee, hij was nooit met de grond gelijkgemaakt, maar evenmin had iemand zijn werk ooit opgehemeld. Zijn debuut van zes jaar geleden, *Bastion van onschuld*, was met geruisloze routine ontvangen. *Bastion van onschuld* beschreef een heftige eerste liefde tussen twee werkstudenten in Berlijn, waar Otto overigens nooit één stap had gezet. Het was een tedere, brutale en opmerkelijk hecht geconstrueerde roman, die door de literaire kritiek zachtmoedig werd besproken zonder dat er één recensent melding had gemaakt van die tederheid, brutaliteit en hechte constructie. Otto vreesde dat men hem vanaf het begin had ingedeeld bij de *verdienstelijke* auteurs.

Als hij in een drukke winkelstraat wandelde en per ongeluk tegen iemand opbotste, maakten de ander en hijzelf altijd keurig hun excuus. Nooit had iemand hem een klap verkocht of hem zelfs maar uitgescholden, maar een spontane flirt had hij er evenmin aan overgehouden. Zo was het ook zijn boeken vergaan: recensenten liepen er toevallig tegenaan en excuseerden zich beleefd in twee kolommen.

'Andersom ligt het natuurlijk wat moeilijker,' zei Arnoud Zegel. Hij vouwde zorgelijk zijn handen. 'Slössarö rekent erop dat wij de voorhoede van hun fondsauteurs hier uitgebreid introduceren nu zij inmiddels al dertig Nederlanders in vertaling hebben gebracht.'

Otto keek van schrik naar een halflege plank in Arnouds boekenkast en fixeerde zijn blik op een kleine buste van een woest ogende Rus. *Dertig*? Wat was daar gaande in Noorwegen? En wanneer zou hij eens aan de beurt zijn? Voor even vergat hij de milde gedachten over zijn onvertaaldheid. Boos overwoog hij nog dezelfde dag het

Nederlands Vertaalfonds op te bellen en iedereen daar eens flink de mantel uit te vegen. Die types van het Vertaalfonds hadden nooit één stap voor hem gezet. Hij zou een literair agent nemen. En een tussen-agent. Hij zou in oktober op eigen gelegenheid naar de Frankfurter Buchmesse gaan. Hij zou van uitgever veranderen.

Nu herinnerde Otto zich weer de reden van zijn bezoek. Met een half oor volgde hij een nieuw exposé van Arnoud Zegel, die inmiddels was overgestoken van Noorwegen naar Oostenrijk en opsomde welke auteurs van Orakel onlangs een signeertournee langs Weense boekhandels hadden gemaakt. Otto wees naar een pakje Gauloises op tafel.

'Mag ik?'

Arnoud Zegel maakte een uitnodigend gebaar. Otto rookte haast nooit; nu stak hij met bijna plechtige bewegingen een sigaret op. Zijn eerste trek ging vergezeld van een damesachtig kuchje. En terwijl zijn uitgever zich vermoedelijk afvroeg waar en bij wie in Wenen hij ook alweer was gebleven, greep Otto de korte stilte aan om van onderwerp te veranderen.

'Ik kom je iets vervelends vertellen, Arnoud.'

Zegel wipte even met één bil van zijn stoel. Misschien was zijn uitgever bang dat hem niet meteen zou worden gezegd wát voor vervelends en dat hij ernaar zou moeten raden. Verwarrend genoeg voelde Otto zich warm worden van opwinding toen hij zei: 'Ik heb besloten om te stoppen met schrijven.'

'Ach!' Arnoud Zegel hief beide armen, en zijn draaistoel op wieltjes reed een stukje van het bureau vandaan. Otto had een flits van opluchting in zijn pupillen zien fonkelen. Natuurlijk. Zijn uitgever had erger verwacht. Maar wát dan? Welke rampspoed had hij, Otto Vallei, uitgeverij Orakel kunnen brengen? Dat hij op een of andere internationale literaire borrel een redacteur van Slössarö had geschoffeerd? Dat hij Eddy Waterland had betrapt op plagiaat? Ja, dat zouden waarschijnlijk échte jobstijdingen zijn geweest.

Arnoud Zegel keek inmiddels alsof hij op de bodem van een poel van droefenis was beland.

'Dit kan ik niet alleen verwerken, Otto,' zei hij hoofdschuddend. 'Ik moet Wout erbij roepen. Je weet wat Wouts peptalk vermag. Als niet Max Brod maar onze Wout Franz Kafka had kunnen coachen, dan was er nu een Praagse Simon Vestdijk geweest. Kortom: Wout zal jou in tien minuten ompraten. Let maar op.'

Voordat Otto er iets tegenin kon brengen, had Arnoud Zegel de draagbare telefoon al aan zijn oor.

3

'En?'

Wout Rookershoofd was minder dan twee minuten na het interne telefoontje van Arnoud Zegel buiten adem de directiekamer binnengevallen. Otto stond op om hem de hand te schudden. Wout kwam altijd ergens buiten adem binnenvallen. Ademnood was het meest in het oog lopende teken van zijn zelden verslappende staat van euforie. Onveranderlijk slaagde Rookershoofd erin een dampende vreugde en opwinding in zijn heftige gebaren te leggen. De emoties sloegen uit zijn lichaam; Wout had altijd wel wat zweet van zijn voorhoofd te wissen.

'En?' vroeg hij opnieuw. Het was Wouts vaste begroeting. Otto had altijd het gevoel dat Wout Rookershoofd op die ene overdonderende mededeling wachtte. Ik heb *De Toverberg* overtroffen, Wout. Ik ben genomineerd voor de Europese Prijs voor Letterkunde, Wout. Hij voelde zich altijd schuldig over de alledaagsheid van zijn mededelingen. Ik moet de inlevering van mijn verhalenbundel drie maanden uitstellen, Wout. Ik ontdekte twee zetfouten op bladzijde vierentachtig van *Oud zeer*, Wout.

Het was troostend dat Rookershoofd nooit zuinig was geweest in zijn reacties. Al was de mededeling nog zo futiel, voor iedereen, dus ook voor Otto, had de *senior editor* van Orakel een uitzonderlijk langgerekt 'Tsssss' in petto.

Dit keer had Otto niet onmiddellijk een antwoord op Wouts 'En?'. Maar Wout leek helemaal geen antwoord te verwachten; hij wierp zijn grote, brede lichaam in een van de kleine, smalle stoelen tegenover het bureau van Arnoud Zegel. Daarna stootte hij Otto met zijn elleboog aan en vroeg hem met een gezicht dat vreemd genoeg glom van voorpret: 'En? Heb je het Arnoud zojuist verteld?'

Nu raakte Otto in de war. Hoe kon Wout Rookershoofd weten...? En waarom die vrolijkheid? Gewoonlijk was Wout vrij van leedvermaak.

Ook Arnoud Zegel voelde zich wat opgelaten met de vraag. 'Je bedoelt...'

Wout viel gretig in. 'Het plan van Otto voor een nieuwe roman. Hij heeft me er vorige week over gebeld. Een schrijver die niet meer aan het schrijven komt, tssss... Zo'n ouderwetse oerimpasse, als gevolg waarvan die schrijver dan wordt getorpedeerd richting Danteske hellekringen, zo was het toch, Otto? Niet in alle opzichten een vlammend en origineel gegeven, maar met Otto's spankracht, zijn brille en zijn solide mimetisch talent kan daar een krachtig, soeverein en breed uitwaaierend werk uit komen dat ongetwijfeld met een daverende klap...' Wout dreigde op de cadans van zijn woorden in een roes te raken, maar liet zich tot de orde roepen door Arnoud Zegel.

'Ik geloof dat Otto inmiddels anders heeft besloten.'

Met jongensachtige verbijstering keek de vijfenvijftigjarige Wout naar Otto.

'O ja? Je laat het varen? Tssss. Wat een gemiste kans, Otto.'

En Wout liet zijn hoofd wat hangen, zodat zijn ronde en roodaangelopen gezicht zich bij de kin en onder beide oren kreukelde in plooien van ontgoocheling.

'Ik wist overigens niets van dit idee voor een nieuwe roman,' zei Arnoud Zegel. Op dat moment begon de draagbare telefoon te piepen. Zegel drukte met tegenzin twee toetsen in en zei: 'Yvette, kun je de komende tien minuten even geen telefoontjes doorgeven? Dank je.'

Wout Rookershoofd ademde een paar maal uit door zijn neus en liet daarbij een strijkijzerachtig gestoom horen. Otto vermoedde dat Wout op die manier lucht probeerde te geven aan zijn verslagenheid.

Zegel had zijn stoel een kwartslag gedraaid en keek nu even naar de twee grote kasten met Orakel-uitgaven. 'Je weet, Otto, dat Montaigne al in zijn *Essais* van 1580 beweerde dat de meeste boeken over ándere boeken gaan. Die uitspraak heb ik nooit geloofd. Wat ik je nu ga zeggen heb ik al vele andere fondsauteurs op het hart gedrukt, maar kennelijk heb ik jou indertijd per ongeluk overgeslagen. Het is heel eenvoudig: schrijf nooit over het schrijven zelf. Je verliest er je lezers mee.'

'Als ik die al had,' mompelde Otto, en doofde zijn sigaret in de asbak van zijn uitgever.

Zegel wuifde Otto's woorden weg.

'Waar het op neerkomt is dit: lezers kun je met twee dingen op de vlucht jagen. Eén, met een gebrek aan vakmanschap, en twee, door ze te veel met het vak als vak te vervelen.'

'Dat laatste ben ik niet helemaal met je eens, Arnoud,' zei Wout Rookershoofd. Otto keek even opzij. Wout was er de man niet naar om een meerdere tegen te spreken.

'Otto heeft mij over zijn plan verteld,' zei Wout, 'en ik had de indruk dat hij toch een nieuwe dimensie wilde geven aan dit ogenschijnlijk doodgeschreven onderwerp.'

Daar hoorde hij van op. Deze dimensie was hemzelf niet bekend.

Wout gaf hem een peut in zijn zij. 'Otto, waaróm? Waarom laat je een plan varen dat zoveel potentie heeft?'

Otto aarzelde. Hij had Wout inderdaad op de hoogte gebracht van zijn ideeën voor die nieuwe roman. Maar nog diezelfde dag had hij wat gebladerd in de multomap met knipsels over zichzelf die hij in de loop van de jaren had verzameld. Hij ontdekte dat hij ooit in een interview voor een regionale krant had beweerd een hekel te hebben aan al die dichters en schrijvers die zo nodig hun eigen stiel tot onderwerp moesten verheffen. 'Literatuur over literatuur, stomvervelend!' Zo luidde de slotzin van het interview, inclusief het uitroepteken, want Otto had zijn vuist gebald en zijn arm geheven, wist hij nog, wat door de journalist was geïnterpreteerd als een uitroepteken in gebarentaal.

Gezien zijn uitspraken van weleer kon hij moeilijk een roman aankondigen over een niet-schrijvende schrijver, legde hij de twee anderen uit. Dan kwam zijn geloofwaardigheid in het geding.

Uitgever en redacteur wisselden een blik.

'Ik geloof niet dat critici jouw uitspraken van vijf jaar geleden paraat hebben, Otto,' zei Arnoud Zegel. 'De literaire kritiek fungeert niet als Binnenlandse Veiligheidsdienst.'

Otto hoopte dat Wout hem zou bijvallen, maar die zat opnieuw op een eigen spoor. Happend naar adem zei hij: 'Ik herinner me die raillerende *sweeping statements* van je, Otto. Tsssss. Je speelde je er aardig mee in de kijkerd.'

Wout Rookershoofd gaf een wel zeer zonnige voorstelling van zaken. Toch voelde hij zich gevleid door het enthousiasme van zijn redacteur. Dat Wout het nog wist! Otto had bij verschijning van zijn debuut allerlei uitspraken gedaan die hijzelf nogal controversieel vond, in de hoop zich op die manier te onderscheiden van de eenentwintig andere debutanten van dat seizoen. Maar zijn strijdkreten waren niemand opgevallen. Of beter gezegd: niemand had zich eraan gestoord.

Arnoud Zegel had een inval. 'Herroepen, bijstellen, tegen je eigen ideeën ingaan, dát typeert de ware schrijver. Iedere kunstenaar van formaat is inconsequent en onvoorspelbaar.'

Otto had het angstige vermoeden dat zijn uitgever nu aan Ed Waterland dacht.

Wout vulde aan: 'Bovendien heb je je indertijd tegen zowat alle vigerende genres gekeerd, Otto. Als je je blijft houden aan de normen die je jezelf toen impliciet hebt opgelegd, aan de schimpscheuten die je uitte als jonge hond, dan resteert er weinig om over te schrijven.'

'Klopt,' zei Otto niet zonder triomf. 'Ik verklaarde mij tegen de anekdotiek en het particularisme, tegen de bekentenisroman, maar ook tegen de vrijblijvende postmoderne potsenmakerij. Tegen het modieuze, kortom.' Otto proefde de oude strijdkreten op zijn tong. Achteraf had hij er toch gemengde gevoelens over. In zijn ijver had hij tegen alles en iedereen en dus tegen niets en niemand geageerd.

Wout vond het zo te zien nog allemaal even prachtig.

'Jaaaah,' riep hij uit, en achter zijn bril met robuust montuur glommen zijn donkere en snelle oogjes als opgewreven kastanjes. Hij genoot nog na van Otto's vijf jaar oude oorlogstaal. Het miraculeuze van Wout Rookershoofd was dat hij kon voor-, na- en meegenieten met álle meningen van álle fondsauteurs van Orakel.

Bruusk stond Otto op.

'Wat maakt het nog uit, al die polemieken van toen. Wout, ik zeg het je zonder omwegen. Ik heb zojuist aan Arnoud verteld dat ik stop met schrijven.'

Arme Wout. Terwijl Arnoud Zegel met zorg verstrakte in de hoop een gedesillusioneerde indruk te maken, nam een authentieke ontzetting bezit van het gezicht van Otto's trouwe redacteur. Zijn ogen puilden uit. Zijn wangen gingen hangen. Zijn mond viel open als de klep van een laadbak.

'Nee,' bracht hij uit. 'Nee. Dit is niet waar. Dit kán gewoon niet waar zijn.'

Otto voelde zijn hart bonzen. De peptalk van Wout die Arnoud Zegel hem in het vooruitzicht had gesteld, bleef geheel uit. En waar hij bang voor was geweest gebeurde nu: Wouts geëmotioneerdheid sloeg op hem over. Otto beende heen en weer voor het directiebureau.

'Ik heb geen andere keuze,' zei hij schel. 'Ik ben verdomme drieendertig, ik heb jarenlang gezwoegd en geploeterd met als resultaat een inkomen ver onder bijstandsniveau. Over de royalties zal ik maar zwijgen, daar kan ik hooguit twee maanden de huur van betalen. Ik durf Karin niet meer onder ogen te komen. Wat beteken ik nou eigenlijk helemaal? Niets! Niets!'

Hier hield Otto het bij. Hij ging zitten en liet de anderen ruimte tot tegenspraak. Maar daar kwam niet veel van, of Wouts gutturaal hijgen moest worden beschouwd als een teken van verzet tegen Otto's beslissing. Arnoud Zegel zei echter berustend: 'Tsja. Als je er zo over denkt... Je klinkt wel heel vastbesloten.'

'Dat ben ik ook,' antwoordde Otto. Het klonk minder fier dan hij wilde.

'Wat ga je eigenlijk doen in plaats van schrijven?' vroeg Wout met een voor hem opmerkelijke zakelijkheid.

Otto voelde zich ineens heel moe. 'Ik weet het niet. Ik heb een onderwijsbevoegdheid. Ik kan Nederlands gaan geven.'

'Oei!' Wout dook ineen alsof hij een klap in zijn nek verwachtte. 'Dán snijd je jezelf pas echt de pas af, als je tenminste inderdaad zoveel waarde hecht aan je oude uitspraken. Weet je niet meer dat je vijf jaar geleden hebt gescholden op het lerarengilde dat er in de avonduren een romannetje uitpoept? Je had het over onuitroeibare rederijkers. Koningen van het kneuterdom. De ernstig bebrilde onderwijzers met literaire aspiraties werpen een smet op de letteren.' Wout giechelde. 'Jaaahhh, je hebt het zelf gezegd, Otto. Tssss. '

Otto begon te twijfelen aan zijn beslissing. Had hij er wel goed aan gedaan zijn afscheid van de letteren officieel te melden aan zijn uitgever? Misschien was alles nog niet voorbij en zou Wout in kleine doch gezaghebbende kring een handtekeningenactie op touw zetten om hem ertoe te bewegen zijn besluit te herzien. Een petitie. *Behoud Vallei voor de literatuur.* Hij zou dit verzoek in overweging nemen.

'Ik wist niet dat jij destijds zulke gepeperde uitspraken hebt gedaan,' onderbrak Zegel hem in zijn mijmeringen.

'Toch is het zo,' zuchtte Otto. 'Maar er was niemand die er aanstoot aan nam. Gek is dat. De één zegt zomaar eens een keer iets vileins over een ander en een controverse is geboren, en de ander kan schelden wat ie wil zonder dat iemand zich er druk over maakt.'

Meteen had hij spijt van zijn openhartigheid. Ze mochten eens denken dat verbittering hem parten speelde. De vorige avond had hij zich op zijn werkkamer onderworpen aan een genadeloos zelfonderzoek, en de conclusie luidde dat hij níet verbitterd was. Moe, dat was hij wel. Maar dat was iets anders.

Wout zat verstrooid naar buiten te kijken, zijn handen trommelden rusteloos op het tafelblad. Hij leek inmiddels in andere sferen te vertoeven. Dat gebeurde wel vaker, wist Otto. Wouts concentratieboog kende een hoge top maar was kort.

'Toch ken ik je juist als een zachtmoedig mens,' wierp Arnoud Zegel tegen. 'Jij bent volgens mij de enige in het fonds van Orakel die nog nooit verwikkeld is geweest in een of andere vete. Schrijvers zijn straatvechters, ruziezoekers. Maar jij was de prettige uitzondering op die regel.'

Otto begon ongemakkelijk in zijn stoel heen en weer te schuiven, voorzover de leuningen, die pijnlijk in zijn ribben drukten, dit toelieten. Arnouds profielschets had iets van een premature necrologie.

Zegel sloeg zijn armen over elkaar. 'Ach, we moeten ook niet zo zwaar tillen aan dat besluit van jou. Je bent de eerste niet die de schouders even laat hangen. Otto, weet jij wel hoeveel van jouw fondsgenoten met precies hetzelfde voornemen in mijn kantoor hebben gestaan en daarbij bitter hebben geweend? Tientallen! En dan overdrijf ik niet.'

'Jaaah,' viel Wout Rookershoofd hem bij. Aan zijn gezicht kon je zien dat er ineens horden weigerachtige auteurs voor zijn geestesoog opdoemden.

Otto raakte gealarmeerd. Werd zijn beslissing alsnog weggewuifd als een bevlieging?

'En zelfs diegenen van wie je het nooit zou verwachten willen er wel eens het bijltje bij neergooien,' onthulde Zegel glunderend. 'Ook de allersuccesvolsten, Otto, echt waar. Neem nu Eddy Waterland.'

Otto verstijfde. Dit was de tweede keer.

Zegel merkte niets van de schok die door het kantoor ging. 'Zelfs Waterland, die inmiddels zijn manuscripten naar ons toe werpt vanaf de Parnassus, wilde er een keer de brui aan geven. Dat is niet eens zo langgeleden, trouwens.'

Nu vond Otto het genoeg. 'Ik zie niet in waarom mijn beslissing onderworpen moet worden aan een vergelijkend warenonderzoek. En aan details over het kennelijk stormachtige gemoed van Waterland heb ik al helemaal geen boodschap.'

Met grote, onbeweeglijke ogen staarde Zegel naar Otto. Wout Rookershoofd maakte een sussend handgebaar.

'Waterland is nou net die ene naam die je niet in het bijzijn van Otto moet noemen,' zei hij hulpvaardig. Maar achter in Wouts energieke ademnood kwam een kleine klem van angst te liggen.

'O ja?' vroeg Arnoud Zegel geïnteresseerd. 'Ik heb je net geroemd als witte raaf, Otto. En dan is er tóch een conflict? Met Eddy nog wel?'

Otto's grimmigheid sloeg om in gêne.

'Het is niet echt een conflict,' zei hij zacht. 'Dat kan ook niet, want ik heb nooit één woord met Waterland gewisseld. Het is trouwens niet eens iets literairs. Het is... het is persoonlijk.'

'Jaja. Je hebt hem nooit gesproken en tóch is het iets persoonlijks.'

Zegel keek naar Wout Rookershoofd, in de hoop dat deze hem meer kon vertellen. Ooit had Otto zijn redacteur in vertrouwen genomen over wat hij voor zichzelf 'de affaire-Waterland' was gaan noemen, maar toen wist hij nog niet hoe voortvarend Wout soms uit de school kon klappen. Op een feestje had hij hem eens aan een gehoor van beschaamd wegkijkende *culturati* de meest oorverdovende indiscreties horen verkondigen over een aantal vrouwelijke auteurs bij Orakel. Sindsdien sloot hij niet uit dat Wout ooit de reden van zijn aversie jegens Waterland op straat zou smijten.

'Iets persoonlijks, en níet iets literairs,' herhaalde Zegel peinzend, en Otto was opeens bang dat zijn uitgever bij Waterland zou informeren wat er tussen hen was voorgevallen. Verdiept als hij was in dit rampscenario drong het niet meteen tot hem door dat Zegel was opgestaan en de deur naar de gang had geopend.

'Otto Vallei, het ga je goed.' Zegel legde ten afscheid een ceremoniële galm in zijn stem. 'Mocht je op je beslissing terugkomen, dan ben je hier vanzelfsprekend van harte welkom.'

Haastig pakte Otto zijn jas en tas. Geroerd stelde hij vast dat zijn uitgever het meende.

'Mijn besluit staat vast,' zei hij met geknepen stem.

Wout Rookershoofd was naast hem komen staan en spreidde zijn armen. Otto zette zich over een eerste impuls van weerzin heen en deed wat er van hem werd verwacht: hij omhelsde een woordeloze Wout en klopte hem met beide handen op de rug.

Op de trap naar beneden bedacht hij dat hij nog één ding was vergeten. Snel liep hij terug naar de directiekamer. Wout Rookershoofd en Arnoud Zegel bestudeerden een harmonicagewijs uitwaaierend lint computerpapier waarop de wekelijkse verkoopresultaten van Orakel stonden gerubriceerd.

'Ik zou graag nog één laatste afspraak met je maken, Arnoud. We moeten nog even de praktische zaken regelen. Een vervroegde uitbetaling van de royalties bijvoorbeeld. Zou dat kunnen?'

Met tegenzin pakte Zegel zijn elektronische zakagenda. Otto begreep wel dat hij niet terug had moeten komen. Het parcours was gelopen en nu kwam hij onaangekondigd terugdraven. Stom. Bovendien was zijn opmerking over royalties onhandig. Hij herinnerde Zegel er alleen maar aan dat er nauwelijks iets viel uit te betalen.

'Een nieuwe afspraak,' mompelde Zegel. 'Dat kan wel, maar helaas niet eerder dan over twee weken. Ik zit echt helemaal vol. Bel me tegen die tijd nog even.'

Otto knikte. Misschien zouden 'de drie Valleien', zoals Arnoud het had gezegd, nu niet eens meer worden aangevuld in de boekenkast.

Achter de balie bij de ingang trof hij opnieuw de jonge blonde receptioniste. Dankzij Zegels telefonische instructies wist hij dat ze Yvette heette. Haar gezicht had een ingrijpende verandering ondergaan. Haar pupillen waren groot, maar het oogwit had iets mistigs, en op beide wangen glom een peervormige blos. Ze merkte niet dat Otto naar haar glimlachte. Ze keek naar een zijgang die grensde aan de receptie. Van achter een deur die op een kier stond klonk een dronkemansachtige, bijna dierlijke kreet. Er volgden geluid van brekend glaswerk en gierend gelach van vrouwen.

'Wat is dáár aan de hand?' vroeg Otto.

'Eddy Waterland liep even binnen bij de afdeling Verkoop,' zei Yvette, en begon te lachen. 'Hij zet weer eens de boel op stelten.'

Otto lachte iets te lang met haar mee.

'Heeft meneer Waterland een afspraak?' vroeg hij daarna.

Otto's 'meneer Waterland' ontlokte Yvette een snuivend geluid. 'Eddy en afspraken? Eddy maakt nooit afspraken. Hij komt altijd gewoon aanwaaien. Ik weet niet wat ie komt doen. Maar hij zal zo wel naar boven gaan, denk ik. Een praatje maken met meneer Zegel en de anderen.'

'Een praatje maken,' herhaalde Otto. Zijn stem klonk dof, alsof hij zijn lippen had getuit en een lege fles aan zijn mond hield.

'Misschien is het wel meer dan een praatje. Je weet het nooit met Eddy. Tegen mij zei ie met zo'n overdreven uitgestreken gezicht dat ie een nieuwe roman kwam aankondigen. Maar ja, dat zegt ie bijna iedere week.'

Otto knikte werktuigelijk. Het was dus wél meneer Zegel maar níet meneer Waterland. En hoe zou zij hem, Otto, eigenlijk noemen? Zou ze sowieso wel weten wie hij was en hoe hij van zijn voornaam heette? Otto had wel een vermoeden hoe het meisje hem zou introduceren als ze hem doorverbond. Hallo m'neer Zegel? Ene Vallei aan de lijn.

Op de gracht plaatste Otto zijn linnen tas onder de snelbinders en stopte zijn rechterbroekspijp in zijn sok voordat hij op zijn fiets met halfopen kettingkast stapte.

4

Al twee weken liep Otto 's avonds gekweld heen en weer in wat hij zijn werkkamer had genoemd toen hij nog schrijver was. Af en toe staakte hij het ijsberen en riep naar Karin, die televisie zat te kijken: 'Ik word gek! Wat heb ik gedaan? Ik heb geen toekomst meer!'

Dat van zijn toekomst bewaarde hij voor het laatst, want daar was Karin het niet mee eens, had ze gezegd. Zij had hem juist een gouden toekomst voorspeld.

Hij moest eerlijk zijn: Karin was hem tot grote steun. Voordat zij naar haar werk ging, vergezelde zij hem op zijn therapeutische ochtendwandelingen. 's Avonds in bed voerden zij gesprekken over aard en wezen van de scheppende mens en, in het verlengde hiervan, Otto's vrijwillig vaarwel aan de literatuur.

Op een ochtend ging de telefoon. Sinds zij een geheim nummer hadden, was dat nogal een gebeurtenis. In stilte weeklagend nam hij op. Het was Berend van der Molen, radiomaker bij de Publieke Omroep Nederland. Berend van der Molen voerde de regie over vier cultuurprogramma's op Zender 5. In alle vier was Otto wel eens te gast geweest. Dat was minder spectaculair dan het leek, want sinds de nationale Zenders 1 tot en met 5 concurrentie hadden gekregen van commerciële radiostations, regionale zenders en stadsomroepen waren er zóveel cultuurprogramma's op de radio dat je je afvroeg of daar behalve genoeg schrijvers en kunstenaars ook genoeg luisteraars voor waren.

'Otto? Ik bel je deze keer in mijn hoedanigheid als regisseur van Chaos en Rumoer.'

'Ja?' zei Otto afwachtend. Hij vroeg zich af hoe Berend zijn geheime nummer had weten te achterhalen.

'Ik moet je zeggen dat de redactie van Chaos heel goeie herinneringen heeft aan die ene aflevering waarin jij Vakantiegast was. Weet je nog wel?'

Ja, dat wist hij nog. Als Vakantiegast van Chaos en Rumoer had hij op een dag tussen kerst en nieuwjaar een heel uur lang zijn favoriete muziek mogen draaien, afgewisseld met het lezen van fragmenten uit eigen werk. In een tweede uur was hij geïnterviewd door een jongen met gemillimeterd haar. Er zou wel geen ziel naar hebben geluisterd, maar het was een van de weinige programma's waar Otto niet in termen van verloren tijd op terugkeek.

'Dus jij bewaart er net zulke goede herinneringen aan als wij?'

Berend van der Molens doorvragen bevreemdde Otto. Het leek hem onwaarschijnlijk dat de regisseur een getuigschrift van hem verlangde.

'Het was een geslaagde middag,' zei hij aarzelend.

'Mooi. Dan kom ik nu met een voorstel waar je misschien van zult opkijken. Maar laat ik je eerst dit vragen. Klopt het dat je bent gestopt met schrijven?'

'Zo,' zei Otto prettig verrast, 'dat gaat ook snel, zeg.' Het streelde hem dat het nieuws kennelijk als een lopend vuurtje door literair Nederland, én daarbuiten, was gegaan.

'Nee nee, maak je geen zorgen. Niemand weet iets. Het is stom toeval dat ik het hoorde. Het nichtje van mijn vrouw is receptioniste bij Orakel.'

'O die,' vulde Otto in. 'Yvette.' Hij had wat lucht nodig om zijn voorstelling van zo-even weg te slikken.

'Yvette hoorde Arnoud Zegel iets tegen een verkoopleidster zeggen over jouw... hoe zal ik het noemen? Jouw afzwaaien?'

'Noem het maar zo, ja,' zei Otto mat.

'Goed. En zij vertelde dat gisteren weer aan mijn vrouw en mij. Zij heeft me ook jouw nummer gegeven. Dat vind je toch niet erg?'

Voordat Otto iets kon antwoorden, vroeg Van der Molen: 'Heb je eigenlijk al iets anders om handen?'

'Nee, niet echt.'

'Fijn. Ik bedoel, fijn voor ons misschien. De redactie van Chaos en Rumoer zou namelijk van je willen weten of je er iets voor voelt om in het nieuwe seizoen copresentator te worden.'

'Zozo,' reageerde Otto. Het leek hem een bezopen idee.

'Zeg niet meteen nee, want het lijkt me echt iets voor jou. Je voelde je namelijk zeer senang als Vakantiegast, had ik de indruk. Je weet het misschien niet van jezelf, maar volgens mij ben je een echt radiodier.'

Otto was nog nooit een dier geweest, vond hij. Zelfs geen literair dier, laat staan een radiodier. Hij hield er niet van als mensen anderen of zichzelf een dier noemden. Daar was hij tegen. Nou goed, misschien was hij een tegendier.

'Die copresentatie houdt in dat je allerlei gasten uit de wereld van kunst en cultuur interviewt. Ik weet bijna zeker dat jij in staat zult zijn om in korte tijd mooie, spannende gesprekken van de grond te krijgen.'

'Wat voor mensen nodigen jullie zoal uit?' vroeg Otto. Hij verried ermee dat hij zelden naar Chaos en Rumoer luisterde, maar Berend van der Molen leek daar niet erg mee te zitten.

'Alles en iedereen, Otto. Schrijvers, schilders, musici, acteurs, regisseurs...'

'Acteurs?' zei Otto geschrokken, 'zou ik actéúrs moeten interviewen? En regisseurs? Nee hoor, dat is niets voor mij. Ik weet niets van toneel. Ik hou niet van toneel.'

Hij wilde nog iets verder gaan en bekennen dat hij een pesthekel had aan toneel, maar dat hield hij nog net binnen. Het klopte ook niet helemaal. Hij had vooral een pesthekel aan de *zaal* waarin je kwam te zitten. En ook met zo'n zaal was op zichzelf niets mis, behalve dan dat je er niet alleen zat. Het was een kwelling om zo'n twee uur lang tussen wildvreemden ingeklemd te moeten zitten. Ook de bioscoop was taboe. Het was niet echt claustrofobie: in z'n eentje in een kleine lift vond hij geen probleem. Maar er moesten níet ineens vijf anderen instappen. Zaalvrees, zo was hij het bij gebrek aan beter gaan noemen – want als het een naam had, dan bestond het. Hij probeerde het wel eens aan anderen uit te leggen, maar niemand begreep er iets van. Niemand, behalve Karin. Het loste echter niets op om Karin mee naar het theater te nemen. Dan zat zij aan de ene, maar een onbekende aan de andere kant, iemand die hem tijdens de voorstelling onvermijdelijk een paar keer met z'n arm aanstootte. Of met z'n schouder, dat was nét even iets erger. Om nog maar te zwijgen over de wel zeer nabije achterhoofden en nekken waar hij een hele avond tegenaan zat te kijken. Het verontrustend zicht op dunnend haar, schilferende hoofdhuid of een krans van puisten in de nek: zoiets moest je jezelf niet aandoen. En wat al die speknekken en haardossen en plukkende vingers allemaal achterlieten op die stoelen! Na een voorstelling werd zo'n zaal natuurlijk aangeveegd, maar de *stoelen* werden zelden gereinigd, en de rugleuningen al helemaal niet. Met name die rugleuningen moesten enorme bacteriehaarden zijn. O, al die keren dat hij stram van weerzin naar de pauze had verlangd... Maar zelfs de pauzes bleken beproevingen. Er kwam geen einde aan het doelloos gehang in een rokerige foyer, waar je altijd wel een vage bekende tegenkwam die in de zaal recht achter je bleek te zitten, zodat je na de pauze verstijfd in je stoel zat in het besef dat die ander in de gelegenheid was om uitgebreid *jouw* achterhoofd en nek te begluren. Maar ook zonder die vage bekende in de zaal was het vaak onrustig in de rij achter hem. Otto kon het ook niet helpen dat hij met zijn één meter achtentachtig soms de anderen het zicht ontnam. Moest ie zich opvouwen, soms? Onvermijdelijk begonnen er een of twee achter hem te sissen dat ze het niet goed konden zien. Hij was wel eens botweg op de schouder getikt. Of hij misschien ietsje naar links of anders onderuit... zo ja, fijn dankuwel. En daar zat ie dan, voor meer dan anderhalf uur gevangen in zijn stoel met zijn bovenlichaam in een rare knik, zijn hoofd tegen zijn borst en zijn opgetrokken knieën tegen de stoel vóór hem gedrukt. Na de voorstelling was zijn toch al zo tere onderrug danig gemangeld; alsof spieren en pezen zich in de vorm van het esculaapteken ineen hadden gedraaid rond om zijn ruggengraat... Hij was zich bewust van het fobische gehalte van zijn weerzin. Maar waarom die weerzin de baas worden? Geen *Macbeth* of *Godot* was hem de beproeving waard.

Berend van der Molen liet zich niet uit het veld slaan.

'Geen probleem, dan laten we het theatersegment over aan je copresentator. Ik geef je die garantie. Geen toneel, geen toneel voor Otto Vallei.'

Misschien hoopte Van der Molen nu op een spontane toezegging, want het bleef even stil. Maar Otto zegde niets toe.

'Ik vind je, nogmaals, iemand die van waarde kan zijn voor de Nederlandse radio,' ging Van der Molen verder. 'En ik weet niet of het wel eens tegen je is gezegd, maar je hebt een heel goeie stem.'

Nu was Otto verbluft. Niemand, ook Karin niet, had ooit tegen hem gezegd dat hij een *mooie* stem had, laat staan een *goeie*. Want goed was natuurlijk beter dan mooi. Otto schraapte zacht zijn keel en probeerde zijn timbre te beoordelen als was het een werktuig.

'Ik doe je een voorstel dat ik ook aan vier andere kandidaten heb voorgelegd. Wat zou je ervan vinden als wij met jou een korte proefuitzending maakten in de PON-studio's in Hilversum? Wij zoeken iemand uit met wie jij een radiogesprek gaat voeren. Het wordt niet uitgezonden, het is puur proefdraaien. Wat zeg je ervan?'

'Het lijkt me wel wat,' zei Otto langzaam, en luisterde intussen ingespannen naar zijn stem.

'Fantastisch. Dat staat. Wat dacht je van overmorgen?'

'Zo snel al?'

'Jazeker,' zei Van der Molen, 'wij van Chaos laten er geen gras over groeien. Ik overleg met de redactie en bel je vandaag nog terug voor nadere bijzonderheden. Plaats, uur, duur, dat soort dingen.'

Nadat de ander al had opgehangen, stond Otto nog met de telefoonhoorn in zijn hand, beduusd door de daadkracht van Berend van der Molen. In zijn boeken had hij nooit durven schrijven dat iemands leven 'een andere wending nam'. *Showing, not telling!* Maar zijn boeken waren zijn boeken, en dus tikte Otto kort nadat hij had opgehangen het nummer van Karins werk in om haar te vertellen dat zijn leven zojuist een andere wending had genomen.

5

Zomers Hilversum baadde in zon en weelde. De villa's en bungalows ten noorden van het NS-station lagen verscholen in het groen, er bloeiden dahlia's, leeuwenbekjes en margrieten aan de randen van de streng gemaaide gazons, en hier en daar peddelde een echtpaar op blinkende fietsen over de klinkerstraten. Automobilisten verleenden elkaar voorrang en vrijwel iedere fietser stak zijn hand uit als hij wilde afslaan. Otto, die naast Berend van der Molen zat in zijn zwarte Saab, voelde een begin van ontroering bij het zien van dit trouwhartig nakomen van verkeersregels.

Otto en Berend hadden zojuist geluncht in De Luwte, een grand café waar de vedettes van radio en tv elkaar schenen te treffen, en nu waren zij op weg naar de PON-gebouwen aan de rand van Hilversum, waar Otto in een studio een omroepveteraan zou interviewen. Berend reed langs het halfoverdekte winkelcentrum en sloeg de deftige 's-Gravelandseweg in. Omgeven door grote tuinen en grindpaden stonden daar de omroepvilla's, die wat verlaten oogden maar waarbinnen Otto een gonzende activiteit vermoedde van alerte tv-journalisten, toegewijde technici en aimabele presentatoren. Otto was natuurlijk wel vaker in Hilversum geweest, maar nu bekeek hij alles met andere ogen en mijmerde over zijn nieuwe leven als Gooise *anchorman*.

Berend van der Molen dacht waarschijnlijk dat Otto zweeg uit onwennigheid.

'Maak je geen zorgen,' zei hij, 'je zult vrijwel nooit naar Hilversum hoeven komen. We nemen Chaos en Rumoer op in Amsterdam.'

'Nee nee,' zei Otto haastig, 'het bevalt me hier uitstekend. Het is stil, groen, proper. Heerlijk.'

Die ochtend had Berend van der Molen hem van huis opgehaald. Berend woonde in Amsterdam-Zuid. Hij was lang en mager, had hoogblond schooljongenshaar waar zo te zien nauwelijks model in viel te krijgen en droeg een kleine bril met een achterhaald montuur dat, begreep Otto bij nadere inspectie, vermoedelijk heel artistiek was. Hij droeg een wit T-shirt en een ruimvallende bermuda met pijpen waar wel twee paar – haarloze en wild besproete – Berend-benen in pasten. Otto zou voor geen prijs zo'n broek aantrekken, maar Berend van der Molen vertoonde het soort vrijwaring van ijdelheid dat je aantrof bij mensen die gelukkig getrouwd waren. Hij had kinderen; aan de achteruitkijkspiegel bungelden in plastic hoesjes pasfoto's van twee kleine jongens met grote voortanden.

'Straks tijdens het proefgesprek moet je er vooral op letten dat jij zélf nauwelijks aan het woord bent,' zei Berend. 'Hou je vragen kort en krachtig. Blijf op de achtergrond, wees een sfinx. Het gaat om de gast. Geen luisteraar is geïnteresseerd in de interviewer.'

Berend gaf nog meer adviezen, en Otto bleef leergierig knikken totdat zij bij de PON-gebouwen arriveerden. Uit zijn broekzak diepte Berend een geplastificeerd kaartje op waarmee hij naar een man in een blauwe portierspull-over zwaaide die in een glazen wachthuisje zat en door middel van een bedieningspaneel een witte slagboom opende.

Het PON-complex bestond uit een aantal donkere betonkolossen die verspreid lagen tussen glooiende grasvelden en struikgewas. De gebouwen hadden veel weg van gemeentekantoren uit de jaren zeventig. Net als de omroepvilla's van daarstraks maakte het PON-complex een uitgestorven indruk, totdat Berend van der Molen een smalle weg tussen twee gebouwen indraaide. Bij de ingang van het ene gebouw stond een ronkende touringcar waar een lang lint van passagiers uit tevoorschijn kwam.

'Kijk, quizpubliek,' zei Berend van der Molen. 'Dat wil ik je niet onthouden, Otto.' Hij zette de Saab aan de kant van de weg, op enige afstand van de touringcar.

'Voor welk programma komen deze mensen?' vroeg Otto nieuwsgierig.

Berend haalde met lichte aarzeling zijn handen van het stuur.

'Schrik niet, Otto. Voor Chaos en Rumoer. We wilden je verrassen. Vanmiddag moet jij dit publiek twee uur lang entertainen. Als je dat lukt, dan kun je ook de lastigste cultuurdrager interviewen.'

Otto keek van publiek naar regisseur en weer terug.

'Grap-je.' Berend van der Molen klonk een beetje geërgerd, waarschijnlijk had hij Otto minder goedgelovig gedacht. 'Ik zou het niet weten. De commerciëlen nemen vandaag drie shows op. Die zitten hier ook op het PON-terrein. De publieke omroep mag dan zogenaamd in concurrentiestrijd zijn verwikkeld met de commerciële stations, maar wat het werk van alledag betreft zit iedereen hier op elkaars lip en is alles met alles verknoopt, de gristenomroep en het pulpstation, ideëel en commercieel, Aalsmeer en de grachtengordel.'

'Wat zijn ze allemaal belachelijk warm gekleed,' merkte Otto op. Het was rond het middaguur en boven de twintig graden, maar iedereen die de bus uit kwam trok bij de ingang een vest of trui aan.

'Instructies van de producent. Deze mensen gaan de opnamen bijwonen van een spektakelshow of een quiz die pas in de winter zal worden uitgezonden. En 's winters wil de kijker geen programma's zien waar iedereen in shirtjes en hemdjes op de tribunes zit. Dan stromen de brieven over kijkersbedrog binnen.'

'En de shows die in de zomer worden uitgezonden...'

'...zijn in de winter opgenomen. Dat is helemaal feest. Dan moeten ze in een kille kleedruimte hun jassen en truien verruilen voor zomerdingetjes. Je moest eens weten tot welke beproevingen de tv-kijker bereid is om maar een plaatsje op zo'n showtribune te krijgen.'

Beproeving of niet, men werd leuk beziggehouden, zag Otto. Bij het verlaten van de bus kregen de passagiers een tweekleurig vlaggetje en een papieren kroon in handen gedrukt door twee meisjes in stewardessachtig mantelpak. Waarschijnlijk was hun opgedragen de kroon meteen op te zetten, want vrijwel iedereen stond niet lang daarna met elastiekje onder de kin en karton op de kruin dartel met de vlaggetjes te zwaaien. Vijftien, twintig vrouwen met grote tassen aan hun arm oefenden een *wave*. Toen klonk vanuit het gebouw een sonoor geluid als van een misthoorn, en de glazen deuren schoven langzaam open. Het gekroonde tribunepubliek juichte en trok onder het zingen van eenregelige liederen de studio in.

Otto en Berend moesten twee gebouwen verder zijn. Binnen leidde Berend hem via ziekenhuisachtige gangen naar een kleine kantine, waar behalve de kandidaat-geïnterviewde ook een technicus op hen zat te wachten. Otto schudde handen en kreeg nog wat laatste instructies van Berend.

Otto's proefgast was een gepensioneerde floormanager die nog had gewerkt met Mies Bouwman en Willem Duys tijdens de jaren van zwartwit-tv. Hij heette Koen Borst en bleek tot Otto's schrik een man van weinig woorden. Het groepje verliet de kantine en ging een studio binnen. Otto en meneer Borst moesten een andere deur nemen. De studio was in tweeën gedeeld door een glazen wand, met aan de ene kant de opnameruimte voor de regisseur en de technicus en aan de andere een grote tafel met een zilverglimmend blad in de vorm van een rorschachvlek waarop vier grote zwarte microfoons met bedieningsknopjes waren bevestigd. Otto en meneer Borst namen plaats aan de tafel. Van achter de glaswand stond Berend van der Molen naar hen te kijken als de sfinx die Otto volgens hem zo dadelijk moest zijn. De technicus spoelde banden en draaide aan knoppen. Otto dronk koffie uit een plastic bekertje. Op tafel lag een koptelefoon, die hij opzette, maar Berend gebaarde dat dat niet hoefde. Otto zette de koptelefoon weer af. Nu had hij ineens niets meer om handen. Met duim en wijsvinger brak hij het roerstaafje van zijn beker koffie in tweeën. Berend boog zich naar een intercom.

'Kunnen jullie me horen?'

'Jazeker,' zei Otto in de microfoon, en veerde nog voordat hij was uitgesproken van zijn stoel omdat zijn stem van twee kanten terugkaatste. De oorvijg van decibellen werd veroorzaakt door twee enorme speakers die met orwelliaanse dreiging aan het plafond hingen.

'Kunnen die speakerboxen niet worden uitgeschakeld?' vroeg hij, en opnieuw vielen zijn woorden hem als hagelstenen op zijn hoofd.

Berend boog zich weer naar de intercom.

'Dat is niet gebruikelijk.'

Naast hem begon meneer Borst te grinniken. Otto keek naar de luidsprekers.

'Ik kan me zo niet concentreren,' zei hij, 'het lijkt wel alsof ik in mijn eigen oren zit te schreeuwen.'

Berend gaf een knikje naar de technicus. Aarzelend telde Otto tot drie in de microfoon. Nu klonk zijn stem zoals hij het graag wilde: naturel, onversterkt.

'Zo. Dat is beter,' zei hij tegen meneer Borst, en legde onwillekeurig een toon van jarenlange ervaring in zijn stem.

Boven de entree brandde nu een rood lampje. Dáár weer boven

sprong een timer op 00:00. Het gesprek moest twaalf minuten duren. Berend gaf met gestrekte wijsvinger een startsignaal. Otto schoof zijn stoel naar voren, sprak zijn goed voorbereide inleidende zin uit, stelde zijn eerste vraag en luisterde vervolgens niet naar het antwoord omdat hij koortsachtig probeerde te bedenken wat hij hierná moest vragen. Na vier antwoorden van meneer Borst stond de digitale klok op 1:12. Dit getal trof Otto als een vuistslag. De tijd kroop niet, de tijd strompelde. Otto vroeg iets waar meneer Borst in hooguit tien woorden op antwoordde. 1:47, meesmuilde de timer. Otto's ogen schoten heen en weer tussen technicus en regisseur. Toen kwamen de fouten en vergissingen. Hij struikelde over de naam van een tv-programma. Liet stiltes vallen. Begon aan een lange zin die als vraag was bedoeld maar bleek uit te monden in een mededeling. Viel op 3:55 in een kolkende woordeloosheid waar hij zich op 4:28 aan wist te ontworstelen en begon om redenen die hij zelf ook niet begreep over abonnee-tv en internet, waarover meneer Borst op beminnelijke toon de meest achterhaalde dingen had te zeggen. Met de timer op 7:33 wezen Berend en de technicus van achter de glazen wand in zijn richting en maakten merkwaardige knijpgebaren, alsof ze iemand bij z'n nekvel grepen. Koortsachtig probeerde hij de gebarentaal te ontcijferen. Moest hij meneer Borst in de rede vallen, tegenspreken, verbaal verpulveren, vierendelen? Hij had visioenen van een zingende meute met papieren kronen op het hoofd die in een kring om hem heen kwam staan en opgetogen zwaaide met vlaggetjes aan plastic stokken, en midden in een warme en breed uitrollende stuwing van misselijkheid hoorde hij zichzelf zeggen: 'En meneer Borst, wat is nou de allergekste belevenis uit uw lange leven bij de televisie?'

'Jezus Christus, wat ging dat beroerd,' zei hij nadat hij uit de studio was ontzet. Met Berend dronk hij in een raamloze, tl-verlichte kantine een kop thee. 'Ik geloof dat ik nog nooit van m'n leven zulke onnozele vragen aan iemand heb gesteld.'

'Dat viel wel mee,' antwoordde Berend van der Molen, die er kennelijk de moed in wilde houden. 'Het was alleen jammer dat je niet echt anticipeerde op wat meneer Borst allemaal antwoordde.'

Otto voelde weinig voor een nadere evaluatie van zijn wanprestatie. Wat hem betrof was zijn nieuwe loopbaan in de kiem gesmoord. Maar de mislukking was niet helemáál aan hemzelf te wijten.

'Op een gegeven moment maakte je van die merkwaardige gebaren,' zei hij. 'Dat haalde me uit m'n concentratie. Ik wist niet wat je bedoelde.'

'Je bekertje. Je kneep je plastic koffiebekertje fijn.'

'Ja? En dus?' Zojuist had hij een gedenkwaardig slecht gesprek gevoerd en dan begon Van der Molen te zeuren over een *bekertje.*

'Je hield het bekertje vlak voor de microfoon. Je was nauwelijks nog te verstaan. We hoorden alleen maar geknars en gekraak. Daar zijn die speakers voor die jij uitgeschakeld wilde hebben. Om precies te kunnen horen wat er gebeurt.'

Otto voelde zijn wangen gloeien. 'Ik weet genoeg. 'Laten we dit hele avontuur afblazen. Dit is niets voor mij.'

'Ik was al bang dat je zo zou reageren. Maar wat had je dan verwacht? Je maakte gewoon het vaste repertoire van beginnersfouten. Niets bijzonders. Nee hoor Otto, ik zie veel perspectieven. Het ging eigenlijk lang niet gek voor een eerste keer.'

Otto knikte maar wat. Uit welke krochten van zijn brein diepte Berend van der Molen dit hardnekkige optimisme op?

Berend had die dag nog andere verplichtingen in Hilversum. Hij deed Otto uitgeleide.

'Morgen en overmorgen voeren de andere kandidaten hun proefgesprek. Begin volgende week kan ik je vertellen welke beslissing we hebben genomen.'

Otto bleef staan.

'Andere kandidaten? Daar heb je niets over gezegd.'

'Jazeker wel.'

'Ik dacht het niet.'

'Jazeker wel.'

'Wanneer dan?'

'Aan de telefoon. Toen ik je ons voorstel deed.'

'O.'

Otto kon het zich niet herinneren.

'Wie heb je dan nog meer gevraagd?' vroeg hij. Berend noemde vier namen van freelance journalisten, van wie er eentje hem ooit eens had geïnterviewd voor een Gronings studentenmagazine. Vier anderen! Otto onderdrukte gedachten over misleiding en bedrog terwijl hij Berend van der Molen de hand drukte.

Station Hilversum-PON lag tegenover het complex. Otto nam de stoptrein naar Amsterdam en liep de treinstellen door tot hij een lege coupé had gevonden. Daar experimenteerde hij met diverse timbres en kondigde in wisselend tempo en onder variabele stembuigingen een paar keer achter elkaar zichzelf en Chaos en Rumoer aan, gevolgd door een willekeurige opsomming van gasten met wie hij zou spreken. Eenmaal op het Centraal Station wist hij zeker dat hij niet zou worden aangenomen, en toen hij te midden van dagjesmensen op een roltrap naar beneden stapte, voelde hij zich omkranst door een knellende ring van zelfbeklag.

Die week overwoog Otto een rentree in de literatuur. Dat kon natuurlijk niet onder eigen naam. Stel je voor, hij had zijn redacteur en uitgever met veel aplomb op de hoogte gesteld van zijn afscheid, en dan kwam hij een paar weken later met hangende pootjes terug. Hij stelde een lijst op van mogelijke pseudoniemen en dacht erover om heftige straatpoëzie te gaan schrijven. Op de ochtend dat hij een keuze wilde maken tussen de pseudoniemen Maarten Climax en Albert Grensgeval, belde Berend van der Molen hem op met de mededeling dat hij over drie weken kon beginnen als copresentator van Chaos en Rumoer.

6

Een halfuur nadat het team van Chaos en Rumoer voor vergadering bijeen was gekomen, ging de deur piepend open zonder dat er iemand binnenkwam. Na een korte stilte klonk er vanaf de gang: 'Te laat, ik weet het. Ik schaam me dood. Wacht even.'

'Eindelijk, daar is Riekje,' zei Berend van der Molen, en op hetzelfde moment hoorden Otto en de anderen een zachte bons en een schelle kreet. Berend stond op en liep de deur uit. Hij kwam terug met handenvol drukwerk.

'Ze heeft een hele papierwinkel laten vallen.'

Riekje Oude Wetering, redactrice literatuur van Chaos en Rumoer, kwam hevig blozend het vergaderlokaal binnen. Ze probeerde zich te verbergen achter een grote stapel folders. De papieren dreigden voor een tweede keer uit haar handen te glijden, maar dat wist ze te voorkomen door snel haar kin naar voren te steken en op de stapel te punten, waardoor iedereen dan toch volledig zicht had op haar dieprode wangen.

Ze legde de folders op tafel en kwam naast Otto zitten. Sinds hun kennismaking had hij een van driften gevrijwaard zwak voor Riekje, in het bijzonder voor de vagelijk gekwelde trek om haar brede mond in combinatie met de kaarsrechte, bakvisachtige pony die stijf van de haarlak over haar voorhoofd hing, als een kreukloos kleedje uit een open raam. Haar kleding was al evenzeer kreukvrij – Riekje haalde haar getailleerde colbertjes ongetwijfeld door de pers. Otto had de indruk dat zij soms moederlijke gevoelens in zijn richting seinde. Hij had haar tijdens een vorige vergadering zorgelijk en vermoeid een sinaasappel zien eten. Otto schatte haar midden veertig. Waarschijnlijk had ze opgroeiende kinderen.

Toen Berend van der Molen het woord weer had genomen, schoof Riekje de stapel papier in Otto's richting.

'Hier, de najaarsprospectussen van de uitgeverijen,' fluisterde ze. 'Misschien kun je er een dezer dagen wat in grasduinen.'

Otto knikte bereidwillig. Hij tikte even met zijn knokkels op de stapel.

'Riekje, toe. Mag ik even?' Dat was Berend.

Als gestoken plantte Riekje haar ellebogen op tafel.

'God Berend, praat gerust verder. Ik zeg even iets tegen Otto. We hoeven toch niet iedere syllabe die je voortbrengt ademloos te volgen?'

Redactie en presentatoren waren bijeen in een kaal en klein vertrek boven een particuliere radiostudio in de Sarphatistraat in Amsterdam. Dit was de derde vergadering die Otto bijwoonde. Tijdens de eerste twee was hem het enthousiasme opgevallen waarmee de redacteuren ervaringen over allerlei culturele evenementen hadden uitgewisseld. Men had de indruk gewekt zich voortdurend van tentoonstelling naar balletuitvoering te spoeden, en Otto had zich benauwd afgevraagd of hetzelfde van hém werd verlangd.

Deze vergadering had een zakelijker karakter. Over anderhalve week was de eerste uitzending van het nieuwe seizoen, en de redactie discussieerde over mogelijke gasten. Mira Steur, redactrice muziek en beeldende kunst, pleitte ervoor Laurens Thaels, de directeur van museum Boymans-van Beuningen, uit te nodigen. Het Boymans had een groepstentoonstelling van jonge seropositieve Haïtiaanse kunstenaars op de agenda staan.

'Bekt ie wel goed, die directeur?' vroeg Stan Kapteijn. Stan vroeg over wel meer kandidaat-gasten of ze goed bekten. Hij was de jongen met het gemillimeterde haar die Otto had geïnterviewd toen hij acht maanden geleden Vakantiegast van Chaos en Rumoer was geweest. Stan zou nu dus Otto's copresentator worden – of eigenlijk andersom natuurlijk. Stan had ooit drie maanden op de kunstacademie in Utrecht gezeten en was zich daarna gaan toeleggen op toneel. Af en toe ontving hij een aanbieding om reclamespotjes in te spreken of een gastrolletje te vervullen in een soap. Die schnabbels deed hij met grote tegenzin. Otto had van Riekje begrepen dat Stan een vaste plaats in een theatergezelschap ambieerde. Radiopresentatie was zijn tweede keus. Otto vond dat fijn om te weten. Het schiep een band.

'Ik vind dat Haïti-project niet genoeg, Mira,' zei Berend van der Molen. 'Het is te mager om iemand twintig minuten over te laten praten. Er zit gewoon geen goed gesprek in.'

'Waarom nodigen we Thaels dan niet uit in combinatie met een reisschrijver?' stelde Riekje Oude Wetering voor. Zij sloeg haar aantekeningenboekje open en trok met haar wijsvinger een verticale streep. Blijkbaar hield zij een lijst van reisschrijvers bij.

Riekjes vinger stokte. Ze keek op uit haar schrift en richtte zich tot Otto. Op haar voorhoofd verscheen een verticale fronsrimpel.

'Wat dacht je van Alfred Gardenier?'

Otto keek haar met een bevroren glimlach aan. Hij had nog nooit van Alfred Gardenier gehoord.

'Gardenier publiceert dit najaar zijn derde bundel reisverhalen over Midden-Amerika en dit keer de Caribische eilanden in het bijzonder,' zei Riekje. 'Ik heb het van de week in drukproef gelezen. Het is weer die typisch geserreerde Gardenier-stijl. Dat zou dan mooi iets voor jou zijn.'

'Ja, lijkt mij ook,' zei Otto. Er trok een zeurende vermoeidheid in hem op bij het idee zich te moeten verdiepen in andermans typisch geserreerde stijl. Maar hij gaf geen krimp. Riekje had het beste met hem voor, daar was hij zeker van. Er was besloten dat hij vooral schrijvers en dichters zou gaan interviewen, en dus kon Otto het alleen maar waarderen dat Riekje zich ontpopte als zijn rechterhand. En als hij moest kiezen tussen een gesprek met, pak-weg, een theatermaker of met een schrijver, dan koos hij zonder aarzeling voor de laatste. Geserreerde stijlen nam hij dan op de koop toe.

'Het is tenslotte jouw terrein,' had Berend tegen hem gezegd. 'Jouw ongetwijfeld grondige voorkennis is uiteraard een pre. Bovendien is het voor een auteur misschien een extra reden om te komen als hij weet dat een collega...'

'Ex-collega,' had Otto hem onderbroken.

'Goedgoed. Dat een ex-collega hem zal interviewen.'

Misschien was dat eerder een reden voor veel schrijvers om weg te blijven, had Otto gedacht. Doorgaans meden schrijvers elkaar zoveel mogelijk, was zijn ervaring, behalve dan de types die elkaar in cafés op de schouders sloegen en het avonden achtereen als dokwerkers op een zuipen zetten. Vlak na de verschijning van *Bastion van onschuld*, toen euforie hem naar wel meer rare plekken had gedreven, had Otto heel even geprobeerd om zich een plaats te verwerven in die groep van zuipschrijvers. Hij was een paar keer op donderdag- en vrijdagmiddag naar het Spui gefietst. Nabij de beroemde boekhandel Amicorum waren, als een kring van coffeeshops rond een middelbare school, een stuk of wat cafés gevestigd met een literaire clientèle. Die cafés zagen er vanbinnen uit als de clubhuizen van klaverjasverenigingen; de grauwe en groezelige interieurs waren in overeenstemming met het soort schrijver dat zich er bij nacht en ontij ophield. Voor de leek die geloofde dat een schrijver een soort halfgod was, betekende één stap in zo'n drankbak een radicale vernietiging van alle illusies en droombeelden. Geen godheid of hoogromantische *poète maudit* te bekennen. In plaats daarvan trof je er een stel ongezond ogende mannen met het charisma van een pomphouder of verzekeringsagent, gekleed in bevlekte regenjassen van een model waar zelfs een gedegradeerde voetbaltrainer zich niet in zou durven vertonen. Alles aan deze zuipschrijvers was rond en groot: hun knolneuzen en drilkinnen, hun zwembanden en hangwangen. Ook rond en buitensporig groot waren de bierglazen. 'Vaasjes' noemden zij deze glazen, die er helemaal niet uitzagen als vaasjes maar als emmers. Allemaal hielden de zuipschrijvers hun emmers op tepelhoogte terwijl ze stonden te oreren – over de eigen wapenfeiten, dat sprak vanzelf. Ze drukten hun consumptie letterlijk aan de borst, hun schrijversharten warm kloppend tegen de beschuimkraagde emmerglazen. Otto had zich afgevraagd wanneer deze zelfverklaarde bohémiens eigenlijk hun *werk* deden. Alles wees erop dat ze de cafés nooit verlieten; dat ze er stonden en zouden *blijven* staan, zelfs na sluitingstijd, verkleefd met de toog door een korst van schoenvuil en verschaald bier. Of anders werden ze wel door het barpersoneel ergens opgeslagen en rond vier uur 's middags weer tevoorschijn gehaald. Otto had het na twee afmattende avonden voor gezien gehouden; voor hem geen status als zuipschrijver. Een béétje jammer had hij dat wel gevonden. Want die cafés mochten er dan uitzien als miserabele spelonken, er werd wél druk gelobbyd en genetwerkt. Toch bleef hij liever thuis. Hij was, voorzover hij wist, de enige schrijver (herstel: ex-schrijver) die in Buitenveldert woonde. Dat had óók iets exclusiefs.

Om voor Otto onduidelijke redenen beraadslaagden Riekje en de anderen nu al vijf minuten lang over Alfred Gardenier.

'Hebben we Gardenier vorig seizoen niet al een keer gehad?' vroeg Berend van der Molen in een poging het overleg af te ronden.

'Ik dacht van wel,' zei Stan Kapteijn vlug. 'En dat was niet zoveel, hoor. Moeilijke prater, die Gardenier. Weten jullie dat niet meer?'

Willemijn Hoedjes, die de post toneel en moderne dans bekleedde, had tot dan toe niet veel gezegd. Ze haalde een poster tevoorschijn. Twee meisjes van een jaar of acht stonden in bloedrood badpak en met witgeschminkte gezichtjes hand in hand voor een berg autowrakken.

'Kijk, het affiche voor de nieuwe voorstelling van Toneelgroep Ithaka. Ik heb deze week de repetities bijgewoond. Ik zie er wel een onderwerp voor ons in. Ze hebben een stuk gemaakt dat losjes is gebaseerd op een tekst van Mario Vargas Llosa.' Willemijn laste een kleine pauze in, waarschijnlijk om te benadrukken dat zij correct Wharcas Jossa had gezegd. Ze sliste een beetje, wat Otto wel charmant vond. Verder had hij weinig charmants aan haar kunnen ontdekken. Haar figuur had iets van een taps toelopend zoutvaatje. Ze had blond, dun haar en aan weerszijden van de sluike lokken schemerden de roze randen van twee robuuste, mannelijk-vlezige oren. Voor een kunstredactrice droeg ze opmerkelijk fantasieloze kleren. Vooral haar blouses ademden een sfeer van postorder en prijzenslag. Af en toe liet ze met schelle stem van zich horen, ze kon fel uit de hoek komen, maar op andere momenten sprak ze juist overdreven langzaam, op het lijzige af, en als ze verslag deed van een toneel- of dansvoorstelling die ze had bezocht, kreeg ze zelfs iets zalvends en zwevends over zich, alsof het culturele uitstapje de uitwerking van een bevrijdende psychotherapie had gehad.

'Het boeiende is dat Ithaka die tekst heeft omgewerkt tot een confronterende voorstelling over de culturele en sociale verschillen tussen Europa en Zuid-Amerika,' legde Willemijn nu uit. 'Dat zou misschien kunnen aansluiten bij Gardenier én bij de Haïti-tentoonstelling.'

Dit vond iedereen een uitstekend idee.

'Dat is dan iets voor Stan,' zei Riekje Oude Wetering.

'Ja,' zei Berend, 'maar de kwestie is: wie van Ithaka zullen we vragen? De artistiek leider? Twee acteurs?'

Stan Kapteijn had een broodje kaas van een grijs dienblad gepakt. Met volle mond zei hij: 'Ithaka, brachten die drie jaar geleden niet een experiment rond Shakespeare? Dat ze *King Lear* situeerden onder de zeespiegel of zo? In ieder geval stond het hele gezelschap van *dukes and daughters* met zwemvliezen en duikbril op het toneel. Cordelia had zelfs een snorkel in d'r mond. Alleen op de eerste twee rijen kon je haar verstaan.'

'Als theatraal zelfonderzoek was dat toch een gewaagde stap,' zei Willemijn Hoedjes, die vreesde dat haar onderwerp alsnog zou worden verworpen. 'Lear, oud van dagen en met één been in de opengesperde muil van een enorme walvis. Dat was toch een speelse bijbelse connotatie. En neem het tweegevecht van Edgar en Edmund, ploeterend op de scherpgekoraalde bodem van...'

'Wie is ook alweer de regisseur bij Ithaka?' vroeg Stan, Willemijn ruw onderbrekend.

'Harm Zuidwijk,' zei Riekje Oude Wetering. 'We hebben hem twee seizoenen geleden nog gehad, herinner je je dat niet meer, Stan? Het was naar aanleiding van die soloperformance van Jet Roerslager. Ze deed toen iets in de Stadsschouwburg met plastic kippen en brandende autobanden. Daar ben jij nog naartoe geweest. Harm Zuidwijk regisseerde haar. Je hebt ze allebei geïnterviewd.'

'O ja,' bromde Stan, bij wie overduidelijk geen licht opging.

'Ithaka heeft inmiddels een nieuwe artistiek leider,' wist Willemijn Hoedjes. 'Harm is weggegaan vanwege een vertrouwenscrisis met de acteurs. Nu is het eh...'

'Bastiaan op 't Veld?' vroeg Mira Steur weifelend. Ze haalde een hand door haar korte haar. Die hand was groot en rood. Ze beet nagels, had Otto gezien. Hij wist niet wat hem meer aan Mira frappeerde: haarkleur of handgrootte. Wit en rood waren Mira's kleuren: haar blonde haar was bijna oplichtend wit, vrijwel zeker het resultaat van allerlei behandelingen met waterstofperoxide. Rood waren haar wangen en oren, haar grote, brede nek en slagershanden. Ze droeg wijdvallende lappen textiel, meer kon je het niet noemen. Ze had een neusringetje.

'Ja, inderdaad. Op 't Veld.' Dat was Willemijn.

'Ach, echt waar? Bastiaan?' zei Riekje verbaasd. Ze maakte een notitie.

Met zijn vlakke hand sloeg Stan Kapteijn het restant van zijn broodje plat.

'Getver*dem*me! Die flapdrol van Op 't Veld wil ik niet in de uitzending, hoor, o nee! Ik heb een keer auditie gedaan in Utrecht, bij het Tritsgezelschap, en hij zat in de commissie van beoordeling. Wat een praatjes, wat een poeha. Als die komt, hou ik m'n mond. Dan neemt Otto hem maar.'

Otto, die er niet op had gerekend dat zijn naam zou vallen nu het over toneel ging, schrok op uit een warme doezel.

'Akkoord, Stan, akkoord,' suste Berend van der Molen. 'We schrappen Op 't Veld. Tevreden?'

Stan liet wat gemompel horen waar nog een laatste restje verontwaardiging in doorklonk. Berend richtte zich intussen tot Otto.

'Kijk, zoiets kan gebeuren. Stan heeft blijkbaar een gloeiende hekel aan die Op 't Veld. Dat is een voldongen feit waar wij als redactie mee moeten leven. Ik waardeer het van Stan dat hij dit onmiddellijk kenbaar maakt. Nu scheelt het ons een hoop vergeefs werk. Het moet natuurlijk niet te vaak voorkomen, maar als er iemand is met wie je per se niet aan één tafel kunt of wilt zitten, dan moet je dat gewoon zeggen, hoor Otto. Dan houden wij daar rekening mee.'

Otto streek aarzelend met twee vingers over zijn kin.

'Berend heeft jullie misschien verteld dat ik niet veel opheb met toneel,' zei hij, en keek de groep rond. 'Dat zou ik dus liever aan me voorbij laten gaan.'

'Dat weten we van je,' zei Berend ongeduldig. 'Ik heb de redactie daarover geïnstrueerd. Geen toneel voor Otto Vallei. Maar ik heb het nu over persónen. Mensen die je niet graag tegenover je aan tafel hebt.'

Otto ging even verzitten. Dit was niet het moment om achterdochtig te raken. Maar toch: waarom ging Berend hierop door? Moest hij het zeggen? Of *wisten* ze het al?

'Nou... er is wel iemand, ja.'

Ze wisten het níet. Otto zag dat hij de anderen verraste. De drie redactrices, Riekje Oude Wetering in het bijzonder, draaiden zich naar hem toe waarbij ze tegelijkertijd één schouder lieten hangen en hun hoofd licht naar achter bewogen. Alleen Stan grijnsde waarderend. Hij bracht zijn hand naar zijn oor en maakte een militaire groet.

'Zo mag ik het horen,' zei Stan. 'En? Wie is het?'

Voordat hij kon antwoorden, kwam Berend van der Molen tussenbeide: 'Goh, Otto. Ik dacht nu juist dat jij een van die zeldzame schrijvers was die g–'

'Ex-schrijver,' verbeterde Otto.

'Jaja. Ex-schrijver. Maar ik dacht dat jij het met niemand aan de stok had. Toen je onze Vakantiegast was, maakte je juist zo'n prettige indruk. Je leek vrij te zijn van het gewriemel in die slangenkuil.'

Otto wist hier niets op te zeggen. Hij dacht aan Arnoud Zegel, die hem ook al de inborst van een engel had toegedicht. Hoe kwam hij toch aan dat ellendige stigma van allemansvriend?

'Wie is het nou?' vroeg Stan, en maakte met zijn vingerknokkels een korte roffel op tafel. 'Aan wie heeft Otto de schurft? Namen wil ik hebben, namen en rugnummers!'

Otto keek schuldbewust naar Riekje Oude Wetering, alsof hij voorvoelde dat zijn antwoord haar zou schokken.

'Ed Waterland.'

Het kwam Otto voor dat het redactieteam samenvloeide tot één organisme, een traag en zwaarlijvig dier dat met een zachte plof midden in het vertrek en met de rug naar hem toe ging liggen. Zelf had hij inmiddels een merkwaardige smaak in zijn mond. Hij had Waterland nooit eerder bij voor- én achternaam genoemd. Het was altijd alleen maar 'die Waterland' geweest, of anders een enkele keer 'vriend Wee'. Nu had hij Waterlands voor- en achternaam uitgesproken, en hij hield er een moeilijk te onderdrukken gevoel van uitputting aan over, alsof hij zojuist voor een kritisch publiek een lezing had gegeven. Ed. Waterland. Een opzienbarende voordracht van twee woorden.

'Meen je dat nou echt?' vroeg Mira Steur hem. Naast hem begon Riekje onder veel geritsel in haar aantekenschrift te bladeren.

'Ik vind dat juist een ontzettend interessante jongen,' zei Berend van der Molen. Hij was iets harder gaan praten. 'We hebben hem het vorig seizoen nog twee keer in de uitzending gehad, de laatste keer ging het over feit en fictie in *Morpheus voorbij*. Behoorlijk goed boek trouwens. Zal wel op de shortlist van de Eurobank-prijs terechtkomen.'

Riekje nam de houding aan van iemand die op het punt staat iets kort en bondigs te beweren.

'Waterland is een kei van een schrijver,' zei ze. 'En zijn boeken déúgen.'

Onder tafel schuifelde Otto met zijn voeten, terwijl hij intussen onderzoekend opzij keek. Hij was ongetwijfeld met een harde klap in Riekjes aanzien gedaald. Haar vage moederlijke affectie zou ook wel aan flarden zijn.

'Het heeft niets met zijn werk te maken,' zei hij. 'Daar heb ik zo mijn gedachten over, maar dat is weer een ander verhaal.'

'O. Leg eens uit?' kaatste Willemijn Hoedjes. Ze probeerde een ruzieachtige sfeer te creëren. Dit werd Otto te gortig.

'Ik begrijp iets niet. Berend en Stan sporen me aan om toch vooral te vertellen met wie ik absoluut niet aan één tafel wil zitten. Goed, ik noem een naam, en dan word ik door jullie zo'n beetje op een gierkar gezet.'

Stan Kapteijn trok zijn wenkbrauwen op en zei: 'Puntje voor Otto.'

'Maar wat *heb* je tegen Waterland?' vroeg Riekje. Er klonk een dramatische triller in haar stem, en het leek Otto beter om wat gas terug te nemen.

'Het is niets literairs. Het is iets... persoonlijks.'

'Ach,' zei Stan meelevend, 'hij heeft een keer je fiets gestolen.'

Otto verkeerde in tweestrijd. Hij wist dat hij de vrouwen milder zou kunnen stemmen als hij de reden van zijn aversie onthulde. Aan de andere kant bestond het gevaar dat zij Waterland misschien nóg 'interessanter' zouden gaan vinden. Hij legde behoedzaam zijn handen plat op tafel, alsof hij aan een seance begon.

'Ed Waterland heeft ooit iets met mijn vrouw gehad.'

Mira Steur en Willemijn Hoedjes maakten beiden een kort rukje met hun hoofd, in de richting van het raam. Stan slikte een giechel in. Berend spiedde van onder zijn wenkbrauwen naar de vrouwen. Naast hem sloeg Riekje haar schriftje dicht.

'Dat verklaart inderdaad een heleboel,' zei ze langzaam. Ze legde een warme, drievoudig beringde hand op de zijne. Otto voelde een vlinderende vreugde. Heroverd!

'Was het voor of tijdens?' vroeg Stan.

'Hoe bedoel je?' zei Otto verbaasd.

'Nou, die eh, affaire. Speelde dat vóór of tijdens je huwelijk?' Stan klonk plotseling alsof hij een interview afnam.

'Vóór,' loog Otto.

Stan spreidde lachend zijn armen. 'Nou, dan zie ik niet wat het probleem is.'

Otto merkte dat de anderen voor zichzelf probeerden te beslissen of zij het met Stan eens waren. Snel zei hij: 'Ik bedoelde eigenlijk tijdens.'

'Ja, wat is het nou?' vroeg Stan, 'voor of tijdens?'

'Tijdens, tijdens,' antwoordde Otto gejaagd, 'heel erg tijdens zelfs.'

'Heel erg tijdens. Jezus Christus.' Stan dacht even na. 'Zó erg tijdens dat ze ook nu nog eh...?' Zijn stem ging zangerig de hoogte in.

'Nee, natuurlijk niet. Anders zou ik wel mijn maatregelen hebben genomen.'

Maatregelen. Verkeerd woord. De dames keken hem met onbeweeglijke ogen aan. Bij Willemijn Hoedjes ging één wenkbrauw omhoog. Snel verbeterde Otto zich.

'Ik bedoel dus, dan was ik wel bij haar weggegaan.'

Hij zweeg verder. Nu hij erover was begonnen, stond de geschiedenis van Karins overspel hem weer pijnlijk helder voor ogen. Drie jaar geleden had hij eveneens in een schrijversimpasse verkeerd. Hij deed er alles aan om maar niet aan zijn bureau te hoeven zitten en was dus vaak van huis, waardoor het hem niet onmiddellijk was opgevallen dat Karin óók vaak van huis was. Op een dag vroeg hij, meer uit balorigheid dan uit wantrouwen: 'Heb je soms een ander?' Tot zijn stomme verbazing antwoordde Karin met een hard en helder 'ja'. Zonder enige aarzeling kwam het haar over de lippen, waarna ze haar armen over elkaar sloeg in een gebaar van grimmige zelfrechtvaardiging. Het leek erop dat ze zijn vraag al veel eerder had verwacht. Ze gunde hem nauwelijks enige verontwaardiging en begon direct na de bekentenis aan een tornado van verwijten, waarvan ze de meeste zó efficiënt onder woorden bracht dat het niet anders kon of ze had zich er maandenlang op voorbereid. Toen zij enigszins leek gekalmeerd, vroeg hij droogjes: 'Zeg, wie is het eigenlijk?' Karin ontplofte. Alsof dát ertoe deed! En, nou ja, als hij het zo nodig weten wilde: Eddy. Er ging hem niet direct een licht op. Eddy, Eddy wie? Ja zeikerd, Eddy Waterland natuurlijk. Toen pas voelde hij een huivering. De naam kwam totaal onverwacht. Hij had aan een of andere sukkel van haar werk gedacht. Dat ze zich uitgerekend met zijn succesvolle fondsgenoot had ingelaten, maakte Karins overspel in één klap schokkend concreet. In navolging van Karin was hij gaan schreeuwen en schelden, met meer agressie dan hijzelf voor mogelijk had gehouden.

De twee hadden elkaar nota bene leren kennen op de nieuwjaarsborrel van Orakel, waar zowat alle fondsauteurs aanwezig waren. Die borrel vond plaats in een vertrek met hoge ramen maar een slechte ventilatie, door Arnoud Zegel en zijn collega's de 'spiegelzaal' genoemd. Er spiegelde niet veel, of het moesten de voor de gelegenheid nog eens extra opgewreven ego's van de genodigden zijn. Otto had er stilletjes staan bijna-hyperventileren. Tientallen schrijvers bijeengeperst op vijftig vierkante meter – het stond prominent op zijn lijst van hellekringen. Nee, hij had het niet lang uitgehouden in die spiegelzaal en was na een kwartier weggegaan. Karin wilde nog even blijven, had ze gezegd. Daar had hij niets achter gezocht. Waarom zou hij? Toen, daar, was het begonnen. Waterland had haar waarschijnlijk weten te lijmen met een of andere populistische *one-liner*, zoals hij die bij bosjes uitventte in z'n glibberige romans. Dat bleven vermoedens, want naar details had hij Karin nooit gevraagd – die had hij zichzelf willen besparen. Had Waterland haar nadien opgebeld? Zij hem? Te pijnlijke informatie. Hun liaison was over, voorbij, *Schluss*. Dat was het enige wat telde.

De stilte aan de vergadertafel had de vorm aangenomen van een vinger die verwijtend in zijn richting wees. Otto voelde een rilling. Hier werkten al jaren mensen samen die waarschijnlijk weinig van elkaars huiselijke omstandigheden wisten, en dit natuurlijk ook graag zo wilden houden. En dan schoof híj bij hen aan tafel en wierp zijn privé-leven als een natte lap in ieders gezicht. Geen wonder dat zijn kersverse collega's zich geen houding wisten te geven. Alleen Stan Kapteijn leek plezier in de situatie te hebben. Hij zat op het puntje van zijn stoel en zoog gnuivend aan een sigaret die hij zojuist had opgestoken. Otto twijfelde er niet aan of Stan zocht koortsachtig naar een vraag om hem opnieuw in verlegenheid te brengen.

Tot zijn opluchting nam Berend van der Molen het woord.

'We hebben Otto's voorbehoud te respecteren. Maar we verliezen ons in hypothesen en terzijdes. Waterland staat niet eens op de agenda.'

'Dat is te zeggen...' begon Riekje. Ze haalde de stapel papier weer naar zich toe en viste er de aanbiedingsprospectus van Orakel tussenuit. 'Ja, zie je wel, hier staat het. Volgend voorjaar verschijnt het nieuwe boek van Waterland. Een roman. *Het hart aan de rand van de stad*, heet het. Geschatte omvang: tweehonderdvijftig pagina's. Maand van verschijning: april. Dat valt dus nog nét binnen dit radioseizoen.'

'Goh,' zei Mira Steur.

'Het hart... het hart aan de rand van de stad,' herhaalde Willemijn Hoedjes, op een toon alsof het hare er ter plekke door geraakt werd.

'Goeie titel,' vond Berend van der Molen, 'cryptisch, ambigu, gedurfd.'

Otto vond het een beroerde titel. Nietszeggend, gekunsteld, klootloos. Het zou bij verschijning wel als een zaak van nationaal belang worden gepresenteerd dat Waterland zich, afgaand op die tongbrekende titel, had verwaardigd om de grachtengordel te verlaten en zijn blik te richten op, jawel, de *rand* van de stad. Maar daar moest dan kennelijk meteen weer het hart bij. Erg dubbelhartig, vond Otto. Een flagrant geval van twee walletjes.

'Dat wordt dan een item voor Stan,' zei hij met een vastberadenheid die hemzelf verwonderde. Als nieuwkomer kon hij zich zo'n toon natuurlijk niet permitteren. Maar hij werd niet tegengesproken.

Stan nam een denkbeeldige hoed af.

'Merci bien, monsieur Vallèh.'

Riekje sloot de prospectus. 'Ik stel voor dat we ons beperken tot de komende uitzending. Volgend voorjaar is vroeg genoeg om te delibereren over Waterland.'

'Waar gaat dat nieuwe boek van hem eigenlijk over?' vroeg Mira Steur.

Riekje trok haar voorstel meteen weer in en begon voor een tweede keer in de prospectus te bladeren. Otto, opgelucht dat de aandacht van hem was afgeleid, strekte onder tafel zijn benen en ging ietsje onderuitzitten.

'Eens kijken,' mompelde ze. 'O ja, hier staat het. Iets over een schrijver en zijn impasse. Gevecht tegen een *writer's block*.'

Otto zat onmiddellijk weer rechtop.

Riekje las voor: ' "De veelgelezen Ed Waterland heeft zich deze keer gewaagd aan een roman over een schrijver die maar niet aan het schrijven komt." ' Ze keek op. 'Fascinerende materie, zeker in de handen van Waterland.'

Stan keek bedenkelijk.

'Een boek over een boek, dat vinden wij van de indianenstam Kapteijn zéér van de slaapverwekkende. Hoe zei die dichter dat ook alweer? Iets met eten... eten zonder bord of zoiets.'

'Poëzie over poëzie. Schrijven over schrijven. Eten van een leeg bord. Vrij naar Lucebert.' Otto dreunde het op.

'O ja,' zei Stan.

'Niet echt een onderwerp voor Waterland,' vond Berend.

'Misschien dat hij een nieuwe richting wil inslaan?' opperde Mira.

'Jezelf vernieuwen, en dat terwijl je zo'n succes hebt,' zei Willemijn. 'Dapper, hoor.'

'Otto? Wat zie je bleek,' zei Riekje.

Otto keek haar verwilderd aan.

'*Writer's block* – van die term trekken álle schrijvers wit weg,' zei Stan.

'Zeg dat wel,' beaamde Otto, en produceerde een glimlach. Het zou best kunnen dat hij wit zag. Hij had het gevoel alsof zijn bloed in angstaanjagende hoeveelheden werd afgetapt.

Berend van der Molen ordende zijn papieren. 'Goed, waar waren we gebleven?'

'Haïti. Boymans-van Beuningen. Gardenier. Ithaka.' De opsomming kwam van Mira Steur.

'O ja.' Energiek vouwde Berend een ezelsoor in zijn agenda. Hij dacht even na. 'Dat vind ik eigenlijk allemaal maar niks. Nee, zo'n eerste uitzending van het seizoen moet er echt uitknallen. Ik denk dat we op een heel ander spoor moeten gaan zitten.'

Zuchtend schoof iedereen zijn stoel aan en zette zich schrap voor een nieuwe ronde.

Iedereen – behalve Otto, die als versteend aan tafel zat. Hij bewoog alleen zijn ogen en deed dat zo behoedzaam dat de anderen er geen aandacht aan schonken. Al het andere deed hij óók heel behoedzaam. Behoedzaam maar zonder te versagen hing hij Waterlands ideeënroof aan de grote klok, won de rechtszaak tegen uitgeverij Orakel, haalde de nieuwsuitzendingen van alle tv-zenders, keek toe hoe zijn berover wegzonk in een peilloze anonimiteit, ontving een schadevergoeding, zag al zijn eerdere titels herdrukt bij een nieuwe uitgever, nam de pen weer op, dwong respect af bij pers en publiek, ontving een literaire prijs en werd vertaald in veertien landen.

Hierna schoof hij zijn stoel aan en zette zich schrap voor een nieuwe ronde.

7

'Over drie weken praat jij de uitzending vol met een gemak alsof je per straalverbinding geboren bent,' zei Stan, en negeerde een stoplicht dat op rood stond. De vergadering was voorbij en Otto fietste met Stan over het Frederiksplein in de richting van het Rijksmuseum. Stan woonde, net als Berend, in Zuid, en aangezien Otto terug naar Buitenveldert moest, reed hij een stukje met hem op. Stan had hem gevraagd of hij nerveus was voor de eerste uitzending. Otto had naar waarheid geantwoord, waarna Stan was begonnen hem, overigens tot nog toe met averechts effect, moed in te spreken.

Stans voornaamste argument ter geruststelling was het aantal luisteraars van Chaos en Rumoer. De luisterdichtheid was volgens Stan schrikbarend laag. Otto wist niet of hij dit moest geloven. Eerder had Riekje hem verteld dat Chaos juist heel véél luisteraars trok.

Hij wilde cijfers horen en vroeg Stan ernaar toen zij over het Weteringcircuit reden.

Stan keek grinnikend opzij. 'De officiële cijfers of de échte cijfers?'

'De echte, graag.'

'Ik zal het je uitleggen. Maar het kost wél even tijd.'

Stan stapte af en Otto deed hetzelfde. Met zijn fiets aan de hand liep Stan een klein stukje het gras op aan de westkant van het Weteringcircuit. Hij zette zijn fiets tegen een verkeerspaaltje; Otto plaatste die van hem op de standaard. Stan stak een sigaret op.

'Kijk, over het algemeen luistert er natuurlijk geen hond naar Zender 5. De mens wil show en spektakel, en daarvoor moet je bij de commerciëlen zijn. Maar goed, de PON heeft een eigen Kijk- en Luisterdienst, en die berekent dagelijks de kijk- en luisterdichtheid van ieder programma op radio en tv. Voor Chaos zijn dat er maximaal dertigduizend. Nóóit meer, wel vaak minder.'

'Zo!' zei Otto, en knikte geïmponeerd.

Stan keek opzij. 'Hoe bedoel je, *zo*? Dertigduizend is nada, noppes, náks. Je kunt nog beter tegen bomen gaan lullen.'

Otto zweeg geschokt. Zoveel dédain had hij van de sterpresentator niet verwacht.

'Dertigduizend. Een schrijver tekent voor zo'n publiek,' zei hij voorzichtig. 'Er zijn er maar weinig die zoveel lezers hebben.'

'Begrijp ik wel, begrijp ik wel.' Stan liet zijn blik langs een rij touringcars tegenover de Heineken Brouwerij dwalen. 'Maar denk jij dat die dertigduizend ook allemaal echt *luisteren*? Welnee, man. Het is een enorm geflatteerd getal. De helft heeft de radio toevallig aanstaan zonder echt te luisteren. Blijven er vijftienduizend over. Dáár weer de helft van krijgt bezoek en kletst erdoorheen terwijl jij je interview afneemt. Dan zijn er nog zevenenhalfduizend. En dáár weer de helft van heeft de radio aangezet omdat ze liggen te neuken en niet willen dat de buren hun gehijg en gejengel horen, dus knallen ze een willekeurige zender voluit. Nee, het is al heel wat als tien procent van die dertigduizend een *flard* opvangt van het gesprek waar jij je de halve week op hebt voorbereid.'

Otto trommelde met zijn vingers op het frame van zijn fiets. Zijn boeken hadden een oplage die in het niet viel bij dat luisterpubliek van dertigduizend. Wat moest Stan Kapteijn dáárvan denken?

'Kunst is een zaak van weinigen,' zei hij op zuinige toon. Types zoals Stan met hun minachting voor het kleine droegen ertoe bij dat alles van waarde vroeg of laat om zeep werd gebracht.

Stan tipte de as van zijn sigaret. 'Maar het wordt toch wat penibel als die weinigen met wel héél weinig zijn, vind je niet? Neem nou bijvoorbeeld de dichters. We hebben er iedere week wel eentje in de uitzending. *Jij* bent schrijver, *jij* moet weten wat de gemiddelde oplage van een dichtbundel is.'

Dat wist hij inderdaad. Op basis van de jaarcijfers van Orakel had Wout Rookershoofd hem eens voorgerekend dat er in Nederland voor poëzie een publiek van hooguit tweeduizend mensen bestond. Maar die tweeduizend kochten natuurlijk lang niet alles. Zelfs een door de kritiek bejubelde dichtbundel oversteeg nauwelijks een verkoop van vijfhonderd exemplaren. Deze getallen gaf hij door aan Stan Kapteijn, die meteen mismoedig zijn hoofd begon te schudden.

'Laten we het ruim schatten en dat aantal van tweeduizend geïnteresseerden aanhouden,' zei hij. 'Op een bevolking van zestien miljoen koopt één op de achtduizend mensen dus af en toe een gedichtenbundel. Eén op de achtduizend... Omgerekend betekent het dat er onder de dertigduizend luisteraars van Chaos en Rumoer drie, vier zielen zijn die de oren spitsen als we een dichter in het programma hebben. Dáár doe je het dus voor, dáárvoor nodig je zo'n dichter uit, dáárvoor reizen wij iedere week met tweehonderdvijftigduizend gulden aan PON-apparatuur af naar Museum Amsterdam: voor drie of vier poëzieliefhebbers. En dan zul je zien dat ze als onze beste brave dichter in de uitzending is, allevier nét even naar de keuken moeten rennen omdat de melk overkookt.'

Stan schoof zijn sigaret in zijn mondhoek en deed er zichtbaar vergenoegd het zwijgen toe. Blauwwitte rook kringelde langs zijn toegeknepen ogen. Otto was opnieuw geïmponeerd, zij het nu om andere redenen. Door deze getallen verschraalde het radiomaken inderdáád tot een geldverslindend onderonsje.

Stan had nog meer cijfers in petto. 'Met een beetje geluk wordt na zo'n radiogesprek de helft van de potentiële kopers opgepord om die bundel te kopen. Dat zijn er in dit geval dus maximaal twee. Twee! Ik weet dat een dichter tien procent van de verkoopprijs krijgt. Wat kost een bundel gemiddeld?'

'Dertig gulden?' zei Otto onzeker.

Stan rekende het op zijn vingers voor alsof hij een kind toesprak. 'Dertig gedeeld door tien en dat keer twee, maakt: zes gulden voor de dichter! Tel uit je winst!'

Otto wist even niets te zeggen. Hij was dan wel geen dichter maar voelde zich wel degelijk met de neus op het ontzagwekkende obscurantisme van de letterkunde gedrukt.

'Zes gulden!' herhaalde Stan, en voegde er mompelend aan toe: 'Bruto, ook dat nog.'

Beduusd liet Otto de cijfers op zich inwerken. Hij trok tóch andere conclusies dan Stan. Hij vond al die kosten en moeite om een tweekoppig publiek te bereiken in de grond van de zaak iets *edels* hebben. Het was een aanwijzing dat Nederland ondanks alle vervlakking en verloedering nog steeds een beschaafd land was.

Stan had zijn fiets gepakt. Kennelijk was er genoeg geschamperd. Otto had wat moeite met het induwen van zijn standaard. Even later kwam hij Stan haastig achterop.

Ze gingen het kruispunt van de Stadhouderskade over, en toen ze de Ferdinand Bolstraat inreden, vroeg Stan: 'Zeg, wie geeft jouw boeken ook alweer uit?'

'Orakel.' Otto antwoordde met moeite. Stans fietstempo was hoog, hij hield hem amper bij.

'O ja, die toko van Arnoud Zegel,' zei Stan, en knikte waarderend. 'Goeie vent, die Zegel. Is vaak op tv. Heeft *screen appeal*. Zeg, ik ga hier rechts. Zie je vrijdag.'

'Ja,' hijgde Otto. 'Vrijdag.'

Stan haalde twee fietsers in en reed opnieuw door rood, de Ceintuurbaan op. Otto vervolgde zijn weg over de Ferdinand Bol en fietste in verwarring en uit vlammend ongenoegen bijna een jongen op een skateboard omver. De naam Zegel had in één klap alle povere luistercijfers uit zijn hoofd gebannen om plaats te maken voor bittere gedachten over verraad (door Zegel), roof (door Waterland) en wraak (door hemzelf).

Met een bijna blinde woede hakte hij de pedalen rond. Ze waren verdomme aan de haal gegaan met zíjn *writer's block*! Wat kon je beginnen tegen ideeënroof? Tegen, zogezegd, plagiaat van nog onverwoord gebleven materiaal?

Pas voorbij de Rai, met de vertrouwenwekkende contouren van Buitenveldert in het zicht, raakte Otto weer enigszins bij zinnen. Maar hij zou het er niet bij laten zitten. Zegel had zijn ideeën doorgespeeld. Zegel was hem verantwoording schuldig. Zegel was, kortom, nog niet van hem af.

Maar hij moest strategisch te werk gaan. Het was onverstandig zijn uitgever direct ter verantwoording te roepen. Eerst zou hij opheldering vragen aan Wout Rookershoofd.

8

Otto zat met gekromde rug op het puntje van de bank in de woonkamer en steunde met zijn kin op zijn handen, die hij zó strak tot vuisten had gebald dat zijn vingertoppen ervan begonnen te tintelen. Naast hem stond de telefoon, waar hij af en toe met een schuin oog naar keek. Hij neuriede een beetje. Dat was goed voor de beoogde concentratie en koelbloedigheid. Hij bereidde zich voor op een gesprek.

Het was stil in huis. Karin was op kantoor in Diemen. Otto had net besloten dat hij in de juiste staat van paraatheid verkeerde. Alleen ongenood bezoek zou zijn telefoongesprek nog kunnen dwarsbomen. Uit voorzorg had hij daarom de deurbel uitgezet en de rolgordijnen naar beneden gedaan. Zijn vesting was geheel en al geblindeerd. *This side of paradise.*

Al een tijdje maakte hij trage kauwbewegingen. Na klachten over aangezichtspijnen had een fysiotherapeut hem verteld dat langzaam en gevoelvol kauwen op niets je kaakspieren ontspande. Wanneer hij op het punt stond te telefoneren had hij vaak last van zijn kaken. Die kaken gingen in verzet. Die kaken weigerden dienst. Die kaken wilden op slot.

Haptisch kauwend was hij inmiddels van de bank opgestaan. Hij maakte een aantal huppelpasjes-op-de-plaats, strekte zijn armen in de houding van de slaapwandelaar, oefende zijn nekspieren door met zijn hoofd te draaien en...

Ja. Hij was er klaar voor. Hij ging weer zitten.

Als in een oude *film noir* nam hij langzaam en bijna theatraal de hoorn van de haak. Hij tikte het nummer in dat hij vanbuiten kende.

In gesprek. Met onfilmische haast legde hij neer, ondanks alles opgelucht.

Opnieuw. Neuriën. Kauwen. Rek- en strekoefeningen. Zitten gaan. Nummer intoetsen.

'Orakel, heeft u een ogen*blik*je?'

De receptioniste – het was Yvette, Otto herkende haar stem – zette hem in de wacht. Prompt dijde de hoorn aan zijn oor uit tot een grote zware schelp die een ruisend Niets verspreidde.

'Orakel, bedankt voor het *wach*ten.'

Otto noemde zijn naam en vroeg of Wout Rookershoofd aanwezig was.

'Jazeker. Hoe was uw naam ook alweer?'

Hier begon het al. Je meldde luid en duidelijk hoe je heette en wat je wilde, maar alsof je in plaats daarvan niets van enig belang had gezegd, stelde de ander doodleuk die beledigende, vernederende vraag. Hoe was uw naam. Ook alweer. Als hij naar bedrijven of instanties belde en zijn naam zei, gebeurde het zó vaak dat hem deze vraag werd gesteld dat zijn identiteit ervan op de helling ging. Otto Vallei was geen naam. Hij maakte zich bekend, maar zonder enig effect. Hij praatte, maar was er niet. Hij werd naamloos, nietig verklaard.

'Vallei, Otto Vallei.' (Kaken! Ademhaling!)

'Fijn. Ik ga u doorverbinden, meneer Verweij. Momentje nog.'

Tweemaal werd hij verkéérd doorverbonden en vervolgens weer teruggeschakeld naar de receptioniste. Toen hoorde hij eindelijk de galmende kopstem van Wout. Otto herademde.

'Wout, met Otto. Ik bel je naar aanleiding van ons gesprek van kortgeleden. Ik wil niet lastig zijn, maar – '

'Aha! Na een dergelijk intro volgt negen van de tien keer een uitzonderlijk lastige vraag. Maar dat geeft niet, daar zijn wij voor. Uitgeven is topsport, al trekken wij nooit een sprint en houden wij niet van haast. Haast is voor de onzaligen van geest, haast is voor de grasmus die het nooit zal winnen van Erasmus. Zeg het eens, Otto.'

Otto was niet meteen in staat te antwoorden. Niet Wout Rookershoofd maar Arnoud Zegel was hem in de rede gevallen.

'Arnoud. Ik eh, dacht dat ik Wout aan de lijn had.'

'Klopt,' antwoordde Zegel op gemoedelijke toon. 'Maar wij benutten hier de mogelijkheden van onze communicatieapparatuur. Orakel is sinds kort in het bezit van een homevox plus tien toestellen met SMS, *voice mail*, lichtsignalering en digitale wachtstand. Maar vooral: *handsfree*, Otto, *handsfree*!'

'Ach zo,' antwoordde Otto.

'Eén knop indrukken van dit toestel en iedereen in het vertrek kan meepraten. Wout en ik kunnen je dus samen te woord staan, zónder dat een van ons de hoorn nog hoeft op te nemen. Is dat geen vooruitgang?' Zegel schetterde het in Otto's geteisterde oor alsof hij zelf de uitvinder was van zoveel technisch vernuft. Toen Otto niet meteen antwoord gaf, voegde hij eraan toe: 'Dit komt natuurlijk allemaal ten goede aan de contacten met onze fondsauteurs, dat zul je begrijpen.'

'Een geruststellend idee,' bracht Otto uit.

'Zeg, hoe klink ik eigenlijk?'

Ja, hoe klonk Zegel. Otto hoorde slecht voorgewende achteloosheid in zijn stem, maar dat bedoelde zijn uitgever natuurlijk niet. Hij aarzelde. De woorden 'dof' en 'sonoor' drongen zich aan hem op. Het was alsof zijn uitgever zich in een kleine, betegelde ruimte bevond, een wc of douchecabine.

'Helder en dichtbij.' Hij vond het raadzaam om Zegel gunstig te stemmen.

'Mooi zo. Daar heb ik voor betaald, voor helderheid en nabijheid. En klinkt Wout ook goed?'

Otto vroeg zich af of Zegel een valstrik uitzette. Afgezien van de ene katholiek galmende kreet had hij Wout helemaal niet meer gehoord. Hij zei dit tegen Zegel, die onmiddellijk begon te vloeken en een reeks instructies opdreunde.

'Wout, doe eens drie stappen naar voren. En nu naar rechts. Een beetje achter die boekenwand vandaan. Zo ja, en nu naar voren. Nu, nu, *nu* sta je volgens mij zo'n negen meter van het basisstation.' Zegel richtte zich weer tot Otto. 'Op mijn verzoek is Wout nu in de gang en zonder handset. In de handleiding staat dat deze set een *handsfree*-bereik heeft van meer dan tien meter. Je moet Wout dus luid en duidelijk kunnen horen. Wout! Zeg nog eens iets.'

Otto onderscheidde een gesmoorde kreet. Als dat Wout was, dan hield hij een zakdoek of iets anders voor zijn mond.

'En?' vroeg Zegel.

'Vaag,' antwoordde Otto naar waarheid. De monoloog die hij had gerepeteerd, dreigde hem te ontschieten.

Zegel veranderde van toon.

'We geven het op, althans voor dit moment. Wij kunnen spreken, dat is het belangrijkste. *Permitte divis caetera.* Horatius. Wiens *Oden* wij niet uitgeven, omdat er grenzen zijn aan mijn bereidheid tot het werpen van paarlen voor de zwijnen. Vijftien jaar uitgeven leert mij het volgende over de lezers: hun rugzakje wordt nooit groter, altijd kleiner. Dat stemt somber en bitter en daar valt niets tegen te doen. Als iemand aan mij vraagt: Zegel, geloof jij in verheffing van het volk, dan zeg ik ja en gun ieder huisgezin een keukentrap. Wat heeft het allemaal voor zin? Laatst was ik verplicht aanwezig op zo'n verhitte avond in een Amsterdams theaterzaaltje waar wat royaal bepukkelde en bemee-eterde jonge dichters bijeen waren en waar een nét niet hysterische derdejaarsstudent letteren het had over het heilig vuur van Prometejus. Ejus, Otto, ejus. Dan denk ik: nú is dit land definitief naar de ratsmodee. Ik boek een enkele reis Jamaica maar stort eerst alle boeken van Orakel op de bodem van het IJsselmeer. Oók een vorm van verheffing, al is het maar van de waterspiegel. Prometejus... verre familie van Hera en Zejus, familie van Jezus, uit te spreken als je zus.'

'Arnoud, ik wil niet lastig zijn, maar – '

'Dat zei je al.'

Hopelijk onhoorbaar voor de ander haalde Otto diep adem. 'Ik wil even terugkomen op ons gesprek van een paar weken geleden.'

Nu hoorde hij ineens luid en duidelijk een jubelkreet, afkomstig van Wout Rookershoofd.

'Otto! Je herroept je besluit! Ah, ik *wist* het wel... Dus dan krijgen we tóch die beklemmende *case study* over de marteling van het schrijverschap. Tssss.'

'Nee Wout, ik blijf bij mijn beslissing. Ik bel over de aankondiging van de nieuwe roman van Waterland. Over een schrijver en zijn *writer's block.* Zo stond het tenminste in de prospectus.'

Otto zweeg, maar kennelijk niet veelbetekenend genoeg, want Wout vroeg gretig: 'Ja? En? Wat wil je weten?'

'Ik vertelde jullie toen over een roman die ik had willen schrijven. En wat zie ik? Mijn onderwerp keert terug bij een ander uit het fonds.'

Zegel en Rookershoofd waren nu behalve *handsfree* ook *stonesilent.* Maar niet voor lang.

'*Wiens* onderwerp, zei je?' Zegels stem bevond zich ineens overweldigend dicht bij Otto's oorschelp, zó dicht dat er een rilling over zijn rug en schouders gleed.

Otto zei: 'Nu klink je opeens heel helder.'

'Ik heb de hoorn opgenomen.' Zegel zei het alsof hij het over een steekwapen had. 'Als ik het goed begrijp, Otto, dan staak jij alle literaire arbeid maar vind je tegelijkertijd dat niemand zich mag buigen over het onderwerp *writer's block*, waarover jij óóit en héél misschien had wíllen schrijven.'

Zo samengevat klonk zijn bezwaar inderdaad nogal dubieus. Maar het was een verkeerde samenvatting.

'Het gaat erom dat ik jullie over die roman in wording in vertrouwen heb genomen. Nu zie ik mijn plannen en ideeën in andermans roman opduiken.'

'Ach. Jij hebt het manuscript van Waterland al ingezien.' Zegel klonk ijzig, en Otto kreeg het warm. Hij keek de geblindeerde kamer rond en had even het verwarrende gevoel dat hij niet alleen in huis was.

'Natuurlijk heb ik er niets van gelezen. Maar dat maakt niet uit. Ik heb het over het basisidee. Op de dag dat ik jullie erover vertelde, was Waterland trouwens ook in het pand. Dat vertelde Yvette me toen ik wegging.'

'Zo. Je bent een ernstig misdrijf op het spoor,' antwoordde Zegel, en klakte een paar keer met zijn tong. 'Afgezien van het feit dat Wout en ik nóóit met derden over toekomstige projecten van onze auteurs praten, is je verdachtmaking onzinnig en, ik zeg het eerlijk, ver beneden je niveau. Hoe ver strekken die claims van jou eigenlijk? Tot over het graf? Moet iedereen die een brief aan zijn vader wil schrijven voortaan eerst met behulp van spiritistische technieken toestemming vragen aan Franz Kafka? Luister. Wij hebben zoals je weet een aantal oudgedienden in het fonds voor wie de jaren '40-'45 een *Fundgrube* zijn en blijven. Stel nu dat een van die auteurs zich bij mij vervoegt om te klagen over een collega die óók bezig is aan een boek over verzet en verraad in de Tweede Wereldoorlog. Otto, vertel mij eens, wat zou ik met zo'n verwijt moeten beginnen?'

Otto gaf niet meteen antwoord. Hij weigerde zijn beschuldiging in te trekken.

'We hebben het over stof voor literatuur. De Tweede Wereldoorlog is niet te vergelijken met het *writer's block*.'

'Allicht,' antwoordde Zegel onmiddellijk, 'het gevecht tegen de witte bladzijde heeft honderd keer meer slachtoffers geëist.'

Otto hoorde de ander kort om zichzelf gnuiven en dacht terug aan de *one-liner* waarmee Waterland zich een paar jaar geleden de literaire kolommen in had weten te manoeuvreren. *De Tweede Wereldoorlog, was dat niet die film met Bruce Willis?* Het bereikte ternauwernood het niveau van de opgewonden *stand-up comedian*, maar Waterland had wél de oude garde op stang weten te jagen.

'De Tweede Wereldoorlog is veelomvattend genoeg om voor honderden schrijvers als literair materiaal te dienen,' zei hij op effen toon. 'Mijn onderwerp daarentegen is streng begrensd.'

'Begrensd? In wat voor opzicht? In tijd? In drama? Vijf, zes jaar oorlog tegenover een eeuwigheid artiestenmoraal? Ik moet je teleurstellen, Otto. Hitler bestond nog niet toen Aristoteles zijn *Poetica* schreef.'

'Je begrijpt best wat ik bedoel.'

'Integendeel. Ik begrijp zelden wat mijn medemensen bedoelen. Het kost al genoeg inspanning om te begrijpen wat ze allemaal *zeggen*, hun quatsch en gaga-praat. Aan achterliggende bedoelingen durf ik niet eens te dénken.'

Otto bezon zich op een weerwoord. Zegel vond hem paranoïde en lichtgeraakt, dat was wel duidelijk. Otto begon aan zichzelf te twijfelen. Misschien zag hij spoken. Misschien was Waterland inderdaad op eigen houtje op dit romanidee gekomen. En dan was er natuurlijk nog de mogelijkheid dat het 'lek' heel ergens anders was. Karin had hem bezworen dat ze Waterland nooit meer zag. Dat geloofde hij. Bovendien was zij er de vrouw niet naar om over haar echtgenoot te roddelen – zelfs niet tegen een minnaar. Ze behandelde hun huwelijk met gepaste discretie, tot in haar overspel toe. Nee, de zwakke schakel was Orakel. Zeker Wout achtte hij ertoe in staat om dieponschuldig en met de beste bedoelingen uit de school te klappen.

'Het is toch denkbaar dat Waterland om materiaal verlegen zat,' zei hij. 'En dat hij daarover klaagde tegen jullie, waarna Wout en jij in jullie enthousiasme iets over mijn romanidee hebben gezegd. Is dat zo gek gedacht?'

'Zo te horen vind je dat het *writer's block* alleen jou toebehoort,' baste Zegel. 'Ik raad je aan het te deponeren bij de Kamer van Koophandel. Je begrijpt dat ik je kansen niet hoog inschat.'

Otto's kaken scharnierden met grote stroefheid en onder zijn haargrens jeukte vers zweet. Dit verdiende hij niet. Mededogen en solidariteit, dát was wat iedere auteur van zijn uitgever mocht verlangen.

Misschien had Zegel inmiddels gedachten van gelijke strekking, want hij klonk nu iets milder. 'Jouw idee over de mensheid, Otto, is er kennelijk een van grote grimmigheid. De mens is slecht en de uitgever nog veel slechter. Alles is leugen en bedrog, of zoals de oude zenmeesters zeggen: de vogel die hier vliegt is een krokodil die liegt. Ik kan je blijkbaar niet overtuigen van de onschuld van de wereld en van Wout en mijzelf in het bijzonder. Maar ik zet tóch nog even de intercom naar Wout open, zodat hij kan beamen dat wij Waterland niets hebben doorgebriefd of ingefluisterd.'

'In géén geval,' schalde Rookershoofd op de achtergrond.

Otto was gaan zitten. Hij begon zich ineens te schamen. Hij had zijn verdenkingen minder stellig moeten brengen. Maar hij hoefde niet eens zijn gelijk te halen. Hoogstens wilde hij enig *begrip* van zijn uitgever.

'Verplaatsen jullie je nou eens in mij. Het is toch niet vreemd om te denken dat er iemand met mijn materiaal aan de haal is gegaan?'

'Welk materiaal?' vroeg Zegel niet onvriendelijk. 'Hád jij dan materiaal? Er wás toch nog niets?'

'Abstract materiaal. Ideeën, gedachten. Gedachten over een boek. Gedachten waarin ik jullie heb laten delen.'

'*Thought is free*, zou Shakespeare zeggen, net als meisjes met een uurprijs, voeg ik eraan toe. En nu we toch van de lichten in het hoofd afdalen naar de schemerzone van de lichaamssappen: Wout en ik zijn zo discreet als bonafide bordeelhouders. Alle plannen en voornemens van fondsauteurs zijn bij ons in goede handen. Otto, ik zou me toch ongenadig in de vingers snijden als ik de plannen van schrijver A doorspeel aan schrijver B? Geloof me, Waterland is zelf aan het kokkerellen geslagen. Lees zijn boek zodra het volgend jaar verschijnt. Je zult er vrijwel zeker niets van jezelf en hoogstens iets van je gading in terugvinden.' Zegels stem klonk ineens zachter, sonoor en dof. 'Die malle drang tot originaliteit is ouderwets en ordinair, *a poor man's quest*.'

'Je praat weer *handsfree*?' gokte Otto.

Zegel reageerde teleurgesteld. 'O. Dat kun je dus horen. Wout staat inmiddels weer een eindje weg, nu bij de trap in de gang. De afstand is een kleine acht meter. Heb je nog even, Otto?' Zegel wachtte geen antwoord af. 'Wout! Zeg eens iets!'

Er klonk opnieuw een merkwaardig gesmoorde kreet.

'En, hoe klonk Wout?'

'Helder en dichtbij.' Otto keek voor zich uit, ten prooi aan een allesvervlakkend besef van vergeefsheid. 'Arnoud? Ik hang nu op. Akkoord?'

'Hoho! Wout moet nog even een nieuwe plaats innemen. Wout! Otto en ik beëindigen het gesprek. Zeg nog snel iets. Doe die deur half open, dan móet Otto je nu horen. Wout! Zeg iets! Otto! Hallo? Kon je dat horen?'

Vlak voordat hij neerlegde, meende Otto nog een levensteken van Wout op te vangen, al was het waarschijnlijker dat het langgerekte 'tssss' slechts weerklonk in zijn verbeelding. Hij zette het telefoontoestel terug op tafel en trok de stekker uit het contact. De rolgordijnen liet hij gesloten.

9

Het was vrijdagochtend en nog geen tien uur, maar voor de ingang van Museum Amsterdam stond al een lange rij bezoekers. Aan de voorgevel hingen twee vaandels van wit plastic. Op het ene stond in rode, schreefloze letters BEGRENZINGEN / LIMITATIONS, met daaronder een aantal namen van internationaal bekende kunstenaars. Otto liet de namen voor wat ze waren en keek met warme interesse naar het tweede vaandel, waarop in identieke belettering maar in een gigantisch korps MA stond. Nooit had hij iemand Museum Amsterdam 'het MA' horen noemen, maar hij waardeerde de afkorting, vooral vanwege de onvermijdelijke associatie met moederschap en verzorging. In dit museum wist de allermodernste kunst zich matriarchaal gekoesterd.

'Pardon. Mgkeffpssi? Mgkeffpssi? Pardon.'

Berend van der Molen had hem eerder op de ochtend gebeld en gezegd dat hij direct naar de kassa kon gaan. Zijn naam stond op een lijst; hij kon meteen doorlopen. Maar hij hield niet van voordringen. Ook wanneer het hem vooraf uitdrukkelijk was gezegd, probeerde hij het te vermijden, niet zozeer uit oogpunt van goede manieren maar omdat je de bliksemsnel aanwakkerende haat over je afriep van iedereen die wél gewoon moest wachten. Met die haat als een muur van vuur in je rug ging je niet met een gerust hart ergens naar binnen. Zelf vervloekte hij in supermarkten de deeltijdwerkende vakkenvullers met hun vette huid en dikke nek wanneer ze hem bij de kassa in de rug porden met een roodbeknoeste hand of, erger nog, met de punt van een of andere doos met voorverpakt rundvlees waar ze chagrijnig mee sjouwden terwijl ze dwingend dreunden: 'Sorry. *Sor-rie!* Moet er *effe* langs.' Nee, als het aan hem lag sloot hij nu gewoon achteraan. Maar hij liep de kans dat Berend of iemand anders van de redactie hem slaafs in de rij zou aantreffen, en dus begaf Otto zich toch langs de wachtenden naar de ingang. Aarzelend maakte hij een zijwaartse beweging die iets weg had van een volksdanspas en schoof zo langs de anderen. Nauwelijks hoorbaar mompelde hij zijn excuus, afgewisseld door de zo mogelijk nóg meer weggeslikte vraag of hij even mocht passeren. Hij vermeed het om de mensen aan te kijken. Hij had verwacht bij het voordringen een toenemende gêne te voelen – en daar had hij ook wel last van, maar verwarrend genoeg legde de schaamte het af tegen een warme opwinding die op vleugels van adrenaline in zijn borstkas welde. Alsof hij zojuist had gejogd, voegde zijn lichaam zich naar een straffe vitaliteit, waardoor hij telkens iets minder binnensmonds zijn inmiddels niet meer gemeende excuses maakte. Ten slotte veranderde hij zijn looppas van zij- naar voorwaarts, en als hij even stilstond, vertoonde hij een niet te onderdrukken overwinnaarsgedrag door met zijn voeten lichtjes van tenen naar hiel en weer terug te veren.

Bij de ingang noemde hij zijn naam. Achter het loket zat een vrouw van ongeveer zijn leeftijd. Ze had geblondeerd haar dat met spelden in wrongen was opgestoken en tamelijk veel kanten op piekte. Bij de boord van haar donkerblauwe dienstpull-over ontdekte Otto een beginnende rafelrand.

De lokettiste legde een vinger op de knop van de intercom.

'Hoe zei u?'

Otto keek over zijn schouder naar de rij achter hem voordat hij zijn naam herhaalde. Dit was bijna telefoneren. *Hoe was uw naam ook alweer?* Toen het een ogenblik stil bleef aan de andere kant van het loket, begonnen zijn oksels te prikken.

'Vallei met een vee?'

De vrouw praatte niet hard, maar de luidspreker in de kleine intercom bleek overweldigend sterk; zijn naam snerpte over zijn hoofd in de richting van de wachtenden. Onder zijn dunne windjack trok Otto zijn schouders naar binnen. Hij bracht zijn gezicht naar het glas van het loket.

'Ik kom voor de opnamen van Chaos en Rumoer,' sprak hij gedempt. 'Als het goed is sta ik op een lijst.'

'Welke lijst? De gastenlijst?'

Otto wist niet welke lijst en wilde dit zeggen, maar de lokettiste had al een formulier uit een map gehaald. Ze zette een bril op die onmiddellijk weer van haar neusbrug gleed. Ze wipte de bril op door haar neusvleugels te bewegen, terwijl ze tegelijkertijd haar mond tuitte en haar ogen samenkneep. Toen ze Otto aankeek, daalde de bril opnieuw.

'Nee hoor. U staat er niet bij.'

'Weet u dat zeker?' Otto boog nog iets verder naar voren. Een wig van hoofdpijn dreef zich tussen zijn wenkbrauwen. Hij stond er niet bij. Met zijn neus op een haar na tegen het glas gedrukt probeerde hij het formulier te bekijken. Het logo dat hij zag staan was van de PON. Hij dacht eraan alsnog achter in de rij te gaan staan en gewoon entree te betalen. Opnieuw keek hij even achterom. De rij was gegroeid en had inmiddels een L-vorm aangenomen, eindigend op het brede trottoir. Tientallen mensen stonden hem strak aan te kijken, en even verbeeldde Otto zich dat hij degenen met de haatdragendste blikken persoonlijk kende. Het geprik onder zijn oksels had zich inmiddels verspreid naar nek en schouderbladen; hij hield er rekening mee dat op de rug van zijn nylon jack een vochtplek was verschenen. Hij legde beide handen op de balie, en terwijl de lokettiste met vlugge vingers het formulier terugschoof in het plastic mapje hoorde hij zichzelf verkondigen: 'Mevrouw, ik kom hier om te presenteren.'

De lokettiste kauwde plotseling op iets. Ze keek even onder haar stoel. Otto vermoedde daar een hond.

Achter hem floot iemand op zijn vingers. Een ander riep: 'Doorschui-ven!'

De lokettiste had kennelijk besloten dat hij onzichtbaar was geworden. Dwars door hem heen kijkend wenkte ze naar de langst wachtenden. Otto deed een stap opzij en moest de neiging onderdrukken in twee grote sprongen van het museumbordes te verdwijnen.

Hij bezon zich op telefonische excuses aan Berend van der Molen. Hij kon een cel opzoeken, opbellen en zeggen dat hij niet van huis was gegaan, vanochtend. Maar welke smoes moest hij gebruiken? Er viel niets anders te bedenken dan faalangst, plankenkoorts. Hoewel een exotisch klinkende aandoening misschien geloofwaardiger zou zijn. Otto dacht aan de zweterige kunststof van de koptelefoon die hij in Hilversum vlak voor het proefgesprek met meneer Borst even had opgezet. Prompt was het in zijn oorschelp gaan jeuken. Een nat eczeem in of achter beide oren was een aannemelijke kwaal. Daar bleef je als radiopresentator om thuis.

Juist toen hij zich wilde omdraaien om weg te gaan, klonk vanuit de museumhal zijn naam. Otto keek hoopvol om. Een suppoost opende een glazen deur voor Riekje Oude Wetering, die zich scherp tikkend op haar hakken in zijn richting haastte. Net als tijdens de laatste vergadering had ze een stapel paperassen bij zich. Met haar vrije hand zwaaide ze naar Otto.

'Wat was er had je problemen stond je soms niet op de lijst?' Zij bleek geen antwoord van hem te verwachten. 'Zie je wel, dat is Berend weer. Heeft vast en zeker vergeten jouw naam op de teamlijst te zetten. Verdomme!' En ze pakte Otto bij de bovenarm in een stevige greep, die het midden hield tussen moederlijk en mannelijk.

De *teamlijst*! Bloeddorstig draaide Otto zich om naar de lokettiste, die onverstoorbaar terugkeek. Riekje had zijn arm losgelaten. Het klikklakken van haar hakken kreeg iets dreigends vlak voordat ze de smalle deur aan de achterkant van het loket openzwaaide. Met een paar stappen stond Riekje naast de lokettiste en duwde met één voet de deur achter zich dicht. Achter het glas begon een venijnige damesmime. Buiten veranderde de rij van een strakke, strenge L in een ontspannen U; de achtersten liepen naar voren om vooral niets te missen van deze openbare, zij het voor iedereen geluidloze aanvaring. Otto keek opgelucht naar buiten. Hij zag dat de rij hem nu al was vergeten.

Riekje keerde terug met een kleine badge waar *special visitor* op stond.

'Zo. Dat kon natuurlijk niet. Ik heb haar even uitgelegd wie je bent. Hier, voor jou. Die ontvang je voortaan iedere week als je naar binnen gaat. We hebben er allemaal een. Dan weet het personeel hier dat je van de PON bent. Wel even afgeven als je na de uitzending weggaat.'

Otto deed zijn jack uit en prikte de badge op zijn witte T-shirt. Tussen de twee gaatjes die de veiligheidsspeld in zijn T-shirt had gemaakt, rimpelde de dunne stof in reepjes samen. De badge kwam naar voren te hangen en ter hoogte van zijn linkertepel vertoonde zijn shirt een afhangende punt die hem obsceen voorkwam. Hij zag dat Riekje de hare in een riemlusje van haar broek droeg. Goed idee.

Riekje bewoog haar hoofd alsof ze diagonaal een druk kruispunt moest oversteken. Zonder haar hoofd stil te houden zei ze: 'Je weet waar het is? In de serre van het restaurant. Ga maar alvast. Ik vang hier de gasten op.'

Otto knikte, maar Riekje was inmiddels haar virtuele kruispunt overgestoken. Ze liep op een lange grijze man af die zich buiten had losgemaakt uit de rij en nu tegen de glazen deur tikte.

Hij gaf zijn jas af bij de garderobe. Het was iets over halfelf. Over minder dan dertig minuten begonnen de opnamen.

10

Rechts van de grote witte museumtrap leidde een gelambriseerde doorgang naar de bibliotheek en het restaurant. Met zorg keek Otto níet naar de vitrines in de gang. Iemand met een badge waar *special visitor* op staat is hier niet voor zijn plezier. Die vermorst zijn tijd niet met het bekijken van museumstukken.

Die badge! Verdomd, het dééd hem iets. Hij probeerde altijd in te schatten wat iemand met zo'n ding op z'n revers allemaal voor belangrijks had te doen en had nu de indruk dat sommige bezoekers met meer dan normale aandacht naar hem keken. *Special visitor.* Hij had nog geen minuut radiopresentatie verzorgd, maar hij voelde zich nu al een man in functie. En het was anders dan bij literaire festivals in, zeg, Overijssel of Gelderland. Daar kregen de optredende schrijvers altijd te grote buttons uitgedeeld die merkwaardig opbolden en waarop in plakletters je naam was aangebracht – vaak verkeerd gespeld, dat ook nog. *Otto Vallij*. Maar ook als er geen spelfout was gemaakt, weigerden de publiekstrekkers onder de schrijvers beleefd doch beslist zo'n ding op te spelden. Zij waren in de loop van hun carrière hun eigen badge geworden.

Maar deze hier was anders, stelde Otto tevreden vast. Deze ademde professionaliteit, exclusiviteit, kosmopolitisme zelfs. In de flauwe spiegeling van een glazen deur naar het museumrestaurant inspecteerde hij zijn houding.

In de serre van het restaurant was een kamerscherm geplaatst met het logo van de PON erop en, in *shockin' blue*, CHAS EN RMOER – de O en U gingen grotendeels schuil achter twee verticale naden die het scherm in drie gelijke stukken deelden. Aan weerszijden stonden lange, smalle speakerboxen op verchroomde standaards. Drie tafels waren tegen elkaar gezet, met op iedere tafel twee microfoons. Schuin ervoor stond op een zwarte kist een groot mengpaneel dat was aangesloten op allerlei apparatuur waar Otto geen verstand van had en ook niet wilde hebben. Op het parket lagen overal elektriciteitskabels, dikke kabels, felgekleurde kabels, saaie grijze kabels, kabels met ouderwetse bakelieten contactdozen, kabels die loszaten, kabels die bijeenkwamen, kabels die zich splitsten, kabels die nergens heen leken te gaan maar die door een serredeur die op een kier stond naar buiten leidden, waar ze aan de rand van de beeldentuin aaneengeschakeld werden met weer andere kabels, die eindigden in de zwarte bestelbus van de PON, geparkeerd naast het museum tussen een groepje beukenbomen, en met op het dak van de laadruimte een witte schotel.

Alle restauranttafels in de serre waren zó herschikt dat geïnteresseerden en toevallige bezoekers moeiteloos konden aanschuiven als radiopubliek. De dag na de opnamen werd Chaos en Rumoer uitgezonden, semi-live, wat wilde zeggen dat er alleen in uiterste gevallen (onomatopeïsche wartaal of neofascistische strijdkreten) in de gesprekken werd geknipt. En het was goed voor de sfeer van de uitzending als er tijdens de interviews af en toe gelach, geroezemoes en gekuch van publiek vielen te horen. Op teletekst en op internet plaatste de PON wekelijks een oproep: *Chaos en Rumoer zoekt publiek*, gevolgd door een namenlijst van de gasten die week. De oproep wekte onbedoeld de indruk dat je een sollicitatieprocedure moest doorlopen om tot het publiek te mogen behoren.

Het afgelopen seizoen waren er niet veel mensen op de opnamen afgekomen, had Berend hem toevertrouwd. Soms was de serre vrijwel leeg en waren Riekje, Willemijn en Mira genoodzaakt om aan een tafel dicht bij de microfoons te lachen, roezemoezen en kuchen. En dan te bedenken dat Berend twee jaar geleden de oude locatie eraan had gegeven vanwege een tevéél aan publiek. Toen werd Chaos opgenomen in een hip en altijd stampvol café aan de rand van het Vondelpark. Hoewel er publiek in overvloed was, bleek het een zeer ongelukkige plek. Het café was een bolwerk van Amsterdamse geblaseerdheid; gewoonlijk waren uitbaters en klanten vereerd wanneer een radioprogramma zich meldde om in hun café op te nemen. Maar hier was men van mening dat Berend en de anderen zich gelukkig moesten prijzen dat zij in hun midden werden getolereerd. Met zo'n bleekneuzig snobisme viel te leven, maar in de loop van het seizoen kwam het zo ver dat sommige bezoekers zich gedroegen alsof zíj de sterren waren. Ze gingen zieken. Door de gesprekken heen wauwelen. Aan kabels wrikken. Grappen de zaal in slingeren die alleen voor drie of vier ingewijden geestig waren. Op de geluidsbanden bleken de geïnterviewden soms nauwelijks te verstaan door het geschetter van de vaste klanten. Hun luidruchtig beleden desinteresse sloeg meer dan eens over op de genodigden, die ondanks het uur van de dag en soms nog vóór de opnamen stevig aan het drinken sloegen. Dat was niet bepaald de *esprit* waar Berend en de anderen op hadden gerekend.

Hier, in het museumrestaurant, was nog nauwelijks publiek. Willemijn Hoedjes en Mira Steur zaten aan een tafeltje en waren druk bezig elkaar te wijzen op dingen die in onduidelijke papieren stonden. Behalve redacteuren en technici was er welgeteld één belangstellende, een magere man van een jaar of veertig, die helemaal achterin was gaan zitten. Met puntig opgetrokken schouders zat hij achter een kop koffie. Af en toe zocht hij iets in de binnenzak van zijn te krappe regenjas, en hij keek een paar keer buitengewoon vijandig naar Otto.

In de buurt van de technische apparatuur waren Stan Kapteijn en Berend van der Molen in gesprek met twee vrouwen. Er kwamen intimiderend grote tanden tussen hun donkerrood gestifte lippen tevoorschijn toen de twee ergens om moesten lachen, waarschijnlijk een *wisecrack* van Stan. Het moesten de actrices van toneelgroep Ithaka zijn, begreep Otto. Nadat het team tijdens de laatste vergadering op verzoek van Berend op een ander spoor was gaan zitten, waren zij het niet eens geworden wie ze moesten uitnodigen, zodat er uiteindelijk was besloten toch maar de mensen te vragen die als eersten ter sprake waren gekomen: de directeur van Boymans-Van Beuningen Laurens Thaels; de reisschrijver Alfred Gardenier; enkele acteurs van Ithaka. Ze waren gepland voor het eerste uur. In het tweede zou een jubilerende choreograaf zijn opwachting maken, alsmede een jonge beeldend kunstenaar. Een hermetisch dichter zou voorlezen uit zijn nieuwe bundel. Otto zou de dichter doen. En in het eerste uur Alfred Gardenier.

Stan merkte Otto als eerste op. 'Kameraad Vallei! Klaar voor de grote ontgroening?'

Otto zocht naar een joviaal antwoord dat hij niet vond. Even later stelde Berend de twee actrices van Ithaka aan hem voor. In een flits kneep Otto zijn hand tot een vuist om te controleren of er zweet in zijn handpalm stond. Dat stond er; hij zag hoe beide actrices ieder op eigen wijze heel even hun mondhoeken samentrokken toen hun droge damesvingers Otto's klamme palm beroerden.

Berend van der Molen nam hem apart.

'Nerveus?'

'Nogal ja,' antwoordde Otto. Het had geen zin om te ontkennen. Het was hem waarschijnlijk aan te zien. Op weg naar het restaurant had hij zich er nog over verbaasd dat hij niet eens een licht versnelde hartslag voelde, maar inmiddels leek zijn hart veranderd in een ongeleid projectiel, dat tegen allerlei cruciale aderen beukte. Praten op de radio over 'eigen werk' viel te overzien; doorgaans duurde zo'n gesprek een minuut of tien, zelden langer. Kende je één zo'n programma, dan kende je ze allemaal. De interviewers vroegen je tenslotte allemaal hetzelfde, zeker wanneer de knipselmap die ze hadden geraadpleegd maar één knipsel bevatte – wat in Otto's geval niet onwaarschijnlijk was. Eén map, één knipsel; één vraag (in twintig varianten), één antwoord (in veertig varianten). Maar dit was anders. Vanaf nu werd hij geacht gastheer, spil, steunpilaar, *anchorman* te zijn. Weliswaar samen met Stan, maar toch. Ja, hij was nerveus.

Nogal ja.

Misschien viel ie wel flauw, zo meteen.

'Als we eenmaal zijn begonnen, voel je je kiplekker, neem dat maar van mij aan,' zei Berend. 'Maar eerst wil ik nog even wat kleinigheden met je doornemen. Om te beginnen heb ik hier het draaiboek voor vandaag.' Berend vouwde twee A-viertjes uit, waar Otto een verweesde blik op wierp. 'Straks krijg je van Willemijn een kopie. Die houd je bij je tijdens de opnamen. Het programma staat er van minuut tot minuut in genoteerd. De regie' – in casu Berend zelf, dat wist Otto ook wel – 'heeft van tevoren berekend hoe lang ieder gesprek moet gaan duren. Dat staat ook aangegeven. Verder kun je erin lezen wie van jullie welke plaat aan- en afkondigt.'

Platen aankondigen! Natuurlijk, dat hoorde er ook bij. Otto had er nog geen moment bij stilgestaan.

'Wat voor muziek draaien jullie meestal?' vroeg hij.

'*Faits divers.* Blues, cool jazz, bebop. Veel Amerikaanse singer-songwriters ook. Mira kiest de platen uit. Dat doet ze al jaren. Als het even kan, probeert ze spannende bruggetjes te slaan tussen de gasten.

Hier bijvoorbeeld, het A.J. van Dam Trio met "Bring 'em on, Charlie!". Dat heeft Mira niet zomaar gekozen.'

Berend trommelde even met twee vingers tegen zijn kin.

'Het debuut van Gardenier uit 1983 heette *Het regenwoud van Carlo.* Carlo, Charles, Charlie. Snap je? Dat nummer van het Van Dam Trio heeft natuurlijk niets met regenwouden te maken. Het is een muzikale ode aan "Broadway Boogie Woogie" van Mondriaan en dát is nou toevallig het schilderij dat Laurens Thaels noemde toen hem vorig jaar in NRC *Handelsblad* werd gevraagd welk schilderij uit deze eeuw hij het liefste aan zijn museumcollectie zou willen toevoegen.'

Het was duidelijk dat Berend van der Molen zichzelf had opgedragen dit een ijzersterk verhaal te vinden. Natuurlijk had hij het 'bruggetje' uitgelegd gekregen door Mira. Otto had meteen een zwak voor Mira's platenkeuze. Ze had de ambitie om poëzie in haar muziekselectie te leggen. Dat was sympathiek. Hij stond aan Mira's kant. Bovendien kwamen haar cryptische bruggetjes hem niet slecht uit. Het gaf Chaos en Rumoer een onverwacht aspect van amateurisme. Tegen de achtergrond van Mira's huisvlijt staken zijn gebrek aan ervaring en mogelijke blunders zo dadelijk misschien minder schril af.

'Fungeert iedere plaat die Mira uitzoekt als bruggetje?' vroeg hij.

'Nee, dat lukt natuurlijk niet elke keer.' Berend klonk scherp.

'Maar in de uitzending probeer ik als het even kan zo'n bruggetje uit te leggen,' concludeerde Otto, die uiteraard begreep dat dit juist níet de bedoeling was.

Berend bewoog zijn gestrekte wijsvinger als een geigerteller heen en weer.

'Hoho. Vooral niet doen. Dan verliest het juist iedere spanning. Zo'n muzikale link is er voor de goede verstaander.'

Otto liet het zo. Bring 'em on, Charlie. Hij had er geen idee van wat voor muziek hij zich bij dat A.J. van Dam Trio moest voorstellen. Het zou wel weer jazz zijn – dat viel niet uit te roeien in cultuurprogramma's.

'Tijdens de uitzending hebben Stan en jij een koptelefoon op,' ging Berend verder. 'Ik heb contact met jullie via die koptelefoons. Zeg ik open, dan staan de microfoons dus open en zijn we in de uitzending. Zeg ik dicht, dan zijn ze dicht. Tijdens een plaat gaan ze altijd dicht. Dan kunnen Stan en jij even iets doorpraten als dat nodig is. Of je kunt nog iets tegen je gast zeggen die naast je zit. Via de koptelefoon geef ik jullie ook diverse andere aanwijzingen. Ik kan tegen Stan iets zeggen zonder dat jij het hoeft te horen en vice versa. En dan nog iets: je hoeft tijdens een interview niet op de tijd te letten. Dat doen wij voor je. Vanaf vier minuten voor het einde van een gesprek geef ik telkens aan hoeveel tijd je nog hebt. Ik noem alleen de getallen. Dus zeg ik drie dan betekent dat nog drie minuten. Na twee gaat het ook in halve minuten. Als ik zeg één, dan moet je gaan afronden. Daarna zeg ik het expliciet: rond maar af.'

'En als mijn gast net midden in een verhaal zit?'

'Dan rond je toch af.'

'Maar het kan toch geb – '

'Nee Otto. Dan rond je af. Tijd is tijd.'

Een van de zeldzame voordelen van het schrijverschap was dat je nooit in een positie verkeerde waarin je werd gecommandeerd. Dit was dus even wennen. Otto ontweek voor een moment de blik van Berend. De man in de groene regenjas achter in de serre keek hem opnieuw grimmig aan.

'Op tijd afronden is echt noodzakelijk,' zei Berend. 'Het tijdschema luistert heel nauw, dat zul je tijdens de opnamen wel merken.'

'Dit soort praktische informatie had ik wel eerder kunnen krijgen.'

'Juist niet. Dan had je je alleen maar onnodig zorgen gemaakt. Wat ik je nu vertel zijn bijzaken. Je moet ze wél weten, maar het zijn bijzaken.'

'Waarom hebben we tijdens het proefgesprek in Hilversum niet met een koptelefoon gewerkt?'

'Toen wilden we juist bekijken of je onafhankelijk, dus zonder aanwijzingen van de regie, zo'n gesprek kon dragen.'

'O, op die manier,' zei Otto. Hij voelde een sterke behoefte om het oneens te zijn met Berend. Dan kon hij zich beroepen op een conflict als hij zo dadelijk beroerd werk leverde. Opnamen niet naar wens verlopen vanwege spanningen tussen presentator en regisseur. Zoiets.

Mira Steur en Stan Kapteijn waren erbij gekomen, Mira met een aantal kopieën van het draaiboek en Stan met een kop koffie waar hij een biscuit in doopte. Berend vroeg aan Stan: 'Heb jij nog laatste tips voor Otto?'

Stan morste met zijn koffie, maakte het v-teken en vervormde zijn stem alsof hij een commercial moest inspreken: 'Don't blow it! Just go for it!'

'Juist ja,' zei Otto ernstig. De rolverdeling met Stan begon hem te dagen. Hij moest straks waarschijnlijk de aangever spelen. Stan mocht van hem schitteren als ie dat zo nodig wilde. Kon hij tenminste lekker in de luwte blijven.

Achter het mengpaneel had zich een technicus geïnstalleerd. Het was een dikke jongen van begin twintig met een ongezonde gelaatskleur en een blonde *grunge*-sik. Hij droeg een omgekeerde baseballpet en wrikte voortdurend met zijn middelvinger in zijn rechteroor.

Berend en Stan zonderden zich even af. Mira Steur gaf Otto een kopie van het draaiboek. Zij gebruikte hetzelfde parfum dat hem op zaterdagochtend tegemoet wolkte wanneer hij bij de bakker tussen verzenuwde jonge moeders stond. Die ontdekking deed Otto goed; hij was nog ontvankelijk voor indrukken die niets met de opnamen te maken hadden.

Terwijl Mira het draaiboek met hem doornam, had hij moeite een droge hoest te onderdrukken. Zij wenste hem 'toitoitoi' en gaf hem een elleboogstootje in z'n zij. Het was goed bedoeld, maar ze had het niet moeten doen. Hij had een muur van koelbloedigheid om zich heen proberen op te richten. Met haar elleboog had Mira een steen uit die muur gewrikt – en onmiddellijk gulpte de onrust naar binnen. Zonder dat hij er ook maar enigszins op was bedacht raakte hij vervuld van een oorsuizende paniek. Hij had bijna iets wanhopigs tegen Mira gezegd.

De opnamen dreigden te gaan beginnen. Iedereen zocht zo langzamerhand z'n plaats op. De dikke jongen met de baseballpet praatte in een walkietalkie. Berend zat ineens op de grond en inspecteerde een kabel. Stan nam plaats aan de tafels en dus deed Otto maar hetzelfde. Hij was druk bezig zijn ademhaling in het gareel te houden. Slikken ging ook al niet meer. Hij had het gevoel alsof er iets in z'n keel terecht was gekomen wat daar niet hoorde, iets groots, iets wat zich niet schikte naar de tongbewegingen die hij maakte. Wie weet was het wel een ouwe schoen. Hij *proefde* tenminste iets schoenachtigs: in zijn mond dobberde een smaak van verrotting die hij associeerde met ernstig bevuilde schoenzolen.

Ook de Ithaka-dames hadden nu plaatsgenomen. Stan verkeerde in diepe concentratie. In de marge van het draaiboek schreef hij zo nu en dan een trefwoord op. Otto voelde zich geroepen om net zoiets te doen – aantekeningen maken, zijn microfoon controleren, het maakte niet uit wat. Hij was er niet toe in staat. Hij hád trouwens niets te noteren. In plaats daarvan keek hij met weerzin het restaurant in. Prangende vragen schoten hem te binnen. Hoe kon hij weten wanneer Stan was uitgepraat en hij het moest overnemen? Gaf Stan hem dan een seintje? Hoe voorkwamen ze dat ze door elkaar gingen praten? Met koortsige inspanning ademde Otto een paar maal uit door zijn neus. De schoen zat inmiddels overdwars in z'n keel. Wat had hem uit z'n werkkamer gedreven? Hij hoorde hier niet. Hij was verdoold, onttakeld, een satelliet die door atmosferische storingen uit z'n baan is geraakt.

Riekje kwam het restaurant binnen met de grijzende man die bij de ingang van het museum tegen de glazen deur had getikt. Ze begeleidde hem naar zijn plaats en zei tegen Otto en Stan: 'Jongens, hier is meneer Thaels.'

Dat zou nog een hele klus worden iedere week, dat handen schudden. Otto stond op en legde een inmiddels geheel doorweekte lap in de tanige hand van de museumdirecteur. Die gaf gelukkig geen krimp. Waarschijnlijk ging hij veel op atelierbezoek bij beeldend kunstenaars. Die gaven natuurlijk steevast handen als warme dweilen.

Pas nadat Thaels had plaatsgenomen, drong het tot Otto door dat er één stoel leeg was. Hij gebaarde naar Riekje, die geruststellend dicht bij hem kwam staan.

'We kunnen nog niet beginnen,' zei hij fluisterend. 'Mijn gast is er nog niet. Gardenier.'

Hij betrapte zich erop dat hij hoopvol klonk. Gardenier afwezig; misschien zouden de opnamen nu worden afgeblazen.

'O jawel hoor.' En Riekje draaide zich om naar de man in de groene regenjas, die als op afroep weer een vuile blik in Otto's richting smeet.

'Is dat hem?' siste Otto ontzet. 'Die zit me al vanaf het begin aan te kijken alsof ik z'n grootste vijand ben.'

Riekje tuitte sussend haar lippen. 'Gardenier is gewoon enorm gespannen, zie je dat dan niet?'

Heel even herkende Otto in Gardenier opgelucht een zielenvriend. Toen vervloekte hij de laffe zak. Hij had nog zo op een praatgrage eerste gast gehoopt, op iemand voor wie één korte vraag genoeg was om van wal te steken. Er waren schrijvers die als ze een microfoon of camera zagen bijna automatisch aan een soort voorstelling begonnen en soms zelfs niet meer op konden houden. Uit dat hout leek Gardenier niet gesneden. Otto zou de woorden uit hem moeten trekken. Mooie vuurdoop.

'Gardenier is waarschijnlijk bang dat jij hem kritische vragen gaat stellen,' zei Riekje zacht. Ze zat op haar hurken tegenover hem en steunde met haar ellebogen op de tafel, een houding die, hoopte Otto, bij de anderen de indruk wekte dat ze hem wat laatste instructies influisterde.

'Ik doe dit werk al jaren en heb heel wat kunstenaars, muzikanten, acteurs en ook schrijvers voorbij zien trekken,' zei ze, 'en ik moet zeggen dat vooral schrijvers denken dat ze als een politicus aan een kruisverhoor zullen worden onderworpen. Een schrijver blijft altijd het idee houden dat ie iets te verliezen heeft. En dat hij dat in ons programma ook inderdaad *zal* verliezen. Het is zo raar, wij als redacteuren maken tijdens de voorgesprekken met de gasten duidelijk dat het ons is te doen om spannende radio, om, nou ja, avontúúrlijke gesprekken. En dan blijkt iemand dat soms heel eigenaardig op te vatten. Die denkt dan echt dat een radiojournalist hem ten val wil brengen. Alsof een schrijver sowieso kán vallen. Maar toch zegt iemand als Gardenier meteen ja als wij hem vragen. Waarom eigenlijk? Als het zoveel stress veroorzaakt, waaróm? Alleen maar uit overwegingen van publiciteit? Ik geloof het niet.'

Otto geloofde het ook niet. Dat wil zeggen: hij schudde langzaam en ernstig het hoofd, in een poging om samen met Riekje professionele eensgezindheid uit te stralen. In werkelijkheid konden Gardeniers motieven hem gestolen worden. Hij was het trouwens helemaal niet met Riekje eens. Een schrijver kon wel degelijk diep, heel diep vallen, zij het niet om de redenen die Riekje had genoemd. Niet zo lang geleden had een vooraanstaand criticus de taak van de schrijver eens omschreven als 'gevaarlijk leven' – waarbij 'leven' moest worden opgevat als het reflectief bestaan achter de schrijftafel. Nou, Otto vond van zichzelf dat hij verdomd gevaarlijk had geleefd. Bij wijze van compliment las je in recensies wel eens dat de schrijver 'zichzelf niet had gespaard' en niet bang was geweest om 'in eigen vlees te snijden'. Overal elders werd zelfverminking bepaald niet gewaardeerd. Ooit een topsporter of volksvertegenwoordiger bejubeld zien worden omdat ie in eigen vlees sneed? Goedbeschouwd was het waanzin, dat opgepijpte masochisme onder literatoren. Het kon gebeuren dat je mutilatie niet eens werd opgemerkt. Dan had je jezelf als schrijver duchtig gehavend, je huid lag open, de vellen hingen erbij, en de sporen van al die vleessnijerij liepen dwars door je boeken. Maar dan! Ze zagen je niet. Ze lazen je niet. Ze wilden je niet. Niemand die je wonden stelpte. Dát was vallen. In de kuil die je niet eens voor een ander maar toch écht voor jezelf had gegraven, zij het met de verwachting dat iedereen vol bewondering over de rand zou komen kijken. Mooi niet dus. Zie er dan maar eens uit te komen.

Achter het mengpaneel stond de dikke jongen nu aan verwarrend veel knoppen te schuiven. De walkietalkie hing aan een koordje om zijn nek.

'Zo zie je maar, Otto,' fluisterde Riekje, en knikte vluchtig in de richting van Gardenier. 'Nog niet één interview afgenomen en je bent nu al gevreesd.' Ze stond met zacht knakkende knieën uit haar hurkzit op. 'We gaan nu echt beginnen. Ik zal Gardenier even halen.'

Otto kreeg een teken van de dikke jongen dat hij zijn koptelefoon op moest zetten. Meteen vulde Berend zijn beide oren.

'Kun je me zo goed horen?'

Otto bracht zijn mond naar de microfoon. 'Ja hoor.'

Zijn antwoord galmde uit de boxen. Ook de zucht die Berend slaakte ging recht zijn oren in.

'Nu we nog dicht zijn kun je me via de microfoon antwoorden, maar als ik tijdens de opnamen iets tegen je zeg, dan kan dat natuurlijk niet, dat spreekt vanzelf, dan sein je me gewoon iets toe. Ik neem aan dat je dit begrijpt? Otto?'

Nu raakte Otto in verwarring. Mocht hij nog iets antwoorden of niet? Techniek was voor de dommen en dus hoefde hij het niet te begrijpen; hij besloot stil naar Berend te knikken.

'Mooi,' hoorde hij. 'En dan wil de wagen nu de sterkte van je microfoon testen.'

Opnieuw knikte Otto. Opnieuw zuchtte Berend.

'Dus nu moet je wél iets zeggen. In de microfoon.'

'De wagen' was de zwarte bestelbus die buiten tussen de beukenbomen stond. Daarin zat blijkbaar een tweede dikke jongen met een baseballpet. Otto voelde zich licht in het hoofd toen hij *sotto voce* zei: 'Test één twee drie test...' Er zijn jongens van twaalf, dertien jaar, wist hij, die ervan dromen om ooit 'test één twee drie test' in een echte microfoon te zeggen. Ondanks alles begon er nu ergens in hem zo'n jongen te juichen. Met overslaande stem, dát wel.

Alfred Gardenier was inmiddels aangeschoven. Voor de derde keer handen schudden. Otto ontdekte in Gardenier een zweetverwant: nat op nat.

In zijn oor klonk Berend. 'Nog dertig seconden en we gaan open.'

De lange smalle speakerboxen lieten de openingstune van Chaos en Rumoer horen, gevolgd door een jingle waarin ook Otto's naam werd genoemd. En zonder dat hij er erg in had gehad was er toch publiek verschenen. Otto telde tien, vijftien man. Willemijn, Mira en Riekje – kopje koffie voor de drie gratiën – zaten aan de voorste tafel en hielden bemoedigend hun hoofd schuin. Riekje straalde een groot vertrouwen uit. Otto probeerde dapper langs haar heen te kijken.

Berend zei: 'We zijn open.'

En Otto dacht iets wat hij zijn personages vroeger nooit durfde te laten denken – hij dacht: ik leef. En hij dacht het nog een paar keer. Probeerde het bij wijze van geïmproviseerde mantra in zijn hoofd te laten resoneren. Ikleefikleefikleefikleefikleef. Het werd vanzelf kleefkleefkleef. En verdomd, zijn ademhaling kwam tot rust als een wind die ging liggen. Een niet onprettige duizeling leek iedere opkomende paniekgedachte in de kiem te smoren. De schoen in zijn keel was verdwenen. Hij hoorde dat Stan het woord nam. Ondanks de microfoonversterking klonk Stans stem veel verder van hem vandaan dan Otto had verwacht. Na een lange zomer. Veranderd. Chaos en. Nieuwe seizoen. Rumoer. (Geroezemoes.) Welkom ook aan de gasten. Thema deze uitzending. Eerste uur. Midden-Amerika. Ehhh. Vindt u ook niet? (Gelach.) Hierna in het tweede uur. Maar eerst. Publiek is altijd. Nou ja. U weet het. (Gekuch.) Welkom. Welkom! Ook aan. Mijn nieuwe collega. En medepresentator Otto Vallei.

Ook aan Otto Vallei.

Aan Otto.

Vallei.

11

Later die dag, nadat hij zich tenminste één uur lang had weten te handhaven en zich had moeten beheersen om niet telkens aan de anderen te vragen hoe hij het had gedaan; nadat Willemijn en Mira de laatste voorbereidingen hadden getroffen voor het tweede uur en iemand anders de karaffen water en jus d'orange had ververst; nadat de redactie tussen de opnamen door koffie had gedronken en hij een tijdje in het geniep zijn hand plat tegen het raam had gedrukt opdat hij de gasten voor het tweede uur een koele, *coole* hand kon geven; nadat hij in dat uur drie kleine fouten had gemaakt (echt, drie keer iets kleins, een naam verkeerd uitgesproken, te lang een stilte laten vallen, een plaat vergeten af te kondigen), waar gelukkig niemand hem op had aangesproken; nadat, zoals de gewoonte bleek te zijn, redacteuren en technici en enkele gasten na afloop van de opnamen in het museumrestaurant hadden geluncht en er afspraken waren gemaakt over de vergadering van de komende week; nadat Berend en de dikke jongen weg waren gegaan om de banden naar Hilversum te brengen omdat er – toch een beetje – moest worden geknipt en gemixt ten behoeve van de uitzending de volgende dag; en nadat hij met de anderen naar een brasserie in de P. C. Hooftstraat was gegaan om zijn vuurdoop te vieren en iedereen een paar borrels had gedronken en elkaar vervolgens een goed weekend had gewenst en ik bel je nog morgen na de uitzending en kan Mira straks met Willemijn meerijden en heeft iemand mijn tas gezien en *see you*, Otto het ging goed het ging lekker (Stan); nadat hij, kortom, had *gewerkt* en met een bijna sentimentele verwondering had stilgestaan bij het goedbeschouwd *buitenissige* feit dat hij tot op heden, tot zijn drieëndertigste jaar, nooit eerder een 'werkkring' en 'vaste uren' en een plaats in een 'team' had gehad – na al die kleine en minder kleine sociale turbulenties was Otto aan het einde van de middag weer alleen, zoals hij jarenlang op vrijwel alle doordeweekse dagen alleen was geweest, thuis, in zijn werkkamer, in zijn glansrol van knipmessende lakei in huize Overbodigheid, met als enige barst in het zelfverkozen isolement af en toe een telefoontje van Karin. Maar nu was hij op een *roezige* manier alleen, als een kind na afloop van zijn drukbezochte verjaardagsfeestje.

Tevreden telde Otto binnensmonds zijn voetstappen toen hij door de P.C. Hooft- en Honthorststraat terug naar Museum Amsterdam liep. Zijn fiets stond bij de ingang van het museum. Hij wilde niet direct naar huis en begon aan een onbepaalde omweg door de binnenstad. Wind in de rug. Gaandeweg veranderde opluchting in voldoening en voldoening in triomf: géén blunders gemaakt, níet schuimbekkend tegen de grond gegaan. Hij reed kalm trappend over de grachten en laveerde over de tramrails met een gelijkmatigheid alsof hij in een kleine hovercraft met pedalen over Hollands laagland zweefde, verzonken in een loom wiegend welbehagen dat hij associeerde met de lang naijlende spanning van een daasmakende schoolreis of een drogerend-monotone autorit zonder plaspauzes, met zijn ouders in de Renault 4 naar de Belgische Ardennen, hij acht jaar oud en zijn moeder in de kuipstoel, zich af en toe omdraaiend om hem te trakteren op iets, een snoepje, een plak ontbijtkoek, een blikje frisdrank...

Eenmaal dicht bij huis kwam hij er pas toe de voorbije uren enigszins nuchter te overdenken, waarbij hij zich nog het meest verbaasde over de *afstand* die hij tot zichzelf had weten te nemen op het moment dat het programma eindelijk was begonnen; alsof hij een stap uit zichzelf had gezet en toeschouwer was geworden, kijkend naar een spreekvaardige afspiegeling van zichzelf, een sensatie waarvan hij altijd had verondersteld dat die je alleen maar overviel bij onverwachte gebeurtenissen en berichten die te groot en te hevig en pijnlijk waren om direct te kunnen bevatten: dingen die te maken hadden met dood, verlies, verraad, ontwrichting – maar *come on*, hij had alleen maar *gepresenteerd*, het was *peanuts* zoals Stan zou zeggen. Maar die stap uit zichzelf had hem wél door de opnamen geholpen, inclusief het interview met Gardenier, die na twee of drie complimenten over zijn reisboek zowaar was ontdooid en met wie hij verdomme een héél redelijk gesprek had gevoerd, waarna hij de plaat had aangekondigd, die ene, die van het bruggetje, en zelfs dát had hij zonder fouten gedaan, soepel, onopgesmukt en met een kalme dictie, waarna

Berend hem in de koptelefoon had gemeld: 'Oké. We zijn dicht.'

Eenmaal 'dicht' had hij dezelfde plaat nog eens aangekondigd, maar nu voor en in zichzelf, als om zich ervan te vergewissen dat híj het was die alles had gezegd wat die ander had gezegd.

'Bring 'em on, Charlie!'

12

Vrijdagavond sloeg Otto aan het twijfelen en was hij verre van voldaan. Vrijdagnacht begon hij te vermoeden dat hij tijdens de opnamen in een toestand van verdoving had verkeerd. Zaterdagochtend wist hij zeker dat er de vorige dag iets verschrikkelijks moest zijn gebeurd.

Zender 5 had als profiel cultuur, educatie en zendtijd voor minderheden. Hij had zichzelf wel eens teruggehoord als hij in een van de cultuurprogramma's was verschenen, maar voor de rest konden Karin en Otto zich niet herinneren dat ze er ooit op hadden afgestemd. Sterker nog, ze konden Zender 5 niet vinden.

Karin haalde haar vinger van de *search*-toets van de hifi-installatie toen ze tinkelende gamelanmuziek hoorde.

'Dit lijkt me nou typisch Zender-5-muziek.'

Daar was Otto het mee eens. Hij zat aan tafel met de PON-gids voor zich en werkte de radioprogrammering van die week door.

De gamelan bleek de misleidende opmaat voor een jingle waarin een raspende mannenstem onder begeleiding van sirenes een *clubhour* aankondigde met *hardcore* en *trance*. Karin bleef met de zoektoets de zenders afwerken, totdat Otto de tune van Chaos en Rumoer hoorde, een trompetsolo die via een geluidstechnische truc overging in een zwoel neuriënde zangeres.

Otto deed de tv-gids dicht en draaide zijn stoel een kwartslag. Karin kwam bij hem aan tafel zitten. Stan begon aan zijn welkomstwoord, en toen hij Otto's naam noemde, raakte Karin onder tafel even met haar voet zijn enkel aan. Toen hoorde Otto zichzelf. Met uitpuilende ogen keek hij naar de zwarte hifiset.

'Jezus. Ben ik dit?'

'Sst. Ga nou niet door jezelf heen praten,' zei Karin.

Otto had het idee dat hij naar iemand luisterde bij wie een knoop in de tong was gelegd.

'Er is iets gebeurd met de band,' zei hij op onthutste fluistertoon.

'Dit ben ik niet. Zo praat ik niet.'

'Hou op. Je klinkt prima. Rustig nou maar.' Karin maakte een sussend handgebaar. Otto hoorde zichzelf een woordspeling maken en trok pijnlijk getroffen zijn schouders op. Vreemd genoeg werd er in de uitzending om gelachen. Die tien, vijftien mensen in het restaurant wekten de indruk met meer dan honderd te zijn nu je hen op de radio hoorde grinniken en roezemoezen. Ook Karin vond zijn opmerking kennelijk geslaagd. Ze trok in ieder geval een geamuseerd gezicht. Vol ongeloof bleef Otto naar haar kijken. Toen hij zichzelf met een niet thuis te brengen tremolo hoorde beginnen aan een wankelende volzin waarin hij Alfred Gardenier introduceerde, verborg hij luid kreunend zijn gezicht achter zijn handen.

'Luister jij maar verder,' bracht hij uit. Hij hield zijn handen nog steeds voor zijn ogen maar keek door de spleetjes tussen zijn vingers toen hij de kamer uit vluchtte. Was hij maar veertien en een meisje. Dan kon hij zich tenminste met goed fatsoen jammerend op zijn bed werpen en zijn hoofdkussen natwenen. Nu koos hij voor zijn werkkamer, hoewel daar geen bed stond.

Na een kwartier kwam Karin binnen.

'Nou Otto, dat ging dus helemaal niet slecht. Dat ging eigenlijk heel goed.'

Otto had zijn computer aangeklikt en zat zwijgend naar het beeldscherm te turen. Hij drukte een paar maal een toets in zonder dat er op het scherm iets gebeurde.

'Het is toch heel gewoon dat je in het begin schrikt als je je stem terughoort,' zei Karin. 'Ik bedoel, dat overkomt iedereen. Mij ook.'

'O. En wanneer hoor jij jezelf dan terug?' Om een of andere reden dacht hij nu onmiddellijk aan Ed Waterland. Niet aan diens laffe ideeënroof, die had hij uit zijn hoofd gezet, maar aan de voor Otto onbekende maar daarom niet minder onverkwikkelijke methoden waarmee de schoft Karin in de luren moest hebben gelegd. In zijn romans behaagde het Waterland om veel en vaak melding te maken van, zoals hij het zelf omschreef, 'hemeltergend heftig neuken'. De hoofdfiguur – in ieder boek hetzelfde prototype: een gepornoficeerd naneefje van Henry Miller met het uiterlijk van James Dean – versleet talloze *chicks* en *babes* en was verslaafd aan seksuele experimenten die werden beschreven in altijd eendere details, wat ongetwijfeld werd gewaardeerd in kringen van schoolgaande jongens met weinig uitzicht op geslachtsverkeer, maar die op Otto het effect hadden van een grote zak hondenbrokken die over z'n hoofd werd leeggegooid. Het was proza dat als een voetbalsupporter op je afkwam; Otto ging liever een blokje om.

Toch had hij het werk van Waterland nageplozen op die olympische seksuele prestaties. Hij wilde weten wat zijn prominente fondsgenoot met Karin kon hebben uitgehaald, en aangezien zijn trots hem had verboden het háár te vragen, moest Otto zich behelpen met afgeleid materiaal. Gek genoeg was het van al dat ronkende toffejongensproza juist een betrekkelijk onschuldige passage die destijds in hem was blijven doorzeuren. De ikfiguur stelt zijn bedgenote van die week voor om hun 'neukgeluiden' op te nemen op een cassettebandje, zodat ze er na afloop met een tot giechelen stemmend gevoel van kinderlijke samenzwering naar kunnen luisteren – ook goed als opwarmertje voor de twéédé keer. Zonder precies te weten waarom koesterde Otto de verdenking dat Waterland dát in *real life* met Karin had uitgeprobeerd. Het pijnlijkst waren zijn vermoedens over Karins aandeel in het experiment. Vrouwen die overspel pleegden schenen bij hun minnaar bereid tot activiteiten waar ze gewoonlijk niet over peinsden. Wat nou cliché? Zeg dat maar tegen de vrouw die jou heeft bedrogen met een nono bij wie ze zich in standen heeft gemanoeuvreerd die jij zelfs na het mensonterendst smeken nog niet van haar gedaan hebt gekregen.

Karin bleek intussen aan onschuldiger aspecten van haar stem te denken.

'Ik hoor mezelf toch wel eens terug op ons antwoordapparaat?' zei ze. 'Als ik jou opbel en je bent er niet. Dan kom ik thuis en draai het antwoordapparaat af en hoor mezelf terug. Dan verbaas ik me ook altijd over m'n stem. Ik wéét dat ik het ben maar het is net alsof ik naar een vreemde luister.'

Otto moest toegeven: het was een redelijk voorbeeld. Zijn grimmige vermoedens ebden weg. Na Karins woedende onthulling van haar affaire met Waterland hadden ze nooit meer over haar bedrog gesproken. Ze was natuurlijk vreemd gegaan uit onvrede, ergernis, schimmige verlangens. Otto had een pesthekel aan het hoge Emma-Bovary-gehalte van veel vrouwen. Het gebeurde sowieso zelden dat

Karin en hij met elkaar praatten – 'echt praten' zoals het in de vrouwenbladen werd genoemd. Nederland ging gebukt onder een door de media tot ondraaglijke proporties opgepompte babbelcultuur, maar gelukkig hing in huize Vallei op gezette tijden nog de ouwe getrouwe sfeer van het zware, calvinistische zwijgen. Dat was zo gegroeid. En dat moest maar zo blijven.

'Wat ik alleen niet begrijp,' ging Karin intussen verder (want 'echt praten' of niet, ze zeiden naar Otto's idee nog altijd bijzonder véél tegen elkaar), 'is dat je nooit eerder over je stem hebt geklaagd. Ik bedoel, je bent toch wel vaker op de radio geweest. Met je boeken en zo.'

'Dat was anders,' antwoordde Otto beslist. 'Toen klonk ik, als ik het zeggen mag, altijd bijzonder naturel. Nu heb ik van die modieuze uitschieters in m'n a en m'n e. En ik rol koket met m'n r.'

'Waarom deed je dat dan?' vroeg Karin.

'Zie je wel! Jij hoorde het ook.'

Karin draaide zuchtend haar ogen weg.

'Wat is er nu trouwens bezig?' vroeg Otto. 'Een interview? Muziek?'

'Je collega praat met twee vrouwen. Iets over toneel, dacht ik. Hij doet dat wel aardig, die Stan. Hij was zelfs een beetje aan het flirten met die vrouwen.'

'Zoiets kon ik natuurlijk niet doen. Er viel niet veel te flirten met Gardenier.' Hij wilde het gesprek graag beperken tot zijn eigen verrichtingen.

'Je deed het goed, Otto, echt waar. Het was niet te horen dat het je eerste uitzending was. Je stelde slimme vragen. En die man kwam los, dat was wel duidelijk. Zeker toen je hem complimenteerde met z'n boek. Hoe noemde je z'n stijl ook alweer?'

'Geserreerd.' Otto zette zijn computer uit.

'O ja. En je betrok ook zijn eerdere werk in het gesprek. Gardenier waardeerde dat.' Ze dacht even na. 'Ik wist trouwens niet dat je al die boeken van die man hebt gelezen.'

'Heb ik niet,' zei Otto. 'Alleen dat ene nieuwe, en dan nog hooguit voor een kwart.' Op hetzelfde moment dat hij enige triomf in zijn antwoord bespeurde, besefte hij dat er door allerlei journalisten en presentatoren met dezelfde snoevende desinteresse over zíjn werk moest zijn gepraat.

‘Wíe had je in de uitzending? Vallei? Had je wel wat van die man gelezen?’

‘Nou, z’n laatste heb ik *angelesen.*’

‘En die andere titels?’

‘Precies, je zegt het, alleen de titels.’

‘En toch liep het gesprek lekker? Had die Vallei niks door?’

‘Welnee. Zulke types zijn je al innig dankbaar voor een beetje airplay. Eén opmerking over hun werk is genoeg, dan begint de woordenstroom en kun je rustig achteroverleunen. Het is wel curieus, zo’n man die alles opspaart en al met één beginvraagje is te porren tot een *never-ending monologue.* Nou ja, het was in ieder geval mooie radio.’

Otto maakte zich geen illusies; waarschijnlijk had het tuig van de media nog veel verschrikkelijker dingen over hem beweerd. Ooit had hij een kort verhaal geschreven waaruit hij bij herlezing steeds meer passages was gaan schrappen, tot er ten slotte drie zinnen waren overgebleven: ‘Niemand heeft ooit iets goeds over me gezegd. Iedereen is eropuit om me te vernederen. Nog een geluk dat ik geen aanleg heb voor paranoia.’ Roman in pilvorm. In alle bescheidenheid meende Otto dat de tragiek van de geboren verliezer nooit eerder zo pregnant was verwoord. Maar door datzelfde quotum bescheidenheid moest hij erkennen dat hijzelf waarschijnlijk de enige was die er zo over dacht. Op sombere momenten dacht hij wel eens dat hij het bij die drie zinnetjes had moeten laten.

Hij riep zichzelf tot de orde. Dat gemijmer over zijn saluut aan de letteren was gevaarlijk. Nog even en hij verviel in mierzoete weemoed. Zijn schrijverschap was gesmoord door een infernaal rookgordijn van twijfel, faalangst en inertie – dat mocht hij niet vergeten. Misschien moest hij alsnog naar zichzelf op de radio gaan luisteren. Dat was wel zo verstandig, want hij had met Berend van der Molen afgesproken dat ze elkaar na de uitzending even zouden bellen.

‘Ga jij nog verderluisteren?’ vroeg hij aan Karin.

‘Ik denk het wel. In het tweede uur praat je toch nog met een dichter?’

‘O, heel kort maar. Hij leest voornamelijk voor uit eigen werk. Drie gedichten. Duurt nogal lang.’

‘Goeie gedichten?’ vroeg Karin.

Otto viel stil. Onderzoekend keek hij zijn vrouw aan. Ze vroeg hem iets te zeggen over de poëzie van een dichter wiens naam hij haar nog niet eens had verteld. En ze was niet ironisch. Ze was eigenlijk zelden ironisch. Ze was naar bed geweest met Ed Waterland, iemand aan wiens laatstverschenen roman meer literaire kwaliteiten waren toegedicht dan aan alles wat Otto ooit had gepubliceerd bij elkaar. Maar ze had niet voor Waterland gekozen. Ze was teruggekeerd bij hem. Nee, ze was niet ironisch.

'Karin?'

'Ja?'

'Roep me maar als het afgelopen is.'

13

Het nieuws van vijf uur werd voorgelezen toen de telefoon ging. Otto was juist weer in de woonkamer verschenen en bekeek de telefoon alsof het een levende tegenstander was. Hij zette bijtijds het antwoordapparaat uit en nam de hoorn op.

'En, hoe vond je het gaan?' Het was Berend.

'Ik weet het niet,' antwoordde Otto, 'ik kan het zelf niet zo goed beoordelen. Misschien kan ik het beter aan jou vragen.'

'Nee, eerst wil ik weten wat je er zelf van vond.'

Dat beloofde niet veel goeds.

'Het ging wel aardig,' zei Otto voorzichtig, en toen het stil bleef aan de andere kant van de lijn, voegde hij eraan toe: 'Voor een eerste keer.'

'Ben ik met je eens. Maar vond je niet dat je zelf erg veel aan het woord was? Met name aan Gardenier stelde je heel uitvoerige inleidende vragen. Je gaf eerst een samenvatting van de inhoud van dat boek, noemde een paar mogelijke thema's, stipte het wisselende vertelperspectief aan, noemde z'n stijl geserreerd en zei toen: zie ik dat goed? Tsja, dan kan zo'n man alleen maar ja of nee zeggen. Of niets. Wat ook een keer gebeurde. Heb je dat niet gemerkt?'

'Nou nee,' zei Otto. Hij probeerde een groeiende verontwaardiging te onderdrukken.

'Toch is het waar. Eén keer ontging het je zelfs dat Gardenier niets antwoordde. Toen hij iets wilde gaan zeggen, kwam jij al weer met een nieuwe vraag.'

'Is dat zo?' Otto aarzelde. 'Mijn vrouw heeft zonet meegeluisterd. Zij vond het een boeiend gesprek.'

Meteen wenste hij dat hij het niet had gezegd. Berend maakte zich nu ongetwijfeld een voorstelling van de Valleitjes, archaïsch bij de radio gezeten. Vrouwlief die haar man moest opbeuren. Oei.

Gelukkig ging Berend er niet verder op in.

'Je mag best stiltes laten vallen. Onderschat de luisteraar niet. Die kan verschillende soorten stiltes onderscheiden. Gardenier wist niet goed raad met je vraag en zweeg ongemakkelijk. Dat was mooie radio. Buit dat uit. Laat je gast gerust twijfelen op zo'n moment. Laat hem zoeken naar woorden en kom er niet meteen zelf weer tussen. Stilte leeft, Otto, onthoud dat. En dan nog iets: durf dom te zijn. Je moet vragen durven stellen die jijzelf misschien onnozel vindt. Zo van, waar gáát uw boek over? Voorspelbaar, zeg jij. Onvermijdelijk, zeg ik. Je moet de basisvragen durven stellen. In plaats daarvan begon jij aan een soort gesproken essays.'

Otto leefde op. Onbedoeld had Berend hem een compliment gemaakt. Hij had het nu al gebracht tot 'gesproken essays'! Hij pakte het toestel van het bijzettafeltje, wierp het snoer een stukje over de grond, liep naar het raam en zei ferm: 'Berend, ik ben het niet met je eens.'

'Natuurlijk niet,' antwoordde de ander direct, 'ik verwacht ook niet anders. Maar denk er nog eens over na. Laat het op je inwerken. Eenvoud, Otto, eenvoud. Korte, heldere vragen. Flaubert wilde als schrijver afwezig zijn in zijn romans. Moet je zien wat voor indrukwekkends dat heeft opgeleverd. De man is in al zijn onzichtbaarheid alomtegenwoordig. Op een bepaalde manier moet een goeie radiojournalist hetzelfde nastreven. Hij draagt het programma, bepaalt de toon, maar allemaal ten dienste van het verháál dat wij als redactie hebben ontworpen en dat als het goed is zal worden verteld door onze gasten in twee spannende uren Chaos en Rumoer. De luisteraar moet zich dát verhaal herinneren, díe totaalvertelling, en niet de logopedische curiositeiten van de presentator. Heb je de uitzending op een bandje opgenomen?'

'Ja,' loog Otto. Hij was geschokt. In Rouen draaide iemand zich om in z'n graf.

'Mooi. Luister er nog eens naar. Analyseer je interviewtechniek. Dan praten we het van de week even door. En misschien moeten we de komende weken je verrichtingen per uitzending evalueren. Akkoord?'

Meteen nadat hij had neergelegd ging opnieuw de telefoon. Het was Riekje, die vroeg of Berend al had gebeld.

'Vraag je me niet eerst hoe ik het vond gaan?'

'O sorry. Hoe vond je het gaan?'

'Ik durf er niets meer van te zeggen. Berend had heel wat aan te merken. Hij zei dat ik dom moet durven zijn.'

'Dacht ik al,' zei Riekje. 'Dat hoor ik hem al jaren zeggen tegen iedereen die moet worden ingewerkt. Neem van mij aan: het ging heel aardig. Ik werk nu zestien jaar bij Chaos en heb heel wat presentatoren voorbij zien trekken. Sommigen waren de eerste keer zo nerveus dat ze alleen maar een soort kikkergeluiden voortbrachten. Het is een wonder dat ze nog verstaanbaar waren. En dat de gasten niet wegliepen. Alhoewel: beeldend kunstenaars stelden het wel op prijs, die kikkergeluiden. Die dachten dat het een experimentele manier van radiomaken was, en gaven heel associatieve antwoorden. Dat liep uit op een auditieve oersoep. Dus troost je, het kan veel erger. Nee hoor, het ging heel behoorlijk.'

'Dus de kritiek van Berend is overtrokken,' concludeerde Otto opgelucht.

'Nee, dat niet. Hij heeft natuurlijk gelijk. Maar dat geeft niks. Het zou een wonder zijn als je eerste uitzending meteen goed zou zijn verlopen. Berend vroeg zeker of je het op tape hebt gezet?'

'Ja.'

'En? Heb je dat?'

Otto vertrouwde Riekje. 'Nee.'

'Goed zo. Moet je ook vooral niet doen. Eigenlijk had je vandaag niet eens naar jezelf moeten luisteren. Je kunt beter onderzoeken hoe ánderen het doen. Pak de PON-gids en zoek de kolommen af op de cultuurprogramma's. Kunststof, Lier en Lancet, Caduta Massi, je kent ze wel. Let op hoe het dáár gebeurt. Luister je weleens naar Maanlandschap?'

'Ja hoor. Regelmatig zelfs.' Zó erg vertrouwde hij Riekje nu ook weer niet.

Het bleef even stil aan de andere kant.

'Meen je dat nou?' zei ze toen. 'Tussen twee en vier 's nachts? Goh, wat leuk.'

Hij kon niet meer terug. 'Nou, ook weer niet zo regelmatig. Soms, als ik nog wakker ben, dan...'

'Ik hoor het nooit,' zei Riekje resoluut. 'Dat wil zeggen, ik vraag de tapes op bij een collegaatje van de PON en luister hoogstens naar een gesprek met een gast die me wel wat lijkt voor Chaos. Maar goed, als je dat programma kent, dan weet je wat ik wil zeggen.'

'Ik denk het wel,' zei Otto, en waagde een gok. 'Het is avontuurlijke radio. Het heeft iets baldadigs.'

Zóveel wist hij nog wel van nachtradio; de makers noemden zichzelf vaak avontuurlijk, baldadig en, in de ergste gevallen, grensverleggend. Zo bleek Riekje er ook over te denken. Otto hoorde haar ritselen met papier.

'Alvast een vraagje voor volgende week,' sprak ze. 'Heb jij iets met Elize Beekbergen?'

Otto voelde een prettig, warm schokje in zijn maag. Elize Beekbergen, tweevoudig Eurobank-winnares, was de enige schrijfster van boven de veertig in Nederland die er niet als een schrijfster uitzag. Alle anderen waren *dames*; lieve dames, norse dames, rare dames, maar: dames. Behalve Elize Beekbergen. Elize Beekbergen was een oud meisje. Ze was overrompelend slank, had grote, illusieblauwe ogen en bleekroze bakvissenwangen. Als ze in een talkshow op tv verscheen, zat ze bij iedere vraag onnavolgbaar quasi-verstrooid aan de krulletjes van haar wanordelijk opgestoken haar te draaien. Ze was niet het soort vrouw bij wie je onmiddellijk aan neuken dacht. Het was verwarrender: je dacht aan ingewikkelde seksuele technieken, in het bijzonder een gevarieerde en eindeloze cunnilingus, gepraktiseerd onder begeleiding van allerlei beheerst toegefluisterde instructies van een achteroverliggende Elize, die af en toe haar hoofd optilde en onderzoekend langs haar licht opzijhangende borsten naar beneden keek terwijl er bij jou langzaam een knoop in je tong begon te ontstaan (ah! dát was het!). Ja, Otto had wel iets met Elize Beekbergen. Toch moest hij Riekje teleurstellen, want iets gelezen van het oude meisje had hij niet. Maar misschien was het beter om dit niet hardop te zeggen. Niet dat hij zich schuldig voelde. Haar boeken werden keer op keer herdrukt, dus La Beekbergen had genoeg lezers. Ze hoefde Otto er heus niet bij te hebben. Uit stille solidariteit las hij meestal romans van schrijvers die net als hij niet of nauwelijks werden herdrukt. Hopelijk waren er collega's die hetzelfde deden.

'Otto...?'

'Sorry, ik probeerde me te herinneren wanneer ik precies het debuut van Elize Beekbergen heb gelezen.'

'O god ja, *Eeuwig heden*, zomer '88. Ik las het in Griekenland, op de boot van Piraeus naar Santorini. Heerlijk. Niets gemerkt van de drukte om me heen.' Riekje bleef nu even stil, misschien om een zweem van de serene overtocht te herbeleven. 'Ik heb hier de drukproeven van de nieuwe Beekbergen. *Het vertrouwen* heet het. Wordt natuurlijk een van de speerpunten van dit najaar. Het is alvast een prachtige titel. Een titel als een nekslag. Vind je ook niet?'

Otto hield de hoorn nu tussen kin en opgetrokken schouder geklemd. Was het een titel als een nekslag? Hij wist het zo gauw niet. Hij kon er maar moeilijk aan wennen dat je in een werkkring op afroep overal een mening over diende te hebben. Achteraf ontdekte hij steeds meer voordelen van het schrijverschap. Een ervan was dat je je kon ontdoen van meningen alsof je een ongewenste hand van je schouder af sloeg. Een schrijver had smaak en inzicht – maar meningen, nee. Meningen had je op inspraakavonden of tijdens plenaire vergaderingen.

'Luister. Ik stuur een koeriertje naar je toe met de drukproeven. Dan heb je het morgenmiddag uit en kunnen we beslissen of we Beekbergen uitnodigen voor aanstaande vrijdag.'

Karin kwam de kamer binnen en liet met een kort gebaar weten dat het eten op tafel stond. Otto stak een duim naar haar op en zei tegelijkertijd in de hoorn: 'Goed idee. Doen we. Ik zal er vanavond nog aan beginnen.'

'En? Waren ze tevreden?' vroeg Karin toen hij had neergelegd.

Voordat hij kon antwoorden, ging opnieuw de telefoon. Otto probeerde nog het antwoordapparaat aan te zetten, maar het was te laat; na het tweede signaal 'pakte' het antwoordapparaat niet meer en bleef de telefoon overgaan. Hij nam op.

'Otto? Zegel hier. Ik moet je feliciteren, jongen.'

Instinctief bewoog Otto even met zijn schouders, alsof hij op het punt stond te salueren. Hij had Arnoud Zegel niet meer gesproken sinds hun discussie over Waterlands onverkwikkelijke ideeënroof. Half en half had hij na dat gesprek een verzoenende brief van zijn uitgever verwacht, of anders een uitnodiging voor een lunch, waar Zegel altijd veel werk van maakte. Zegel liet de uren tussen één en drie vrij voor wat hij noemde het 'haastig eten van een dubbele boterham'. Dit was een wel érg opgelegd eufemisme voor een zware lunch in de brasserie van een vijfsterrenhotel dat één gracht verder was gehuisvest en waar Otto ooit, bij verschijning van zijn debuut, door Zegel mee naartoe was genomen. Zijn uitgever had er in drie kwartier anderhalve fles Sancerre doorheen gejaagd om vervolgens zonder een spoor van beneveling de brasserie te verlaten. Kleine man, grote dorst.

Otto legde even een hand op de hoorn. 'Zegel wil me ergens mee feliciteren,' fluisterde hij tegen Karin.

'Stoor ik?' vroeg zijn uitgever.

'Nee hoor. Helemaal niet. Waar bel je vandaan?'

De lijn ruiste en kraakte alsof Zegel op een bouwplaats in vol bedrijf stond. Misschien belde hij vanuit het buitenland. Franse en Duitse uitgevers hadden een optie op *Oud zeer* genomen. Of misschien had men in Amerika interesse voor zijn werk getoond. Otto stelde het zich meteen voor. *Old sore.* Dat was inderdaad een felicitatie waard.

'Ik bel GSM,' verklaarde Zegel, 'niet van de zaak, maar eigen bezit. Hoe klink ik? '

'Je ruist een beetje,' antwoordde Otto.

Dat schokte Zegel. 'Verdomme! Dit is het laatste model, een Ericsson 318. Eentje met SIM-kaart, datatransmissie, *carkit* en een beveiliging door middel van pincode.'

'Jaja,' reageerde Otto automatisch.

'Gegarandeerd storingvrij, daar hamerde de verkoper op. En dan tóch nog een ruis... Ach Otto, de techniek neemt een duizelingwekkende vlucht, nog even en wij kunnen onder water of met ons hoofd in een plastic zak met elkaar telefoneren, maar oplichting en uitbuiting blijven ons leven beheersen. Klink ik erg beroerd?'

'Nou ja, er is dus die ruis.' Otto voelde een begin van wrevel.

'Bij nader inzien *voel* ik me ook zo. Ik ga gebukt onder een hinderlijke ruis. Je moet weten, ik ben op weg naar Den Bosch voor de uitreiking van, schrik niet, de Brabantse Debutantenprijs. Ze zouden de buurtschappen en gehuchten in al die nauwelijks ontgonnen stukken Nederland moeten verbieden nog langer hun literaire prijsjes van vijftig gulden en een tweeliterfles appel-bessenwijn uit te reiken. Dat moet jij toch met mij eens zijn, Otto. We komen tenslotte al om in de gruttersprijzen van een ton, en als díe prijzen de literatuur al naar de verdoemenis draaien met hun show, spektakel en hijgerige middenstandersmentaliteit, dan kun je wel nagaan dat de particuliere initiatieven in de orde van koekhappen en boekpoepen wel helemáál *gesundheitsschädlich* voor de letteren zijn. Maar als veelgeplaagde voorman van onze prestigieuze uitgeverij word ik zoals gewoonlijk geacht mooi weer te spelen met al die goedwillende ketellappers die van de literatuur een gezellige fancyfair maken. Het ergste is nog dat de laureaat gelooft dat hij na zo'n bekroning in Drollenbroek-Oost het land zal gaan veroveren. Komt de prijswinnaar daags na de uitreiking nog klappertandend van de overwinningsroes mijn kantoor binnenvallen met de vraag, nee, het *bevel* om met z'n boek en z'n prijs te gaan adverteren. Nu bekroond! De driejaarlijkse literaire prijs der Kaninefaten! Ach, ik moet opereren in een taalgebied ter grootte van een oudemannenpielemuis in ijskoud zeewater; hoeveel hype kan zo'n afzetgebied verdragen? Als ik die kruideniers driftig heen en weer zie benen op zo'n prijsuitreiking, dan voel ik alle mildheid die ik die dag met moeite bijeen heb gesprokkeld in één klap vervliegen en is het net alsof Rip van Winkle, Gulliver en de arme Des Esseintes gedrieën vechten om het roer van mijn zielenschip over te nemen.'

'Jaja,' zei Otto. Hij vroeg zich af wie die Des Esseintes wel mocht zijn.

'Maar ik mag jou niet opzadelen met mijn besognes, Otto. Jij weet hoe jouw uitgever kreunt en kermt onder het gewicht van 's lands gebakken lucht, daar hoef ik jou niet over op te bellen. Nee, ik wil je feliciteren met je nieuwe betrekking. Ik zette toevallig de autoradio aan en pats, daar galmde Otto mijn occasion binnen. En ik moet zeggen: het was héél verdienstelijk. Sinds wanneer doe je dit nu?'

Otto gaf niet meteen antwoord. Hij was alleen in de kamer, Karin was weer naar de keuken gegaan.

'Om eerlijk te zijn was dit m'n eerste uitzending.'

Zijn uitgever slaakte een in rokershoest gesmoorde kreet.

'Meen je dat? Je éérste? Nou, dan ging het helemáál voortreffelijk. Zeg, hoe lang blijf je bij die radio? Want ik neem aan dat je dit ziet als een soort interludium. Sinds twee seizoenen is er geen fatsoenlijk literair programma meer op tv. Ja goed, op zaterdagochtend wanneer niemand kijkt praat een of andere oedeemkobold een halfuur met twee probleemdrinkende academici uit Amsterdam-Zuid over een baksteen uit de Balkan, maar die wanvertoning tel ik natuurlijk niet mee. Je weet, Otto, ik juich alle pogingen toe om literatuur breed én diep op tv te brengen, en een man als ik is al blij met een echo van een echo van enige eruditie, maar waarom duikelt *das Herrenvolk* van Hilversum voor dit soort *au fond* interessante programma's toch altijd weer de verkeerde mensen op?'

Otto had even geen antwoord voorhanden. Het gebeurde zelden dat zijn uitgever zijn monologen eindigde met een vraag. Bovendien had hij er geen idee van over welk tv-programma zijn uitgever zich zo opwond. Otto hoorde hem vloeken.

'Ik moest even opletten. Iemand van het gilde der moderne penoze, voortjakkerend in een BMW. Haalde me rechts in. Sorry. Ben je er nog?'

'Mm mm,' deed Otto.

'Waar ik heen wil, Otto, is dit. Die radio is natuurlijk padvinderij. Jij moet in één moeite door naar de televisie. Dat moet jij toch met me eens zijn. We missen nog steeds onze *beau garçon* Charles Duingeest hè, met dat bijna obsceen mediagenieke kapsel van hem. God, wat zat dat haar van die vent altijd intimiderend perfect! What can I offer you to drink, mister Yinyang, red, white, or water? *Et voilà*, na die uitzending zette je dan moeiteloos vijftienduizend exemplaren weg van een obscure Koreaans-Amerikaanse tweede-generatie-emigré. Ach ja...' Het bleef even stil, Otto hoorde vage snelweggeluiden. Toen vroeg zijn uitgever hem gedecideerd: 'Otto, spreek jij je talen?'

'Redelijk,' antwoordde hij mat.

Zegel raakte nu geestdriftig. 'Ik zie het helemaal voor me! Otto Vallei in gesprek met drie of vier keien van heinde en verre. A conversation amongst gentlemen. And -women als het zo uitkomt, want er moet af en toe ook een fijne flirt in je programma. Dát vond ik namelijk nogal charmant van je, zonet in dat programma eh... hoe heet het ook alweer?'

'Maanlandschap.'

'O ja. Wat ik zo verfrissend vond was dat je buiten je eigen vakgebied treedt. Ik wist bijvoorbeeld niet dat jij bent ingevoerd in het hedendaags toneel. En je maakte er echt een kleine happening van met die twee meisjes van Toneelgroep Hiawatha of hoe ze zich ook noemden. Je kon horen dat er iets zinderde tussen jou en die meiden. Hoe zeggen dames boven de vijftig dat? Het was een *kietelend* gesprek. Ja, dat was het. Beschaafd, informatief en toch hormonaal moverend.'

'Dat was Stan Kapteijn.' Otto was gaan zitten.

'Stan, welke Stan? Je vergist je. Je sprak met twee meisjes.'

'Het was mijn copresentator die dat interview deed. Stan Kapteijn.'

'Ah. Het was je collega.' Zegel klonk ineens verveeld. 'Nou, dan lijkt zijn stem ontzettend op die van jou. Wat een belachelijke beslissing om jullie samen te laten presenteren.'

'Vind je dat?' zei Otto. Dit was de eerste opmerking die hem ondubbelzinnig plezier deed. Stan had een mooie stem. Een *goeie* stem.

'Ja natuurlijk! Welke regisseur zet nou twee identieke stemmen in een en hetzelfde radioprogramma? Wie is trouwens de regisseur?'

Otto noemde Berends naam.

'Zegt me niks. Heeft ie ook contacten met de afdeling Televisie van de PON?'

'Ik zou het niet weten.'

'Zorg dat die Van der Molen je naar voren schuift als nieuwe sleutelpersoon voor cultuur op tv. Je kunt het, dat hoorde ik wel. Je moet alleen iets aan je verschijning doen. Meer *panache*, Otto. Trek eens een pak aan. Ik ken je alleen in trui en spijkerbroek, maar in één van de torens van jouw Buitenveldertse burcht heb jij vast wel een donkerblauw colbert hangen. Klop dat ding eens lekker uit. Wit overhemd, rood-blauwe streepjesdas, je laat die malle haardos van je een keertje afrasteren tot de proporties van een beschaafde-mensenkapsel en hupsakee, je maakt een *pilot*.'

Terwijl Arnoud Zegel steeds sneller begon te praten, was Karin weer de kamer in gekomen. Het eten was natuurlijk aan het verpieteren. Otto trok verontschuldigend zijn schouders op.

'Zeg, Arnoud, moet je luisteren, ik – '

'Hohoho,' deed zijn uitgever. Zijn basso continuo deed denken aan die van de kerstman. 'Jij wilt me nu iets zakelijks vragen. Maar daar heb ik tot mijn spijt geen tijd voor. Den Bosch komt in zicht. Maandag laat ik iemand jou de complete najaarsworp van Orakel toesturen. Dan kun je een beetje in die boeken grasduinen en beslissen wie van onze auteurs jij in je programma uitnodigt.'

Toen hij even later met Karin aan tafel zat, zei Otto: 'Zegel vond dat mijn stem op die van Stan lijkt.'

Karin ging er niet op in.

'Over een week of vier ben je helemaal ingewerkt,' zei ze. 'Dan kun je je niet meer voorstellen dat je je vandaag zo druk hebt gemaakt.'

Toen hij had afgeruimd en bezig was koffie te zetten, werd er gebeld. Op de galerij stond een man in een schreeuwend geel joggingpak en met een zwarte brommerhelm op. Het was inmiddels schemerdonker, en door het witte strijklicht van de buitenlamp naast de voordeur was het net alsof er een astronaut voor de ramen stond. Otto deed de voordeur een stukje open en keek met een schuin hoofd door de smalle kier. Uit voorzorg hield hij een voet en schouder tegen de deur. De astronaut voldeed tenslotte aan de beschrijving van het type dat na te hebben aangebeld onder het trekken van een wapen ineens je huis binnen komt stormen.

Vanuit het inwendige van de helm klonk het dof: 'Een spoedje voor Vallei.'

O ja, het koeriertje van Riekje. Otto deed de deur iets verder open en nam met aarzelend uitgestoken arm de zending aan. Het was een grote PON-enveloppe met een vuistdik pak papier. Elize Beekbergen had zo te zien een heel epos geschreven. Hij bedankte de koerier en draaide de drie veiligheidssloten dicht. Even later had hij zich met Elize afgezonderd in zijn kamer.

Behalve het manuscript bleek Riekje ook allerlei nieuwe catalogi en promotiefolders voor nog te verschijnen boeken mee te hebben gestuurd. Briefje erbij. *Bekijk je het even? Er zit veel interessants voor ons bij!* Hij legde de stapel folders weg en begon te bladeren in de drukproeven van *Het vertrouwen.* Zonder de wil iets tot zich door te laten dringen las hij twee bladzijden. Van Elizes eerste twee romans waren samen driehonderdduizend exemplaren verkocht. In tram, bus of trein zag hij wel eens meisjes die *Eeuwig heden* bij zich hadden, verfomfaaid en voorzien van talrijke ezelsoren. Koffievlekken op het omslag. Otto was ze de Beekbergense meisjes gaan noemen. Doorgaans droegen ze mokerslagkleine jurkjes en zwarte panty's, en torsten ze een leren *bag pack* op hun popperig smalle schoudertjes. Soms krabbelden ze met een potlood iets in de kantlijn, vast en zeker uitroeptekens of gedachtepuntjes... Er waren erbij die zichtbaar overmand waren door emoties; dan had Elize het waarschijnlijk over liefde en gevaarlijke mannen van boven de veertig die erg wijs waren en van wie je dus veel kon leren maar die ook overal aan wilden zitten, en dan schreven de Beekbergense meisjes met onvaste hand 'JA!' boven aan de bladzijde, omdat ze, verzaligd en verontwaardigd tegelijk, iets van zichzelf en een heleboel van een bronstige hoofddocent of een artistieke kroeggitarist met paardenstaart herkenden. Iemand die een van zíjn boeken zomaar in het openbaar las was hij nog nooit tegengekomen. Ho ho, hij was heus niet afgunstig op succesnummers als Elize. Hij was er eenvoudig de schrijver niet naar om in de tram of op het strand te worden gelezen. Een Vallei las je thuis, afgeschermd van de buitenwereld, bij voorkeur onder een bescheiden tafellamp. Hij was een *Geheimtip*. Ja, dat was ie.

Met toenemend onbehagen overzag Otto zijn bureaublad. Zijn blik bleef haken bij een dubbelgevouwen affiche dat Riekje bij de folders had gevoegd. Hij vouwde het open. Het affiche had een krankzinnige lay-out, en toonde onder meer het portret van Goethe door Andy Warhol, maar dan voorzien van afwijkende, fosforescerende kleuren. Aan weerskanten van de kop van Goethe bevonden zich oranje vlammen en vuurbollen. Voor zijn mond was een grote microfoon getekend en boven zijn hoofd een gifpaarse aureool. De woeste belettering was goeddeels onleesbaar. Het zou wel iets te maken hebben met een zoveelste prachtboek van een afgezant van de allernieuwste generatie, vermoedde Otto. Ooit zat er, zoals het hoorde, vijftien, twintig jaar tussen twee generaties, maar in de literatuur diende zich tegenwoordig ieder jáár een nieuwe generatie aan. Otto weigerde al die revoltes en opzienbarende verschuivingen met het formaat van een lucifershoutje bij te houden en vond die weigering gezond en vanzelfsprekend. Het was allang geen uitzondering meer dat romans maanden van tevoren door uitgevers werden aangekondigd, op beurzen en in boekhandels, en sinds enige tijd ook op posterformaat in cafés en discotheken. Het leek erop dat de boekenbranche steeds vaker een voorbeeld nam aan de Amerikaanse speelfilmindustrie, waar supermanagers grootschalige campagnes opstelden om het publiek lang van tevoren lekker te maken voor een beoogde *blockbuster*. Otto dacht er het zijne van. Boeken mochten steeds minder op boeken lijken, anders waren ze niet meer te verkopen. Daar wilde hij niet aan meedoen. Steeds vaker vroeg hij zich af waarom hij niet veel eerder was gestopt met schrijven.

Hij haalde eens diep adem. Zijn humeur klaarde zowaar op. Arnoud Zegel had hem ooit getipt over de heilzame werking van klagen en mopperen. 'Let maar eens op,' had zijn uitgever hem toegebast, 'als je maar vaak genoeg roept dat alles slechter wordt, gaat het vanzelf beter met je.' Het was het geheim van het Hollandse gekanker – de grootste zeikerds gingen het langste mee. Toen hij het affiche wilde wegleggen, leek zijn hart een slag te missen. Onderaan stond de imprint van Orakel.

Met wild plukkende vingers vouwde hij de poster opnieuw uit. Om de nek van Warhols Goethe hing een hangslot, en 's dichters mond was afgeplakt met tape. Erboven stond, in een soort runenletters, de naam van de sterauteur.

Op zijn bureau lag de vooraankondiging van *Het hart aan de rand van de stad* door Ed Waterland.

Otto vervloekte eerst Waterland en vervolgens Orakel. Als *hij* die roman over een kunstenaarsimpasse had geschreven, was Arnoud Zegel dan voor hem ook zo'n publiciteitsoffensief begonnen? Waarom had Riekje hem in vredesnaam dit affiche gestuurd? Misschien wilde zij hem op deze manier overhalen om Waterlands werk opnieuw te bekijken. Riekje vond Waterland tenslotte 'een kei van een schrijver'. Het kon ook een onschuldig bedoeld pesterijtje zijn. Hoewel: Riekje was er de persoon niet naar om haar collega's te treiteren. Waarschijnlijk wist zij zelfs niet eens hoe dat moest, treiteren. Er bestonden mensen die nooit hadden leren pesten, zoals anderen – onder wie hijzelf – er maar niet in slaagden hun rijbewijs te halen.

Na zich te hebben overgegeven aan allerlei complottheorieën besloot Otto dat Riekje het affiche niet eens had gezien en dat het gewoon bij toeval tussen de papierstapel was terechtgekomen. Het was de enige conclusie waarmee viel te leven – en dus was het de conclusie die hij trok.

Niettemin moest dat ellendige ding het huis uit. Hij besloot de poster tussen de oude kranten in de gangkast te schuiven. Vreemd genoeg gaf de onschuldige verduistering hem het gevoel dat hij in overtreding was, al kon hij er niet achter komen welke regel hij dan precies overtrad.

In de kamer keek Karin televisie. Ze zat op de bank, met de voeten onder haar billen en de afstandsbediening naast haar op de leuning. Toen hij de kamer binnenkwam, werden haar ogen groot van blijdschap. Ze zette het geluid van de tv af en zei: 'Otto, je bent weer begonnen!'

Hij bleef als genageld in de deuropening staan.

'Begonnen? Waarmee?'

Karin straalde. 'Nou, met schrijven natuurlijk! Je ziet lijkbleek en je kijkt alsof je een luchtspiegeling hebt gezien. Zo zie je er alleen maar uit wanneer je aan iets bezig bent.'

April

I

Twee weken na zijn vuurdoop was Otto in staat op vrijdagochtend de gasten van Chaos en Rumoer een ferme, droge handdruk te geven. Nog eens twee weken later stelde hij vast dat de klemmende schoen in zijn keel was verdwenen – doorgeslikt of uitgespuugd, dat deed er niet toe. Van de oorsuizende paniekduizeling die hem had overvallen die eerste vrijdag in het museum had hij ook geen last meer. Nog voor de kerst was presenteren routine geworden. Inleidende opmerkingen, aankondigingen van gasten, een-tweetjes met Stan, gerichte vragen die wél schrander maar niet al te scherp mochten zijn – hij slalomde door de uitzendingen alsof hij nooit anders had gedaan. Berend van der Molen was al snel van zijn voornemen afgestapt om iedere week samen met Riekje, Willemijn en Mira zijn verrichtingen te evalueren. Nee, het zat wel goed met wat ie deed. De PON kon tevreden met hem zijn.

Otto vroeg zich af of er momenten waren waarop Karin hem niet meer herkende. Het kon bijna niet anders, want soms herkende hij zichzélf niet meer. Hij vond dat hij was veranderd in iemand voor wie je je petje af kon nemen. Kleine, maar allesverpestende ongemakken had hij weten te elimineren. De belangrijkste stap voorwaarts was wel dat hij zijn weerzin tegen de telefoon had overwonnen. Nu kon hij het zich sinds zijn aanstelling bij Chaos en Rumoer natuurlijk ook niet langer veroorloven om zijn telefoonfobie te cultiveren. Sterker nog, hij had een twééde toestel in huis gehaald, draadloos nog wel. Hij had Zegel niet geconsulteerd maar er lukraak één bij een postorderbedrijf besteld. Sindsdien waren er dagen dat hij er voortdurend mee door het huis liep. Hoofd een beetje schuin, oor aan de hoorn. Karin kon er zich soms behoorlijk aan ergeren. Dit was wel weer het andere uiterste. Ze vond hem kinderachtig. Hij leek wel een schooljongen die eindelijk z'n hoogtevrees had overwonnen en in het zwembad met een bijna hysterische volharding alleen nog maar van de hoge duikplank wilde springen.

De meeste telefoontijd ging op aan de *hot line* met de redactie van Chaos en Rumoer, en Riekje in het bijzonder. De zondag niet meegerekend ging er geen dag voorbij of Riekje belde hem op over lopende zaken. Meestal wilde ze hem een naam voorleggen van een mogelijke gast. Dat deed ze altijd met dezelfde woorden. 'Zeg Otto, heb jij iets met...?' Hij had geleerd om altijd ja te zeggen. Zei hij nee, dan trok zij heel wat tijd uit om hem ervan te overtuigen dat hij écht veel bijzonders miste. Zelf had zij altíjd wel 'iets' met de schrijvers die werden uitgenodigd. Dat waren er gemiddeld twee per week, meer dan tachtig per radioseizoen. Het betekende dat Riekje met vrijwel álle Nederlandse schrijvers 'iets' moest hebben.

Otto had zo zijn gedachten over haar onbegrensde voorkeuren. Met een brede smaak had het weinig meer te maken; het neigde naar een soort hogere promiscuïteit. Hij was nooit in verzet gekomen tegen Riekjes omnivore neigingen – behalve dan in het geval van Waterland. Zij had zijn weerzin onderschat en bleek hem indertijd die afzichtelijke promotieposter van Waterlands *Het hart aan de rand van de stad* met de meest onschuldige bedoelingen te hebben opgestuurd. Maar Otto was onverbiddelijk geweest. Waterland in Chaos? Dan stapte hij op. Veto was veto. Hij probeerde het goed te maken door op alle andere voorstellen van Riekje mild en meegaand te reageren. Welk halftalent of zorgenkind zij ook wilde uitnodigen, hij stemde in, met als gevolg dat hij wekelijks gedoemd was tot het doorploegen van grijs en doorgekookt proza dat griezelig lang bleef doordrenzen en -jengelen in zijn hoofd, zijn arme, moede hoofd waar al het fijne en goede en schone dat hij in zijn leven had gezien, gelezen en beluisterd steeds meer in de verdrukking kwam, verpletterd door de verplichte kost, het leesvoer dat hem werd voorgezet en dat gaandeweg de vorm dreigde aan te nemen van een dikke, zware woordprop die maar niet verteerd wilde worden. Binnen de kortste keren leed hij aan literaire indigestie. De boeken en bundels en bloemlezingen: hij vrat ze op en scheet ze uit, met Chaos en Rumoer als purgeermiddel.

In het begin had het beroepslezen nog aangevoeld als zelfverloochening. Maar dat sleet snel. Het programma moest gevuld worden. Op een gegeven moment kwam het zover dat hij Riekje gemakzuchtig na ging bauwen. En zo hoorde Otto zichzelf tijdens de opnamen in Museum Amsterdam week in week uit verkondigen met hoeveel plezier hij het pas verschenen instantproza van de zoveelste brekebeen had gelezen.

Maar het onbehagen verdween nooit helemaal. Op gezette tijden drong zich de gedachte op dat hij een soort literaire *easy lay* was geworden, een afgelikte boterham die de ene na de andere gesprekspartner afwerkte. Maar die overwegingen verdwenen zodra Riekje hem aan het begin van de dag opbelde. Telefoneren met Riekje nam zeker een kwart van zijn werktijd in beslag. Het was misschien wel de essentie van radiomaken: een halve dag aan de telefoon hangen ter voorbereiding van tien minuten zendtijd. Otto belde zich suf. Over de futielste verwikkelingen. Schrijver x heeft afgezegd omdat hij niet tevreden was over het voorgesprek. Dichter IJ wil alleen maar komen als er níet over de recensie van criticus Z wordt gepraat. En dat in honderden varianten. Er waren dagen waarop hij meer met Riekje praatte dan met Karin. Maar nooit op zondag. Otto was er blij mee. Wie op zondag vrijaf had, deed écht werk.

Otto ging zijn achtste maand in bij Chaos en Rumoer toen Riekje deze ongeschreven regel verbrak. Op een zondagochtend in april belde zij hem op. Otto en Karin zaten juist aan het ontbijt. Rolgordijn naar beneden, vitrage dicht, zijn nieuwe telefoon, de draadloze kameraad, in buikligging tussen hen in op de eettafel.

Riekje vroeg niet eens of ze wel gelegen belde.

'Heeft Berend vanochtend al contact met je gezocht?'

'Nee. Hoezo?'

'O. Dan hoor je het dus van mij. Stan kan eindelijk z'n theaterdroom verwezenlijken. Hij is aangenomen bij toneelgroep Hoofdstad. Gistermiddag is dat bekend geworden. Stan heeft Berend er meteen over ingelicht. En die heeft natuurlijk onmiddellijk Nomminga op de hoogte gebracht.'

Jochem Nomminga was de voorzitter van de PON. Otto had hem één keer ontmoet, in januari, op de nieuwjaarsborrel van de PON. Hij vroeg zich af wat Nomminga met Stans toneelcarrière had te maken. Misschien had de voorzitter geopperd om Stan een bloemstuk te sturen en wilde Riekje nu van hem weten of hij wilde meebetalen. Maar ze had met dit bericht echt wel tot maandag kunnen wachten.

'Goed dat je me het laat weten. Ik zal Stan straks even bellen om hem te feliciteren.'

'Ik denk niet dat je het helemaal begrijpt, Otto. Die aanstelling betekent nogal wat. Niet iedereen wordt zomaar ingelijfd bij Hoofdstad. En er is hem meteen een belangrijke rol aangeboden. Met repetities en voorstellingen zal Stan zeker dertig uur per week kwijt zijn. Dat is natuurlijk nauwelijks te combineren met zijn werk voor Chaos. We hebben dus een probleem. Er is binnen de PON direct druk rondgebeld en gelobbyd om Stan voor Chaos te behouden.'

Otto legde zijn hand op de hoorn. Hij zei tegen Karin: 'Stan heeft een nieuwe baan. Hij gaat waarschijnlijk weg.'

In een flits trok hij zijn conclusies. Stan kennende stopte hij per direct met presenteren. Otto's taken zouden aanzienlijk worden verzwaard. Nu was het aan hém om een nieuwe copresentator in te werken. Maar het zou niet eenvoudig zijn om op zo'n korte termijn een vervanger voor Stan te vinden. Waarschijnlijk bleef hij voorlopig over als enig presentator. Het betekende meer voorbereiding. Meer werktijd. Hoeveel loonsverhoging zou hij bedingen?

'Hoe komt Stan zo plotseling aan die baan?' vroeg hij.

'Zo plotseling is dat niet. Stan heeft al heel wat sollicitaties achter de rug. In december vorig jaar deed hij nog auditie bij Hoofdstad. Zoiets houdt Stan meestal voor zichzelf, maar míj had hij het verteld. Het was voor een rol in *The Tempest*, in een grondige bewerking van Atropa. Je kent Atropa?'

'Jazeker.' Otto zei het zonder na te denken. Hij had geleerd om altijd ja te zeggen wanneer Riekje een naam noemde die onmogelijk bekend kon zijn buiten een bijna fetisjistisch gespecialiseerde culturele *cercle*. Niet dat het veel uitmaakte wat hij antwoordde, want zij legde vervolgens toch wel uit over wie ze het had.

'Mooi. Atropa is dus dat Nijmeegse scenaristencollectief dat drie jaar geleden doorbrak met die intertekstuele mengvorm van *Oom Wanja* en *Going to the Dogs*, vertaald naar de oorlogssituatie in '93 in Sarajevo. Die voorstelling schudde je echt helemaal door elkaar. Hun bewerking van *The Tempest* speelt zich af in kringen van New-Yorkse beursspeculanten. Dat vind ik een enorm boeiende ingreep. Er werden open audities gehouden, en Stan viel helaas bij de tweede selectie af. Tóch is ie nu in dienst genomen. Maar het project van Atropa is jammer genoeg afgeblazen. Er ontstond een conflict tussen acteurs en regisseur. Ze werden het niet eens over de theatrale effectiviteit van bewegende decorstukken aan zware katrollen.'

'Dus als ik het goed begrijp is Stan aangenomen voor een stuk dat niet wordt opgevoerd,' concludeerde Otto.

'Wacht nou even. Dat conflict liep uit op een schadeclaim van Atropa en een vertrouwenscrisis tussen de spelers van Hoofdstad en de artistieke leiding. Een groot aantal acteurs meldde zich uit protest ziek. Toen heeft de artistiek leider *Who's Afraid of Virginia Woolf* maar weer eens uit de kast gehaald om de seizoenprogrammering op te vullen. Dat kun je op toneel tenslotte met z'n vieren af. Maar er bleken niet eens víer werkwilligen onder de vaste acteurs te vinden. En nú komt Stan in beeld. Of hij misschien Nick, de jonge academicus, wilde spelen in *Virginia Woolf*.'

Otto verhuisde de hoorn van zijn linker- naar zijn rechteroor. Stan als jonge academicus – niet bepaald een geval van typecasting.

'Je kent *Virginia Woolf*? Ik bedoel, het stuk?' vroeg Riekje.

Hij zuchtte. 'Toe nou, Riekje. Waar zie je me voor aan? Ja, ik ken *Who's Afraid of Virginia Woolf*.'

'God Otto, wind je niet op. Ik vroeg het maar even. Waar het om gaat is dat Stan vanaf deze week drukbezet is. Morgen begint hij al met de repetities. En over twee weken zijn de eerste voorstellingen.'

'Dat is wel heel snel,' zei Otto. Hij hield er nu ernstig rekening mee dat hij het komende vrijdag al zonder Stan zou moeten doen.

'Berend heeft een extra vergadering ingelast. Zo dadelijk, om twaalf uur.'

'Straks om twaalf uur? Ja, dan kan ik wel. O, wacht even.'

Karin bewoog met haar wijsvinger. Otto schermde opnieuw de hoorn af met zijn hand.

'We zouden toch vandaag naar mijn ouders gaan?' zei Karin.

Maar Otto was vastbesloten. 'Dat moet dan zonder mij. Sorry hoor.' En, weer tegen Riekje: 'Gewoon in de Sarphatistraat?'

'Daar zijn ze gesloten op zondag. Berend dacht aan Da Capo, aan de Willemsparkweg. Je kent Da Capo?'

'Nee Riekje, ik ken Da Capo niet. Maar ik vind het wel. Ik zal er zijn.'

Riekje rondde nu snel hun gesprek af. Ze moest Mira en Willemijn nog bellen.

Bijna plechtstatig legde Otto het toestel terug op tafel. Hij gaf Karin een samenvatting van wat Riekje hem had verteld.

'Als Berend me vraagt om Chaos voortaan alleen te doen, dan zal ik het in overweging nemen,' zei hij. 'Ik zal er natuurlijk enorm veel werk bij krijgen. De sectie beeldende kunst bijvoorbeeld, dat deed Stan altijd. Dat krijg ik dan dus op m'n bord. Niet echt leuk. Schilders bekken nu eenmaal niet goed. Maar ik zal wél mijn grenzen stellen. Dat wil zeggen: geen toneel. Maar ja, dat weten ze van me. *Soit.*'

Iets over twaalven arriveerde Otto bij brasserie Da Capo. Haastig wurmde hij zijn twee beugelsloten door de spaken van zijn fiets. Vanbuiten deed Da Capo denken aan een licht gedateerd geklede dame die zich niet thuis voelt in Amsterdam en lonkt naar Den Haag en 't Gooi. De pui bestond uit gepolijst graniet met getint glas en bij de ingang stonden bloempotten van namaakterracotta. Binnen brandde kil wit licht. Het was er niet erg druk. Aan ronde tafels met smeedijzeren krulpoten zaten hier en daar wat vrouwen op leeftijd. Over hun grijsgolvend haar lag een blauwe weerschijn, veroorzaakt door halogeenlicht uit ingebouwde plafondspots.

Berend en de anderen bleken achterin te zitten, in een serreachtige uitbouw. Otto begroette zijn collega's ingetogen. Hij wilde niet de indruk wekken zich kwijlend op de vrijkomende plaats van Stan te storten. Stan zelf was trouwens nog niet gearriveerd. In afwachting van zijn komst bestelde Riekje op kosten van de PON voor iedereen thee, Perrier, muffins en croissants. Riekjes stemming bleek geheel omgeslagen. Aan de telefoon had ze nog verontrust geklonken, maar nu liep ze onbezorgd mee met de serveerster om in de vitrine bij het buffet het gebak te inspecteren. Otto keek haar na. Het was voor het eerst dat hij Riekje in vrijetijdskleding zag. Gewoonlijk droeg ze colbertjasjes en neutrale pantalons of kreukloze rokken tot over de knie. Dat was nu wel anders. In haar kabeltrui en gebleekte spijkerbroek met goudbestikte riemlusjes zag ze eruit als iemand die zichzelf had opgedragen om met alle macht van het weekend te genieten.

Stan arriveerde een half uur te laat. Niemand die hem erop aansprak. Met een grijns nam hij de felicitaties van de redactie in ontvangst. Behalve Riekje leken ook Mira en Willemijn verguld met Stans aanstelling. Stans inlijving bij 's lands meest gerespecteerde theatergezelschap straalde natuurlijk af op Chaos en Rumoer. Een aanstormend steracteur als ex-presentator gaf aan het programma meer prestige dan een uitgedoofde ex-schrijver als presentator. Alleen Berend was wat zwijgzaam. Het zou niet makkelijk worden om in recordtijd een opvolger voor Stan te vinden.

'Er wordt nogal wat geschreeuwd in *Virginia Woolf*,' zei Mira. 'Pas je wel een beetje op je stem, Stan?'

Stan legde koesterend een hand om zijn hals. Zijn adamsappel wipte een paar keer boven zijn vingers uit. Overdreven bassend zei hij: 'Mira, je weet, *my voice is my castle*.'

Mira en Willemijn waren zichtbaar vertederd. Otto had nog steeds niet ontdekt wat vrouwen nu precies zo charmant vonden aan Stans zouteloze *one-liners*. Niet alles viel tenslotte te verklaren in termen van moederlijke gevoelens.

Een serveerster bracht appeltaart en moorkoppen. Otto koos voor een moorkop.

Riekje tikte met een vorkje tegen het voetje van haar glas bronwater. 'Jongens, even terzake. Ik geloof dat Berend ons iets wil melden.'

Berend schoof zorgelijk zijn stoel aan.

'Goed. Iedereen weet waarom we hier bijeen zijn. Stan gaat naar toneelgroep Hoofdstad. Maar wíj willen Stan graag behouden voor Chaos en Rumoer. Vanochtend vroeg heb ik in bijzijn van Omminga overleg gepleegd met Stan. Dat was, ik zeg het ronduit, een moeizaam gesprek. Maar we zijn eruit gekomen. Ondanks zijn nieuwe werkzaamheden heeft Stan besloten Chaos erbij te blijven doen.'

Otto ging met een ruk rechtop zitten. Het was alsof iemand hem een te strak korset omgordde. Was hij híervoor opgetrommeld? De anderen maakten akelige vreugdegeluiden. Bij wijze van gedempt applaus tikten Willemijn en Mira met de vingertoppen van hun ene hand op de muis van de ander. Verdoofd deed Otto met hen mee. Stan leek zowaar ietwat verlegen en schoof ongemakkelijk een muffin naar binnen.

Berend maande de groep met gemoedelijke gebaren tot stilte.

'Toch hebben we een groot probleem,' zei hij. 'Aangezien Stan binnenkort een aantal avonden in de week op de planken staat, zal het hem niet meer lukken om voor Chaos op de voet te volgen wat er vérder allemaal in de theaters gebeurt. Toch is het essentieel dat we ook op theatergebied de vinger aan de pols blijven houden.'

Nu kwam Otto's achterdocht tot ontbolstering. Op de planken.

Op de voet volgen. Vinger aan de pols. Berends woordkeus was even afgesleten als omslachtig en diende vrijwel zeker als opmaat voor een onheilstijding.

Riekje nam het van Berend over.

'Er zijn twee mogelijkheden om die dreigende lacune in ons programma te ondervangen,' zei ze. 'De eerste is dat Willemijn, Mira of ik de voorstellingen gaan bezoeken die Stan niet kan bijwonen. Wij brengen dan verslag uit, zodat Stan tenminste enigszins beslagen ten ijs kan komen in de uitzending. Het nadeel hiervan is dat Stan afhankelijk zal zijn van onze rapportages. Hij zal tijdens die gesprekken niet kunnen verhullen dat hij de voorstellingen niet heeft gezien, en eigenlijk is dat, laten we eerlijk zijn, onacceptabel voor het programma. Maar er is een tweede alternatief...'

Hier staakte Riekje haar uiteenzetting. Als op afroep nam Berend weer het woord en sprak het vonnis uit dat Otto al aan had voelen komen.

Hij was het tweede alternatief. *Hij* zou de theatervoorstellingen moeten aflopen. Berend gaf een toelichting bij deze tweede optie. Stan zou voortaan iets meer literatuur op zich nemen. Literaire onderwerpen kon je tenslotte gewoon thuis voorbereiden, en zo hield Stan de avonden vrij voor *Virginia Woolf.* En aangezien Otto zijn werkzaamheden als schrijver had gestaakt en dus 's avonds zeeën van tijd moest hebben, kon hij gemakkelijk Stans taken overnemen. Het was de eenvoudigste oplossing, meende Berend. De anderen waren het met hem eens.

Otto verzonk in stille verbittering. Hij hoorde het Berend nog zeggen: *Geen toneel, geen toneel voor Otto Vallei.* Het had destijds zo geruststellend geklonken. Even had hij de aanvechting Berend aan zijn toezegging te herinneren. Maar hij liet de geschonden belofte voor wat ze was. In plaats daarvan zei hij: 'Zo erg is het toch niet als Stan niet alle voorstellingen kan zien? Ik heb zo vaak tegenover een journalist gezeten die mijn boeken niet had gelezen.'

Alleen Stan zelf, die een tweede muffin vermaalde, bleek zich in dit weerwoord te kunnen vinden. De anderen waren fel tegen. Otto's tegenwerping gaf hun gelegenheid tot heilige verontwaardiging.

'Dat zijn dan *lousy* journalisten die *lousy* radio maken, Otto,' zei Berend van der Molen. 'Waarom denk je dat Chaos het oudste cultuurprogramma is op de Nederlandse radio? Omdat geen van onze gasten ooit heeft kunnen zeggen dat ie tegenover een presentator heeft gezeten die zich slecht had voorbereid. En die traditie willen we graag in ere houden.'

Otto greep terug op de twee argumenten die hij acht maanden geleden tijdens zijn allereerste telefoongesprek met Berend met succes in stelling had gebracht.

Hij wist niets van toneel.

Hij hield niet van toneel.

Zelf vond hij dit ingrijpend genoeg om de taakwijziging van tafel te vegen. Maar gek genoeg was niemand onder de indruk. Ondeskundig, hij? Geen probleem. Mira, Willemijn en Riekje zouden hem wel bijspijkeren.

'Het is gewoon een kwestie van koudwatervrees,' zei Berend op sussende toon.

Willemijn Hoedjes had nauwelijks begrip voor Otto's onwil. 'Ik kan me niet voorstellen dat iemand met een literaire achtergrond zich niet interesseert voor toneel.' Het klonk verwijtend, op het bestraffende af.

'Dat ís het ook niet,' antwoordde Otto, 'het is iets anders.'

'Toch niet wéér iets persoonlijks?' vroeg Stan. Hij deed hoorbaar zijn best om niet ironisch te klinken.

Hulpzoekend keek Otto naar Riekje, tegen wie hij in een onbewaakt ogenblik eens iets had losgelaten over de keelafknijpende paniek die hem kon overvallen in een bioscoop- of theaterzaal. Ze ving zijn noodsignaal op.

'Otto heeft misschien wat ongemakken te overwinnen,' zei ze, 'maar ik weet zeker' – en nu richtte ze zich uitsluitend tot hem – 'dat je na een maand niet anders meer wilt. Dan ben je verslingerd aan alles wat met theater te maken heeft, aan die zindering in de zaal vlak voordat het doek opgaat... Heerlijk! Ja hoor Otto, je krijgt er een liefde bij. Wedden?'

Otto verbrokkelde met zijn vorkje het korstdeeg van de moorkop.

'Ik stel voor om een week of wat proef te draaien met deze nieuwe taakverdeling,' zei Berend van der Molen. 'Wie weet loopt het lekker. Ik vind dat je het allicht moet probéren, Otto. Jij wilt toch ook dat we Stan behouden voor Chaos?'

Otto gaf geen antwoord. Hij keek wel uit. Met zijn vraag had Berend ieder weerwoord onmogelijk gemaakt.

Riekje kwam nu onthutsend snel terzake.

'Welke voorstelling zou je deze week hebben bezocht?' vroeg ze aan Stan.

Stan haalde zijn agenda uit de binnenzak van zijn leren jas.

'Even kijken... Theater Eggepoppe in Arnhem, dinsdagavond. Een try-out van jeugdtheatergroep De Blauwe Schuit.'

'Goed, dat wordt dus Otto's eerste toneelactiviteit,' zei Berend. 'Willemijn, heb jij infomateriaal over De Blauwe Schuit?'

'Ik heb die map thuis liggen,' antwoordde Willemijn. 'Ik zal alles vandaag nog naar Otto faxen.'

Vijf minuten later werd de vergadering gesloten. Stan ging er onmiddellijk vandoor. Berend moest naar de wc en bleef lang weg. Riekje, Willemijn en Mira begonnen aan wat zondagse *small talk*. Ze staakten even hun gesprek toen Otto aanstalten maakte om te vertrekken, en terwijl hij naar de uitgang liep, had hij het schouderafhangende gevoel dat ze hem meewarig nakeken.

Net voordat hij naar buiten wilde gaan, hoorde hij achter zich een bekende klikklak. Riekje kwam hem achternagelopen.

'Otto, in augustus bestierf je het bijna toen je voor het eerst moest presenteren. En hoe is het nu? Zonder een greintje stress rol je de opnamen door. Zo zal het ook gaan met dat theaterbezoek. Heus, het zal allemaal honderd procent meevallen. En vergeet niet: ik sta achter je.'

Otto mompelde iets onbestemds. Zijn hoofd voelde zwaar. Hij waarde rond in grauwe gewelven, op zoek naar een uitgang die onvindbaar bleef. Riekje zei nog iets, maar hij was niet meer bij machte om te luisteren. Gelaten liet hij zijn blik rusten op de motieven in haar angora kabeltrui. Hij had de aanvechting om zijn hoofd tegen haar borsten te leggen. Of nee, niet zijn hoofd maar zijn handen. Het liefste hoofd én handen. Hij vroeg zich af hoe ze zou reageren. Misschien moest hij haar gewoon vragen of het mocht.

Hij ritste zijn jas dicht. Hoewel er in zijn keel niets kriebelde, had hij ineens de onbedwingbare behoefte om te hoesten. Zijn blaf vulde alle hoeken van Da Capo. Eén hand hield hij voor zijn mond, de andere bewoog in de richting van Riekjes trui. Net op tijd stokte die hand. Riekje keek hem aan met een glimlach die plotseling bevroor. Haar ogen werden groot. Ze deed een halve stap naar achter.

'Van de week bellen we wel weer. Ja? Vanmiddag faxt Willemijn alle info die je nodig hebt.'

Zonder nog iets te zeggen liep ze van hem vandaan, terug de serre in. Het tempo van haar tikkende hakken lag hoger dan zo-even.

Buiten was de Willemsparkweg veranderd in een verraderlijke zandbank en Amsterdam-Zuid in een open zee. Zijn fiets dobberde op een stuk wrakhout. Mooi zo! Een verdrinkingsdood was heroïsch. Hij, Otto, *anchorman*. Nergens een aanlegplaats.

2

Vervuld van wraakgedachten fietste Otto over de Apollolaan. Verbeten trappend in de hoogste versnelling beraamde hij een aantal tegenzetten. Mijmeringen over troostzoekende handen waren in een mum van tijd verdwenen. Achteraf begreep hij niet waarom hij zich het toneelbezoek, die strafexpeditie, zonder noemenswaardig verzet in de maag had laten splitsen. Maar het was nog niet te laat. Hij kon dreigen met opstappen. Hij kon iets verzinnen over een lucratief aanbod van een uitgeverij, een opdracht tot het schrijven van een prestigieuze biografie of zoiets. Dan zou de PON moeten vechten om behalve Stan ook hém te behouden. Desnoods meldde hij zich ziek, net als die acteurs van Hoofdstad – met dit verschil dat hij niet simuleerde. Deze week nog zou hij naar zijn huisarts gaan met de vraag om een verwijzing naar een terzake kundige specialist. Hij zou niet rusten voordat hij een medische verklaring op zak had: erkend fobisch voor theaterzalen.

Er heerste een bijna archaïsche zondagsrust in Amsterdam-Zuid. Zelfs in de Beethovenstraat was het uitgestorven. Alleen twee kiosken en een traiteur waren geopend. De stille straten waren nauwelijks van invloed op Otto's gekweld gemoed. Pas toen hij onder het viaduct van de ringweg door was gegaan, kalmeerde hij enigszins. Hier begon Buitenveldert, zijn gekoesterde niemandsland. Achter de verzameling van blauw- en zilverspiegelende kantoorgebouwen stonden de bakstenen woningen met Hollandse strengheid in het gelid, omzoomd door tuinen met hekken van gaas en schuttingen van gevlochten hout en dáár weer omheen de ordelijk geparkeerde auto's.

Hij was nog niet tot rust gekomen of er werd een krater in Buitenveldert geslagen. Op het fietspad langs een on-Amsterdamse sloot kwam hem een fietser tegemoet aan wie op grote afstand was te zien dat hij hier niet woonde, niet wilde wonen en misschien zelfs helemaal niet wilde zíjn. Hier naderde een fietsende dissonant. Een OSM'er. Hier naderde de grachtengordel, het straatrumoer, het postmodernisme.

Op die fiets zat Ed Waterland.

Otto klemde zijn handen om het stuur. Hij voelde zijn bloed, hij voelde zijn scrotum. Even wipte hij op van het zadel om zijn ballen ruimte te geven. Met snelle oogbewegingen constateerde hij dat hij nergens kon afslaan. Hij overwoog rechtsomkeert te maken en – kont opnieuw van het zadel – pijlsnel weg te fietsen. Maar die triomf gunde hij Waterland niet. Toch wilde Otto tegen iedere prijs een confrontatie vermijden. Misschien moest hij de ander zonder blikken of blozen passeren. Maar dan riskeerde hij een spottende opmerking van Waterland. Met een pokerface goeiedag zeggen was óók ondenkbaar. Wie weet wat voor reactie hij ermee uitlokte. Otto begon aan een binnensmondse vloek die hij niet afmaakte. Eigenlijk waren alle opties ondenkbaar. Negeren of begroeten: beide betekenden een overwinning voor Waterland, een vernedering voor hem.

Er restte hooguit dertig, veertig meter tussen hen. Otto keek recht voor zich uit en zag dat de ander recht voor zich uit keek en hem zag.

De redding lag rechts. In het struikgewas tussen fietspad en huizenblok ontdekte Otto een uitgesleten zandpaadje. Hij gaf een ruk aan het fietsstuur, hobbelde langs een rij afgestorven iepen een stukje over het gras en laveerde door de struiken. Toen stapte hij af en wierp zijn fiets neer. Hij ging meteen door de knieën en verschool zich achter een groep struiken die tot zijn middel reikte. Vanzelfsprekend verachtte hij deze manoeuvre van hemzelf, maar hij troostte zich met de gedachte dat Waterland misschien slechte ogen had en hem had aangezien voor een anonieme buurtbewoner die bezig was aan een vrije route langs veld en beemd. Het feit dat hij Waterland had herkend hoefde niet te betekenen dat het andersom hetzelfde was geweest.

Vanuit zijn schuilplaats speurde Otto het fietspad af om te zien of de ander al was gepasseerd. Maar er was niemand te bekennen. Hij begon te twijfelen. Misschien wás het Waterland helemaal niet. Misschien was het een bewoner die eveneens via een binnenpad was verdwenen. Of – en ook daar hield Otto rekening mee – misschien was er niet eens een tegenligger geweest. Het was toch algemeen bekend dat trauma's jaren later konden opspelen? Bij de één was het de Tweede Wereldoorlog, bij de ander een ellendige jeugd. Nou, bij hem was het de ex-minnaar van zijn vrouw. Het was wat pover voor een trauma. Maar een pover trauma was nog altijd een trauma.

Voorzichtig kwam Otto uit de hurkzit omhoog. Hij duwde een aantal takken vaneen en gluurde door de struiken. En deinsde meteen weer achteruit. De takken maakten een zacht zwiepend geluid. Hij had Waterland recht in de ogen gekeken. En Waterland had hém recht in de ogen gekeken. Vanaf de overkant van het fietspad, half verborgen achter struiken. Takken aan weerszijden. Glurend. Achteruitdeinzend.

Otto ademde niet langer; hij spoog koolzuur uit. Dit was de ergst mogelijke vernedering. Waterland deed hem na in zijn wezelgedrag, ongetwijfeld met de bedoeling om later, wanneer hij was teruggekeerd op zíjn territorium in het hart van de stad, goeie sier te kunnen maken met een sappig verhaal. *Kwam zomaar die Vallei tegen. Ooit heb ik z'n vrouw nog eens goed gepakt. Sukkel vloog het fietspad af. Heb hem nageaapt. Lachen!* Maar Otto putte troost uit een detail dat het vermoeden van een ludieke imitatie weersprak. Hij had paniek gezien, zijn eigen paniek, in de ogen van de ander. Dat was hoopvol. Zijn schrik en schuwheid waren onmogelijk tot in de finesses van een oogopslag te imiteren. Waterland mocht tot veel bijzonders in staat zijn, níet tot een dergelijk doorvoeld acteren.

Ook de ánder kneep 'm!

Otto masseerde zijn kuiten. Door de hurkzit begonnen zijn spieren op te spelen. Hij aarzelde. Blijven of vluchten? Waterland moest iets te verbergen hebben. Van zichzelf wist Otto wat hij te verbergen had: zichzelf. Waterland verborg zich nooit. Waterland was overal aanwezig – op feesten, borrels, prijsuitreikingen, premières, overal. En als hij eens ergens níet aanwezig kon zijn, dan verscheen hij in een of andere talkshow op televisie om uit te leggen waarom hij ergens niet aanwezig kon zijn. Zijn leven en werk waren volkomen mediamiek, in de eigentijdse, toegevoegde betekenis van het woord. Goed. Moest hij weten. Maar het verklaarde niet waarom hij nu was waar hij was, in Buitenveldert, in de bosjes aan de rand van een verhard fietspad.

In de bosjes.

Otto bewoog zijn hoofd, voorzichtiger dit keer. Hij duwde géén takken opzij. Hooguit één tak. En hij sloot één oog. Keek met het andere door het raster van fijn gebladerte over het fietspad naar de tegenovergelegen struiken, zijn blik eindigend bij –

Otto greep naar zijn hoofd. Net op tijd slikte hij een kreet in. Opnieuw klonk het intieme ritselen van de losgelaten tak. Zijn blik was geëindigd bij het ene opengesperde oog van de ander, die zich naar het hoofd had gegrepen.

In één beweging kwam hij overeind en rende van de struiken vandaan. Hij trok zijn fiets van de grond en ging ermee het verharde fietspad op, waar hij met een sprong die hemzelf verbaasde op het zadel terechtkwam. Hakkend op de pedalen en half over het stuur hangend als een krantenjongen met tegenwind verliet hij de plek des onheils en keek pas om toen hij zich op gepaste afstand achtte. In de verte fietste Waterland in tegengestelde richting. Omkijkend over zijn schouder zag Otto hoe Waterland over zijn schouder naar hem omkeek.

Toen hij bijna thuis was, maakte hij nauwelijks nog tempo. Hij probeerde te bedenken wat Waterland hier in de buurt te zoeken had gehad. Hij kon een lezing hebben gegeven, voor de plaatselijke bibliotheek. Maar dat leek hem niet waarschijnlijk. Waterland was de bibliotheken ontgroeid. Voor minder dan een volle schouwburgzaal deed hij het niet. Hij kon gewoon bij wat vrienden op bezoek zijn geweest. Was óók onwaarschijnlijk. Waterland was niet het type wiens sociale leven zich uitstrekte tot een stadsdeel als Buitenveldert.

Otto fietste nu zó langzaam dat het niet veel scheelde of hij begon aan een wiebelende en wankele *sur place.* Hij had tijd nodig om de enig mogelijke verklaring onder ogen te zien.

Waterland was bij Karin geweest.

Maar Karin was die middag naar haar ouders gegaan.

Ze kon die afspraak hebben afgezegd.

Als ze thuis was, was ze schuldig.

Als ze niet thuis was, ook. Dan was ze waarschijnlijk thuis gewéést.

De flat kwam in zicht. Karins auto – witte Opel Vectra, occasion – stond niet op het parkeerterrein voor het flatgebouw. Otto zette zijn fiets in de berging en nam de trappen van de binnengalerij. Hij draaide de drie voordeursloten open. Ze was er niet. Toch maakte hij voor alle zekerheid een inspectieronde. In de slaapkamer was het bed opgemaakt, en ook elders in huis trof Otto geen spoor van de viezigheid en wanorde die typerend waren voor de interieurs die Waterland doorgaans beschreef in zijn viezige en wanordelijke romans.

Dan was ze dus ergens met hem naartoe gegaan.

Ze konden het tenslotte overal hebben gedaan. In de Opel Vectra. In hotel Mercure bij de ringweg – Waterland betaalde de kamer. Of desnoods in de fietsenberging. Daar lag nog een oud matras.

In de bosjes.

Hij belde Karins ouders in Weesp. Haar moeder nam op.

'Otto, dat is ook toevallig. Ze is nét weer naar huis gegaan. Jammer dat je niet mee kon komen. Hoe verliep de vergadering?'

Otto vroeg hoe laat Karin die middag was gearriveerd.

'Ze is hier de hele middag geweest. Vanaf een uur of twaalf. Hoezo? Is er iets gebeurd?' Karins moeder klonk ineens bezorgd.

'Neenee, niets bijzonders,' antwoordde Otto, en behalve opluchting voelde hij een rillerige gêne.

Toen hij had neergelegd, overdacht hij de mogelijkheid dat Karins ouders in het complot zaten. Overspel met steun van de familie. Het was misschien een wat al te bizarre veronderstelling. Maar je mocht niets uitsluiten.

Niet veel later hoorde hij het vertrouwde gerommel en getik van de sleutel die in het voordeurslot werd gestoken. Met een damesachtig drafje rende Otto de gang op en drukte Karin even in zijn armen alsof zij was teruggekeerd van een lange vakantie.

'Er zit gras op je broek,' zei ze.

Hij sloeg droge aarde en grassprieten van zijn broekspijpen. De telefoon ging tweemaal over en viel toen weer stil, en in zijn werkkamer sloeg via de interne verbinding het faxapparaat aan.

'Even kijken wat het is,' mompelde Otto.

Het faxbericht kwam van Willemijn Hoedjes. Het was de 'info' over dat theater waar hij naartoe was verbannen. Een lang lint papier schoof uit de machine. Aan het begin van het seizoen had Otto op dringend verzoek van Berend een fax aangeschaft – op kosten van de PON, dat wel. Sindsdien kocht hij zich gek aan faxrollen. Er waren dagen dat Riekje, Willemijn en Mira hem zóveel informatie faxten dat het papier in meterslange Möbiuskrullen zijn kamer in gulpte. En dat allemaal om hem de meest obscure en onbruikbare recensies en artikelen in de maag te splitsen opdat hij zich, in de woorden van

Riekje, 'grondig kon voorbereiden'...

Ook deze keer kwam er geen einde aan. Faxvellen met informatie over het toneelstuk. Over de schrijver van het stuk. Over andere stukken van de schrijver. Over andere schrijvers die soortgelijke stukken hadden geschreven. Over schrijvers die mogelijk eens een soortgelijk stuk zouden kunnen gaan schrijven. Over toneelgezelschap De Blauwe Schuit. Over verwante toneelgezelschappen. Over theater Eggepoppe in Arnhem. Over ándere theaters in Arnhem en omstreken.

Otto zat aan zijn bureau. Het tapijt ging nu bijna geheel schuil onder een deinend en ritselend dek van papier. Even dacht hij dat het nooit meer op zou houden; dat Willemijn was begonnen aan het verzenden van algemene informatie over Arnhem. Over kunstenaars in Arnhem. Over kunstenaars. Over kunst.

Uiteindelijk viel de fax stil. Meteen hierna belde Willemijn hem op.

'Denk je dat je hier genoeg aan hebt? Of zal ik morgen aan Riekje vragen of ze op zoek gaat naar meer materiaal?'

'Hier kan ik voorlopig wel mee toe, Willemijn. Dankjewel.'

Misschien had hij moeten zeggen dat het nog veel te weinig was; dat hij méér nodig had, dat zijn voorbereiding op het item niet 'grondig' genoeg kon zijn; dat hij aan zijn bureau zou blijven zitten tot het papier hem letterlijk boven het hoofd groeide – kopje-onder in een koudwaterbad van faxvellen, die loze informatiestroom, een plafondhoge overtolligheid, in gepaste overeenstemming met de ontvanger van dit al, hij, Otto de onvindbare, de onzichtbare. De overtollige.

3

Otto zat in de Intercity op weg naar Arnhem toen hij een verkeerde beweging maakte en er een elektriserende pijn vanuit zijn bovenbeen zijn rug in schoot. Vlak onder zijn stuitje kwam het vast te zitten.

Het gebeurde even voorbij station Utrecht. Hij trok zijn benen in voor iemand die zojuist was ingestapt en tegenover hem plaats wilde nemen. Op hetzelfde moment leunde hij met zijn rechterarm tegen het coupéraam. Het was een combinatie van twee gewone bewegingen, die je straffeloos behoorde te kunnen maken. Toch was er in het traject van meanderende spieren, pezen en zenuwen tussen linkerbeen en rechterschouder ter hoogte van zijn stuitje een heftige verknoping ontstaan.

Voorzichtig schoof hij met zijn billen heen en weer over het rode kunstleer van de coupébank. Hij probeerde een houding te vinden die de pijn terugdrong. Sloeg één been over het andere. Rekte zijn nek en maakte zijn rug hol. Bracht als een schaatser zijn armen achter zijn lichaam en masseerde de spieren bij zijn ruggenwervel. Niets hielp. Telkens als hij voorzichtig van houding veranderde, vonkte het onder in zijn rug en trok hij sissend zijn lippen samen.

In de coupé keek men hem tersluiks aan. De reiziger voor wie hij ruimte had gemaakt was een dikke vrouw die met hoorbare moeite door een snotvolle mopsneus ademde. Ze had twee grote weekendtassen bij zich, en toen Otto met ritmisch uitgestoten sisgeluiden een nieuwe pijnscheut probeerde te verbijten, greep ze verschrikt de hengsels en keek daarna zonder een spier te vertrekken voor zich uit. Niet veel later stond ze op en verdween naar een ander compartiment, de tassen zwiepend aan haar schouders.

Het was niet de eerste keer dat Otto dit te verduren had. Uit ervaring wist hij dat de pijn even onverwacht weer kon verdwijnen. Dat was een schrale troost. Luchtfietsen werkte verlichtend. Zijn huisarts had het hem geadviseerd: liggen, benen optrekken en fietsbewegingen maken. Sinds die gouden tip had Otto al heel wat luchtfietsmijlen afgelegd, maar nooit in het openbaar. Schattend keek hij om zich heen. Hij kon in het gangpad gaan liggen. Maar misschien sloeg dan de hele coupé op de vlucht. Voor je het wist hing er iemand aan de noodrem.

Met een uiterste aan voorzichtigheid bukte Otto zich om zijn aktetas te pakken, die hij tussen zijn voeten had geplaatst. Hij wilde alsnog de faxvellen over theater Eggepoppe en De Blauwe Schuit doorlezen. Een tijdje zat hij zo met zijn tas op schoot en worstelde met de bulk papier zonder daadwerkelijk iets te lezen. Uiteindelijk verdween de tas weer tussen zijn voeten. Bij nader inzien was het beter om niet te bewegen.

Toen de trein op het station van Arnhem was gearriveerd, wachtte hij tot iedereen was uitgestapt en schoof toen voetje voor voetje het perron op. Bij elke stap die hij deed was het alsof er een dartpijl in zijn stuitje werd geworpen. Dit kon zo niet. Zacht kreunend zocht hij steun bij een van de gele borden met vertrektijden.

Over drie minuten vertrok er één spoor verder een stoptrein naar Amsterdam. Misschien haalde hij die nog.

Maar even later stond hij aan de rand van het stationsplein van Arnhem.

Na enige tijd arriveerde er een taxi. De chauffeur, een humeurige twintiger met dunnend haar en een ringbaard, laveerde zijn BMW langs allerlei rood-witte paaltjes die in de bestrating waren geklonken. Vanaf de achterbank probeerde Otto mee te kijken over de schouder van de kalende jongen, die er, gehuld in een neusprikkelende mist van sigarettenrook, flink de vaart in zette.

'Zo. Dichterbij kan niet.'

Theater Eggepoppe lag ingeklemd tussen twee kledingzaken en was gehuisvest in een verbouwd patriciërshuis. Voordeur en kozijnen waren geverfd in een ongemengd rood en geel dat deed denken aan kraakpanden uit de jaren zeventig. Krom als een geknakte rietstengel liep Otto naar binnen. De voorstelling was nog niet begonnen. Bij de kassa toonde hij zijn perskaart. Er lag een vrijkaartje voor hem klaar. De baliemedewerker gaf hem een persmap met informatiemateriaal.

De Blauwe Schuit speelde een stuk van Wiert Huygens, die komende vrijdag te gast zou zijn in Chaos en door Otto zou worden geïnterviewd. Huygens was een allround schrijver, dichter en essayist van een jaar of zestig, die in de loop van zijn carrière tot wel drie neo-avant-gardistische stromingen had behoord. Hij heette eigenlijk Wiert Vestdijk, maar met zo'n achternaam stond je natuurlijk op voorhand in de schaduw van een reusachtige gestalte, en dus had hij vanaf zijn debuut, zo'n vijfendertig jaar geleden, onder de naam Huygens gepubliceerd, vrij naar Constantijn Huygens, een naam die oud genoeg was voor hergebruik. Hij leek inmiddels aan zijn pseudoniem te zijn geklonken en reageerde niet eens meer als iemand hem bij uitzondering bij zijn echte achternaam aansprak. Dat stond in een van de knipsels over Huygens die Willemijn hem had gefaxt en waarvan hij er aan de bar in de foyer toch nog razendsnel twee of drie doorkeek.

Er was een handvol mensen in de foyer. Even hoopte Otto dat het stuk wegens gebrek aan belangstelling zou worden afgelast. Maar iedereen bleek al in de zaal te zitten.

Nu kon hij echt niet meer terug. De bar stond op punt van sluiten. Hij was allesbehalve een stevige drinker, maar deze keer bestelde Otto een dubbele whisky die hij in één keer opdronk. Er werd een toorts in z'n binnenste ontstoken die zowel rugpijn als zaalvrees temperde. Op de valreep bestelde hij een tweede glas.

In de zaal stonden geen stoelen maar lange banken met verchroomde dwarsspijlen als rugleuning. Dit betekende de genadeklap voor zijn rug, constateerde Otto verslagen. Gelukkig dempte de alcohol de helse paniek tot een suizend onbehagen. In het halfduister schuifelde hij rond en vond ergens achterin een vrije plaats.

De doelgroep voor jeugdtheater bleek massaal aanwezig. De zaal zat vol lawaaiige jongens en vaalbleke meisjes met sluik haar en argwanende ogen. Aan het uiteinde van sommige rijen zat een volwassene; dat waren de leraren, herkenbaar aan de geforceerde opgewektheid waarmee zij probeerden een niet-schoolse indruk te maken. Om zich heen kijkend ontdekte Otto dat Wiert Huygens schuin achter hem zat, op de achterste rij. Huygens keek niet erg vrolijk. Hij zat erbij alsof hij zojuist had ontdekt dat zijn zakken waren gerold. Otto voelde direct een innige band ontstaan. Toen Huygens even zijn kant opkeek, maakte Otto een hoofdknik waarin hij een warmhartige solidariteit probeerde te leggen. De schrijver begreep hem verkeerd;

Huygens ging meteen kaarsrecht zitten en keek bedachtzaam naar het toneel, waar nog niets viel te zien.

De voorstelling heette *Rosa: gestolde tijd.* Tijd die stolde – voor minder deden die neo-avant-gardisten het niet. In Otto's boeken was de tijd nooit gestold. Als het in het verhaal zo uitkwam, had hij altijd keurig opgeschreven hoe laat het was. Gezien Huygens' reputatie als literaire innovator zou de tijd vermoedelijk tot stollen worden gebracht door halfnaakte acteurs die speelden dat ze op de rand van hysterie verkeerden en die óf heel lang zwegen óf heel veel schreeuwden. Maar misschien was hij vooringenomen en zou hij aangenaam verrast worden.

Toen het doek opging, zonk de moed hem meteen in de schoenen. Drie mannen in leren broeken en met blauwgeverfde bovenlijven sloegen op gongen en prutsten aan enorme dynamo's. Overal vandaan klonk gedreun van een moker op metalen platen. In het midden van het toneel was een gietijzeren badkuip geplaatst waaromheen drie andere acteurs stonden, die na iedere dreun door elkaar begonnen te praten.

Otto was op slag uitgeblust. Alleen de hoofdrolspeelster, 'Rosa', voorkwam een hazenslaap. Rosa was een lang meisje met smalle schouders, jongensheupen en een bleek gezicht dat op kwijnen stond. Ze moest een jaar of achttien, negentien zijn, en in haar zwarte legging en suède jasje met opstaande kraag maakte ze indruk op de jongens in de zaal. Sommigen lieten een goedkeurend gelispel en gesis horen. Helaas was het meisje opgezadeld met enorme lappen tekst. Otto kwam er niet achter waar ze het precies over had. Zijn aandacht werd afgeleid door het Amsterdamse accent dat ze met onnatuurlijk klinkende stembuigingen probeerde te verbergen. Zo te zien voelde ze zich tamelijk opgelaten; als ze even geen tekst had, keek ze de zaal in als een kind dat is gaan slaapwandelen en wakker is geworden in een kamer vol vreemde mensen.

In de pauze herhaalde Otto zijn ritueel met de twee dubbele whisky's. Nu wrikte de alcohol een dikke klont migraine los. Terug in de zaal begon zijn maag te rommelen. Om het geluid te dempen plaatste hij zijn tas op zijn schoot. Het was nu echt onmogelijk geworden om het toneelstuk te volgen; maaggeluiden en migraine eisten alle aandacht op. Tegen het eind van het stuk ving hij nog net op hoe Rosa zich op de grond wierp, haar suède jasje uittrok en het zacht jammerend van zich af gooide. Eronder droeg ze een strak wit T-shirt met in het midden het logo van Mercedes-Benz. Haar shirt en dunne armen staken af tegen het zwarte achterdoek. Het Mercedes-logo was vervormd door de bolling van haar kleine borsten. In de zaal welde opnieuw het jongensgelispel.

Op het niet-gestolde tijdstip van halftien was het voorbij. Otto gaf zichzelf een compliment. Hij had het einde gehaald. Er restte hem een laatste hindernis. Riekje had hem geïnstrueerd dat hij na afloop van een voorstelling een beleefdheidspraatje moest maken met de aanstaande gast van Chaos en Rumoer. Dat werkte later goed door in de uitzending, was haar ervaring. Met een uiterste wilsinspanning stelde Otto zich voor aan Huygens en feliciteerde hem met het stuk. Huygens keek met vlugge kraalogen in het rond en begon meteen over hun komend radiogesprek. Hij wilde weten of er behalve over *Rosa: gestolde tijd* ook zou worden gesproken over zijn laatstverschenen roman *Onteigening*, die een plaats had gekregen op de onlangs bekendgemaakte longlist van de Eurobank-Literatuurprijs. Huygens wachtte Otto's antwoord niet af en begon op hoge toon aan een verhaal over een of andere obscure criticus die *Onteigening* bijzonder unfair had besproken. Otto luisterde met minder dan een half oor. Terwijl er in zijn borst iets begon te kermen, beloofde hij *Onteigening* zéker in het gesprek te betrekken.

In een mum van tijd waren de meeste scholieren uit Eggepoppe vertrokken. Van buiten klonk het geronk van brommers. Ook Otto wilde weg, maar tot zijn schrik bood Huygens, die van lieverlee een tirade tegen de literaire kritiek in het algemeen was begonnen, hem iets te drinken aan. Otto koos opnieuw voor whisky; Huygens nam een spa.

'Tevreden over de opvoering?' vroeg Otto. Hij wilde koste wat het kost van onderwerp veranderen.

'Het was een try-out, dat moeten we niet vergeten,' antwoordde Huygens. Hij sloeg ineens een toon aan alsof hij al in de uitzending zat. 'Er zijn er die nog in hun rol moeten groeien. Het is natuurlijk een heel proces om vertrouwd te raken met de tekst en het achterliggende wereldbeeld. Een stuk moet op een gegeven moment in de bloedbaan van de acteurs terechtkomen. Er moet een organische vervloeiing plaatsvinden tussen spelers en tekst. Dat duurt altijd even. Er waren er vanavond die in hun spel bleven steken aan de oppervlakte van de tekst.'

'U denkt nu aan de hoofdrolspeelster?'

Huygens bekeek hem nu met groeiende minachting. Een halfjaar geleden was Otto nog in paniek geraakt van schrijvers die op die manier naar hem loerden.

'Waarom denkt ú dat ik nu aan háár denk?' vroeg Huygens.

De barkeeper zette hun de glazen voor.

'Het meisje leek me niet iemand met veel acteerervaring,' antwoordde Otto aarzelend. 'Haar spel bleef achter bij dat van de anderen. En dan was er dat Amsterdamse accent. Niets op tegen natuurlijk, maar voor deze rol was het niet erg passend. Het leidde de aandacht af.'

Huygens reikte hem zijn whisky aan. 'Meneer Vallei, al in de tweede scène wordt duidelijk dat Rosa is opgegroeid bij pleegouders die een bloemenkraam dreven op de Amsterdamse Dappermarkt. Rosa *moet* plat Amsterdams praten. Op uw gezondheid.' Geërgerd hief Huygens het glas.

'In dat geval is het efficiënte typecasting.' Otto hoopte dat dit klonk als een neutrale conclusie.

'Zij hééft geen accent. Zij spéélt iemand die een accent heeft.'

Otto knikte bereidwillig. Accent of geen accent, wat kon het hem schelen. Bovendien wilde hij nu écht weg. Taxi. Trein. Naar huis.

'U zult het wel weten. Ik ken het meisje niet. U wel, zo te horen.'

'Dat kun je wel zeggen, ja. Het is mijn dochter.'

Even had Otto het gevoel alsof hij voorover werd geduwd. Maar Huygens was niet geïnteresseerd in het effect van zijn onthulling. Met zijn kraalogen keek hij langs Otto heen en zei: 'Nu denkt u natuurlijk dat ik dit stuk heb geschreven om mijn dochter een rol te bezorgen.'

Daar had Otto nog niet eens bij stilgestaan. Maar nu dacht hij inderdaad dat Huygens het stuk had geschreven om zijn dochter een rol te bezorgen.

Via een zijdeur waren de acteurs van De Blauwe Schuit de foyer binnengekomen. Een aantal kwam op Huygens af en begon een gesprek. Er werden handen geschud, er werd gekust. Dit was Otto's kans om weg te glippen. Toen verscheen de hoofdrolspeelster in de foyer. Otto bekeek haar met hernieuwde belangstelling. Ze had zich omgekleed. Ze droeg nu een strak en felgeel overhemd en een zwart rokje van lak, leer, rubber of welk *kinky* materiaal het ook mocht zijn – het glom en glansde in ieder geval. Otto vroeg zich af of Huygens het soort vader was dat zich stoorde aan de onvermijdelijke taxerende blikken die mannen op zijn dochter wierpen.

Juist toen hij besloot om alsnog, en in de mate van onopvallendheid die zijn rug hem toestond, richting uitgang te manoeuvreren, stelde Huygens hem voor aan zijn dochter. Ze heette Christel, Christel Vestdijk. Tot zijn verbazing had hij meteen haar aandacht toen Huygens zei dat hij 'van de media' was en bij Chaos en Rumoer werkte.

'Nooit van gehoord,' zei ze opgewekt. 'Is het radio of tv?'

'Radio,' antwoordde Otto met zijn beste microfoontimbre.

Er gleed een veeg van teleurstelling over haar gezicht. Maar ze herstelde zich snel.

'En, denkt u al aan tv?'

Dit had hij inmiddels vaker gehoord. Zoals journalisten geacht werden in diep geheim aan een roman te werken, zo werd van iedereen die bij de radio werkte verondersteld dat ze stonden te popelen om over te stappen naar de televisie. Tot zijn verbazing hoorde Otto zichzelf verkondigen dat er vergevorderde plannen bestonden voor een eigen talkshow op televisie. Die onthulling sloeg in – behalve bij Christel ook bij hemzelf.

'O ja? Fantastisch, zeg. Wat voor soort show wordt het?'

Otto blééf zichzelf frapperen; hij bleek daar zo zijn ideeën over te hebben.

'Het moet een gevarieerd programma worden, met het accent op literatuur. Maar we bieden ook ruimte aan andere takken van kunst. Daar hoort theater natuurlijk bij.' Christel vertoonde tekenen van verveling, en dus voegde Otto er snel aan toe: 'Maar de hoofdgast is altijd iemand uit de showbizz.'

Dát was een *lucky shot*. Ze hing meteen weer aan zijn lippen. Even later opende ze haar zwarte laktasje, waar ze koortsachtig in begon te graaien. Geritsel van pakjes en doosjes. Ze vloekte een paar keer, op de manier van iemand die vond dat een vloek gehoord mocht worden.

'Kutkutkut. Tering. Nou kan ik m'n kaartje niet vinden. Nou, dan maar zo.'

Ze haalde een pen uit haar tas en met een ferm gebaar pakte ze vervolgens Otto's hand, op de rug waarvan ze iets begon op te schrijven. Twee keer schoot de punt van de balpen uit over zijn middenhandsbeentje.

'Zo, dit is mijn nummer. U kunt me altijd bellen als u voor uw nieuwe show een medewerkster nodig heeft of zo. Oké?'

Otto hield zijn arm een stukje van zich af, alsof er een onzichtbare mitella om zat. Hij keek van zijn hand naar haar gezicht en weer terug. De zeven cijfers stonden er hanenpoterig bij. Hij kon zich niet herinneren wanneer hij voor het laatst iets op zijn hand had geschreven. Maar een ánder had het nog nooit bij hem gedaan, dat wist hij zeker. Een intens havo-4-gevoel doorzinderde zijn borstkas.

'Ik zal aan je denken,' zei hij met dunne stem, en keek daarbij betrapt naar Huygens, die zich met een mengeling van discretie en misprijzen had afgewend van het tafereel.

'Fijn, dankuwel,' antwoordde Christel Vestdijk. Ze glimlachte, en Otto's wangen vlogen prompt in brand.

Hij hield zijn hart vast voor het interview van komende vrijdag. Eén opmerking van Huygens over Otto's 'vergevorderde plannen voor een eigen talkshow', en hij had heel wat uit te leggen aan Berend en de anderen.

Om een verdere verstrikking in leugens te voorkomen zei hij dat hij zijn trein moest halen. Christel nam hier geen genoegen mee. Ze vroeg waar hij naartoe moest. Besmuikt gaf Otto antwoord. Buitenveldert, dat hoorde natuurlijk niet bij iemand die vergevorderde plannen had voor een eigen talkshow.

'Zeg Wiert, dan kan meneer Verweij toch mooi met ons meerijden, vind je niet?'

Ze was de zoveelste die zijn naam versjteerde. Maar dat was het ergste niet. Ze zei jij tegen haar vader, over de zestig, en u tegen hem, nog geen vijfendertig. Daar werd hij niet vrolijker van.

'Dank je voor het aanbod, maar ik heb het nogal in m'n rug.' Otto was bijna gaan fluisteren. Het was een onlogisch antwoord, dat door Christel niet serieus werd genomen.

'Dan hebben we u helemáál gered,' zei ze monter. 'Geen harde treinbank maar de lekker zachte, plastic stoelhoezen met bolletjesprofiel in Wiert z'n Volvo.'

Verrast keek Otto naar Huygens. Plastic stoelhoezen: het wierp een nieuw licht op de neo-avant-gardist, en misschien wel op het neo-avant-gardisme, postmodernisme en deconstructivisme in het algemeen.

Christel wachtte zijn antwoord niet af. 'Mooi, u rijdt gewoon met ons mee. Dat is dan geregeld.'

4

Huygens' auto stond in een ondergrondse parkeergarage. Het was zo'n tien minuten lopen. Om zijn rug te ontzien bewoog Otto zich stram en licht hoppend voort, een beetje zoals de Thunderbirds-poppen van weleer. Hij waardeerde het dat vader en dochter zich aan zijn tempo aanpasten. Een nadeel was weer dat Christel onafgebroken het woord voerde. Net als tijdens de voorstelling slaagde hij er niet in naar haar te luisteren.

Eenmaal in de parkeergarage hijgde hij uit tegen een pilaar. Toen hij even zijn ogen sloot, besprong hem de paniekgedachte dat hij een ander lichaam had gekregen. Het was alsof hij gedurende de wandeling een amorf stuk vlees was geworden. Er ontbraken allerlei vitale ledematen. Benen en armen waren verdwenen. Een gezicht had hij ook niet meer. Hij was één en al rug. Hij deed álles met die rug. Hij keek met zijn rug. Hij liep met zijn rug. Hij dacht met zijn rug. Kortom, hij *was* zijn rug. En dat was dan nog zijn *eigen* rug. Want op zijn rug torste hij allerlei andere ruggen mee. Zijn rug was duizend ruggen. Zijn rug was *de* rug. Het lidwoord kon eigenlijk wel weg. Hij was Rug geworden.

'Gaat het?' vroeg Christel behulpzaam. Haar stem echode dof door de garage.

Otto herstelde zich en maakte een geruststellend gebaar. Toen hij weer op adem was, vroeg hij aan haar: 'Je bent nog een beetje in je rol, hè?'

Zij keek Otto niet-begrijpend aan. Ze had dezelfde kraalogen als haar vader.

'Ik bedoel je accent,' verduidelijkte Otto. 'Je praat nog met het Amsterdamse accent van Rosa. Merk je dat niet?'

Christel legde een hand op haar mond. Huygens was ineens bijzonder snel in zijn Volvo gestapt.

'Neeeh, wat *erg*... was het te horen?' Ze zei het met doffe stem, van achter haar hand. 'Tering hé, ik heb godverdomme zelfs spraaklessen gehad, twee keer per week bij een kutlogopediste in West.'

Zichtbaar ontredderd stapte ze in de auto. Otto kwam naast Huygens te zitten. Achterin stak Christel met rusteloze vingers een sigaret op. Ze begon haar vader met allerlei vragen over haar uitspraak te bestoken. Huygens gaf telkens een bemoedigend bedoeld antwoord. Het werkte alleen maar averechts.

'Zie je wel, ik had er gewoon nooit aan moeten beginnen. Kutterig kutstuk. Toneel *is* het gewoon niet voor mij. Het is gewoon m'n *ding* niet. Ik had me nooit door je moeten laten overhalen, Wiert. Wat is er tegen showballet? Daar moet je óók talent voor hebben, hoor. En zo'n accent is ook heel slecht voor op tv, toch, meneer Verweij?'

Even had Otto de neiging om zijn achternaam letter voor letter door de auto te roepen. In plaats daarvan antwoordde hij: 'Zeg maar Otto, hoor.'

Huygens hield intussen stug zijn blik op de weg.

Otto plaatste een hand op de hoofdsteun en draaide zich om naar Christel.

'Dus je doet aan showballet?'

Ze blies een nieuwe dot sigarettenrook de auto in. 'Deed. Ik dééd aan showballet. Vond ik ontzettend leuk. Maar volgens Wiert was het zogenaamd onder m'n niveau. Hij heeft hemel en aarde bewogen om me de theaterkant op te krijgen. Nou, je ziet wat ervan is geworden. Zit ik tussen die gesubsidieerde reetkevers van De Blauwe Schuit. Is trouwens geregeld door Wiert, hij leverde een stuk, ik kreeg een rol. Maar wat *moet* ik ermee, wat heeft het met *míj* te maken, wat heb ik met dat gedóé te maken?'

'Nou, gedoe...' zei Otto voorzichtig. Hij wilde zich niet mengen in een sluimerende familietwist. Huygens bleef zwijgen en volgde het gesprek met een gezicht alsof Christel niet zijn dochter maar zijn moeder was. Misschien was dat Huygens' ingenestelde fantasie, bedacht Otto. Het was hem vaker opgevallen dat vaders door middel van een subtiel voorgewende oudemannenverstrooidheid een moedergevoel wisten op te wekken bij hun volwassen dochters.

'Bij welk showballet zat je dan?' vroeg hij.

'Vivenda Dance. Wij deden het ballet van de Karaoke Euroshow op Mega TV-8. Te gekke job, niks mis mee, toch? Maar nee hoor,

Wiert en m'n moeder hebben al die tijd aan m'n kop gezeurd, meisje doe toch dit, meisje doe toch dat. Ze hebben de pest aan Mega TV-8 en lulden de oren van m'n kop; dat ik beter kon, dat ik mijn talenten vergooide en al die onzin meer. Behoorlijk shit.'

'Ja. Dat is shit,' zei Otto. Hij had besloten partij voor haar te trekken.

'Behoorlijk shit, ja,' herhaalde Christel. Er kwam een triller in haar stem. 'En Wiert houdt natuurlijk weer z'n mond, hè.' Ze maakte een vinnig handgebaar. Haar stem zwiepte met een huilerige uithaal de hoogte in. 'Wiert houdt zich weer eens van de domme. Zoals altijd, hè?'

Aan de manier waarop Huygens zijn handen op het stuur verschoof zag Otto dat er nu wél een antwoord kwam.

'Wat je er zelf ook van mag denken, ík vond dat je vanavond een uitstekende prestatie hebt geleverd.'

Christel zei niets terug.

Het bleef een hele tijd stil in de auto. Ze reden inmiddels op de A2. Er was weinig verkeer op de weg. Otto gluurde even naar het telefoonnummer op zijn hand. Als hij zijn vingers bewoog, bewogen er aderen mee en raakten de cijfers licht vervormd.

'Je hebt een knap staaltje acteerwerk neergezet,' begon hij. 'Ik heb echt een goeie avond gehad. En zal ik je eens wat vertellen? Dat is bijzonder. Want om je de waarheid te zeggen ga ik niet graag naar theater.'

'Is dat zo?' zei Huygens plotseling belangstellend. 'Dat treft dan niet erg, met jouw beroep.'

Christels hoofd verscheen tussen hen in. Ze legde een hand op haar vaders schouder.

'Te gek, zeg! Hoor je dat, Wiert? Eindelijk nóg iemand met de schurft aan toneel!'

Zuinigjes tuitte Otto zijn mond. Hij keek uit het zijraam. Ze had niet eens gereageerd op zijn geïmproviseerde complimenten.

'Schurft, schurft...' zei hij. 'Het gaat me niet zozeer om de vóórstellingen. Het is meer dat ik niet goed tegen de ellende van die zalen kan.'

Die nuancering werd op de achterbank met instemming ontvangen.

'Dat heb ik nou óók! Jarenlang moest ik met Wiert mee naar allerlei theaters. Moest ik een hele avond stilzitten in zo'n teringstoel. Ik was dertien, veertien, ik weet het niet meer precies, maar ik vond het net kerk. Maar theater is erger, want een mis duurt minder lang. O, al die kloterige kutavonden in al die kloterige kuttheaters in Amsterdam... Zat je opgepropt tussen wildvreemden – gék werd ik ervan. Armen en benen en koppen zo waanzínnig dichtbij... En wat dacht je van de stoelen? Kijk, je raakt met je hoofd een stoelleuning aan waar honderden harige hoofden tegenaan hebben geplakt – wat is dat voor smerigs? Niemand accepteert in een hotel een ongewassen kussensloop, maar zo'n stoel is kennelijk geen probleem. Nou, ik zal je zeggen, voor je het weet loop je van zo'n stoel vol stofmijt en ander ongedierte een flink eczeem op. Om nog maar te zwijgen van de andere bacteriën. Wist je dat er duizenden fecale bacteriën in zo'n stoel krioelen? Fecaal! Stront. *Stront*! Kun je het je voorstellen, al die goorlappen die met hun ongewassen schijthanden aan die stoelen zitten te veugelen? *Gggetv*er.'

Otto had zich half omgedraaid in zijn stoel. Dit was een geestverwant! Hij onderdrukte een liefdevol jubelen.

'Eczeem en stront zijn vreselijk,' zei hij opgewonden. 'Maar wat dacht je van roos?'

Christel knikte heftig.

'Vijand nummer één in zo'n zaal! Want wat gebeurt er eigenlijk met al die roos die op de stoelen achterblijft? Waar gaat dat heen? Waait dat zomaar weg? Breekt het zichzelf af?'

'Het wordt opgenomen in onze hemisferen,' bromde Huygens.

'Ja!' zei Christel. 'Je ademt godverdomme andermans ronddwarrelende dooie huid in. Heb je afval van Jan en alleman in je longen. Om over zacht fluitende scheten van je overbuurman nog maar te zwijgen. Heeft dan niemand in de gaten dat je in zo'n kutzaal elkaars gassen en smurrie en schilfers naar binnen krijgt?'

Christel had een nieuwe sigaret opgestoken. Otto volgde met lichtjes toegeknepen ogen de rook, die blauwgrijs uitwolkte in de auto. Naast hem tikte Huygens met zijn hand op het autostuur. Waarschijnlijk had hij deze tirade van zijn dochter al talloze keren gehoord.

Otto plaatste een nieuwe voorzet.

‘En dan is er nog de kans op gekken in het publiek.’

Nu sloeg Christel hém op de schouder.

‘Ja, óók zoiets! Statistisch gezien is de kans groter dan je denkt dat er op een keer een *freak* in de zaal zit die halverwege de avond een mes of zelfs een *gun* tevoorschijn haalt. Die dingen gebeúren, hoor. Nou, overal waar ik kom check ik de nooduitgang. Let op die vrachtwagen. Die kutvrachtwagen voegt in.’

Omdat Christels stem nauwelijks van toon veranderde, vroeg Otto zich gedurende één of twee seconden af wat nooduitgang en vrachtwagen met elkaar te maken hadden voordat hij begreep wat ze bedoelde. Hij draaide zich razendsnel om in zijn stoel. Op dat moment gaf Huygens een ruk aan het stuur. Otto voelde zijn veiligheidsriem knellen. Zijn schouder sloeg tegen het zijraam. Hij slaakte een kreet waar hij zelf van schrok.

De kutvrachtwagen passeerde hen op geruststellende afstand. Huygens keek verstoord opzij.

‘Sorry Vallei, maar dat kabaal was echt niet nodig. Ik moest even naar de andere rijbaan. Dat was alles.’

Otto hield zijn vuisten tegen zijn wangen gedrukt. Met rauwe stem vroeg hij: ‘Kun je stoppen? Kun je éven stoppen?’

Vader en dochter wisselden via de achteruitkijkspiegel een blik. Pas toen de Volvo met knipperende lichten aan de kant van de weg stond, voelde Otto zich in staat om uit te leggen dat het nu op een twéédé plek in zijn rug was geschoten. Huygens schraapte zijn keel en ademde hoorbaar uit door zijn neus, Christel giechelde even. Met afgewend gezicht lichtte Otto hen in over de enige manier waarop de pijn viel te verlichten. Vader en dochter deden geen moeite de tegenzin te verbergen waarmee zij hem de auto uit hielpen en hem ondersteunden naar de achterbank, waar hij langzaam ging liggen en nog langzamer zijn benen optilde.

Huygens reed de Volvo terug de weg op. Christel was naast haar vader gaan zitten. Achterin had Otto zijn aktetas onder zijn hoofd gelegd en deed zijn best om tijdens het luchtfietsen zo weinig mogelijk het achteruitzicht van Huygens te hinderen. Niemand zei nog iets. Otto hield het wieken van zijn benen bij alsof hij schaapjes telde. Zijn broekspijpen maakten een zacht schuierend geluid. Twee keer raakten zijn schoenpunten per ongeluk het autodak.

Kort na het oponthoud had Christel opnieuw een sigaret opgestoken. Pas toen ze de ringweg van Amsterdam naderden, draaide ze zich naar hem om.

'Die talkshow op tv, gaat u die zelf presenteren?'

5

Otto liet zich afzetten bij station Zuid/WTC, waar zijn fiets stond.

'Gaat het wel?' vroeg Christel, nadat hij overeind was gekomen van de achterbank en was uitgestapt. Hij knikte flauwtjes. Hij had er inmiddels veel voor over om van vader en dochter verlost te worden.

Christel wees naar Otto's hand. 'Niet vergeten, hoor, als u iets weet voor tv en zo. U kunt altijd bellen.'

Nadat Huygens was weggereden, bekeek Otto nog eens het telefoonnummer. Nu pas zag hij dat het allemaal even getallen waren. Daar hield hij wel van. Zulke nummers hadden iets edels en krachtigs. Een oneven getal bracht de boel uit balans, en een nummer dat uitsluitend uit oneven getallen bestond, was een rommeltje waar je je voor moest schamen.

Met twee vingers wreef hij even over de rug van zijn rechterhand. Niet vergeten: straks handen wassen. Weg dat nummer. Karin kon er eens wat van denken.

Station Zuid/WTC was op dit uur van de avond al vrijwel verlaten. Zelfs de taxistandplaats op de naastgelegen parkeerplaats was niet meer in bedrijf. Een enkeling haastte zich de onderdoorgang naar de treinen in. Otto haalde zijn fiets uit de onbewaakte stalling. Dinsdagavond elf uur – volgens de statistieken een uitstekend tijdstip om beroofd te worden in deze omgeving. Het gebeurde de laatste tijd steeds vaker dat hij 's avonds op straat de angst en onzekerheid voelde waar je vrouwen en bejaarden vaak over hoorde klagen en waar hij altijd neerbuigend en laconiek over had gedaan. Vanzelfsprekend (vanzelfsprekend?) overkwam hem niets en hij belandde zonder problemen in Buitenveldert. Gedurende de fietsrit was zijn rugpijn langzaam minder geworden – echt fietsen was nóg beter dan de luchtvariant.

Karin was nog op.

'Riekje heeft voor je gebeld, wel drie keer. Of je haar vanavond nog wilde terugbellen. En ze heeft ook nog wat faxen gestuurd.'

Dat beviel Otto niet. Riekje wilde hem natuurlijk het liefste meteen overhoren. Zijn gang naar Canossa werd wel héél nauwgezet gevolgd.

Zijn werkkamer bood een aanblik waar hij inmiddels aan gewend was geraakt: een enorm lint faxpapier lag schots en scheef als kruiend ijs tegen de tafelpoten en de boekenkasten. Hij nam niet de moeite de berichten door te lezen en begon aan een grootscheeps opvouwwerk. Pas toen het tapijt weer zichtbaar was, belde hij Riekje op. Ze vroeg niet eens naar zijn ervaringen.

'Je bent net terug uit Arnhem? Goed. Ik weet dat het laat is, maar er komt zo dadelijk nog een koerier naar je toe. Ik heb hier iets wat je waarschijnlijk zult willen lezen.'

'Kan dat niet tot morgen wachten? Ik heb een complete Odyssea achter de rug.'

'De nieuwe roman van Eddy Waterland is verschenen. *Het hart aan de rand van de stad.* Dat boek waar jij in oktober je veto over uitbracht, weet je nog wel?' Otto beluisterde een nauwelijks ingehouden verontwaardiging. Haar stem was schril en onvast. Misschien was ze dronken, dacht hij, hoewel dat niets voor Riekje was.

'Ik heb er vanmorgen in zitten lezen,' zei ze, 'en ik heb meteen kopieën voor iedereen gemaakt, ook voor jou.'

'Dat is geen half werk. Niemand mag volgens jou de nieuwste Waterland missen?' Het was onmogelijk om níet te sneren.

Riekje liet een geringschattend snurkgeluid horen.

'Ik zou maar even m'n gemak houden als ik jou was. Jij zult dat boek vanavond willen uitlezen.'

Otto wist even niets te zeggen. Willemijn Hoedjes was wel vaker vijandig tegen hem uitgevallen. Riekje nooit.

'Riekje, wat is er? Waarom vanavond nog?'

'Omdat we er morgenochtend om tien uur over vergaderen,' zei ze vlak.

'Jezus. Wéér vergaderen?'

'Ja, Otto. En niet alleen over dat boek. In feite voornamelijk over onszelf. Over...' Nu haperde Riekjes stem even. 'Over het team dat we zijn. Dat we dáchten te zijn.'

'Dáchten te zijn? Hoezo, zijn we ineens geen team meer?'

'Morgen, tien uur. Gewone plek, Sarphatistraat.'

Zonder verder nog iets te zeggen hing ze op. Voordat hij neerlegde, staarde Otto als een acteur in een B-film peinzend naar de hoorn, die hij op een armlengte van zich af hield.

Twintig minuten later belde de koerier aan. Spoedje voor Vallei. Otto had al in de gang staan wachten. Met een graaiend gebaar nam hij het pakketje in ontvangst en sloop ermee naar zijn werkkamer. Karin was inmiddels gaan slapen. Hij had haar niets verteld over het telefoontje van Riekje. Bij het openscheuren van het pakket vielen de kopijvellen uit de enveloppe. In waaiervorm lagen de papieren op de grond. Hij raapte een willekeurig aantal op en las hier en daar een passage. Een ogenblik later moest hij zich letterlijk vastgrijpen aan zijn bureau.

Arnoud Zegel had gelijk gekregen. In *Het hart aan de rand van de stad* was niets terug te vinden van de ideeën en plannen die Otto ooit had prijsgegeven aan Wout Rookershoofd. Het was erger. In *Het hart aan de rand van de stad* was alles terug te vinden wat Otto de afgelopen maanden was *overkomen*. Hoofdfiguur in Waterlands roman was een naamloos blijvende 'ik'. Otto wist wel beter. Die ik was hij.

Het begon al met de flaptekst, eveneens door Riekje gekopieerd. 'In *Het hart aan de rand van de stad* is de hoofdfiguur een schrijver die gebukt gaat onder de ergste aller schrijverskwalen: het *writer's block*. Ten einde raad overweegt hij om te beginnen aan een roman over een schrijver die maar niet tot schrijven komt. Als ook dat plan voortijdig sneuvelt, zegt hij met bloedend hart de literatuur vaarwel. Hij wordt presentator van het nauwelijks beluisterde radioprogramma Toonbeeld. De schrijver ziet zijn overstap als een beschamende degradatie: van de letteren naar de media, van de gooi naar de eeuwigheid naar een knieval voor het allervluchtigste. Ed Waterland beschrijft in deze satire de grote angsten van een kleine man.'

Holle reclamepraat, vond Otto, een nietszeggende blurb, inwisselbaar met honderden flapteksten. Er zat enig geronk in de tekst, dus Rookershoofd moest hem hebben geschreven. Of anders had Waterland zelf die flaptekst verzorgd.

Hij zette zich er nogmaals toe om in de kopij te lezen. Hij las hier en daar een bladzijde, een alinea of een enkele zin. En het was smerig, schofterig, schaamteloos. Een schrijver, de 'ik'. Plannen voor een roman over een roman die zich maar niet laat schrijven. Angst en zelfverachting. Bezoek aan uitgever. Aankondiging van zijn vaarwel aan de literatuur. Overstap naar radio. Cultuurprogramma. Microfoonkoorts. Stofmijt. En zo verder. Smerig. Schofterig. Schaamteloos.

Iemand had Waterland ingelicht. Iemand had hem alles verteld, álles – van zijn blinde vlekken en pietluttigheden, zijn kwalen en angsten, zijn intieme gewoonten en beschamendste dwanggedachten. Er was er maar één die dit kon hebben doorgebriefd. En hij zou het haar betaald zetten.

Otto overwoog de mogelijkheid van een verdwijning. Koffers pakken, 's ochtends vroeg met Karins creditcard al haar spaargeld – zelf had ie niks – opnemen bij de Rabobank en daarna de grens over. Maar voor zo'n actie had hij nog nét iets te veel pijn in z'n rug.

Na een halfuur begon hij kwaad te worden. Weer wat later was hij buiten zichzelf van woede. Karin. Eerst had ze hem bedrogen. Daarna had ze hem verraden. Mannen die hun vrouw slaan had hij altijd meelijwekkende idioten gevonden. Daar dacht hij nu iets anders over.

Dan maar meelijwekkend. Dan maar een idioot. Hij rolde de stapel kopieën op tot een koker waar hij een paar keer een zwiepende uithaal mee maakte, gooide de deur van de slaapkamer open, brulde Karin wakker, wierp de vellen papier op het bed – en sloeg niet. De vellen papier lagen op het bed in dezelfde waaiervorm als waarmee ze in zijn werkkamer op de grond terecht waren gekomen. Slaperig kwam Karin overeind. Aan het voeteneind van het bed stond Otto met een verwoed geslik en gegrom een plotselinge drang tot hartverscheurend janken te onderdrukken. Met zo min mogelijk woorden bracht hij haar op de hoogte, wijzend op de papieren. Telkens als hij iets zei, was het alsof achter in zijn keel een tweede stem het op gierende toon herhaalde. En bij alles wat hij zei en deed voelde hij zich onmachtig, want zelfs dit, het ruw wekken van zijn vrouw, de slaande deuren, de regen van verwijten, het met graaiende vingers bijeenrapen van de vellen papier waarvan sommige verkreukeld, gescheurd, gehavend, *stuk*gelezen waren – zelfs deze scène was beschreven door Waterland, iets voorbij het midden van het boek, en met een inzicht in de bijzonderheden van zijn woede en ontzetting waarvan hij tijdens het lezen had gehuiverd.

Karin zat inmiddels rechtop in bed. Even had Otto de gewaarwording dat hij door haar heen kon zien; dat de achterwand van de slaapkamer door haar nachthemd en lichaam schemerde. Hij raapte voor de tweede keer de papieren bij elkaar. Korte tijd later zat Karin met twee kussens in haar rug te lezen, met een gezicht dat nog rozig en licht gezwollen was van de slaap. Net als hij las ze hier en daar een fragment. Otto bleef er eerst bij staan, maar ging op een gegeven moment op verzoek van Karin de kamer uit. In de keuken dronk hij een beker melk. Ja, hij moest toch wát. Hij keek eens naar buiten. Het was stil op straat. Op het parkeerterrein voor de flat stonden de auto's keurig op rij. De witgele bundels van de straatverlichting legden repen van dauwnatte glinstering op de autolak.

In de flat aan de overkant deed iemand op de bovenste verdieping de gordijnen dicht. Eén verdieping lager ging een buitenlamp telkens aan en uit. Otto dacht even dat de lamp hem iets toeseinde. Tot zijn verbazing voelde hij zich kalmer worden, zij het zonder dat hij tot zichzelf kwam. Dat mócht ook niet. Hij probeerde 'buiten zichzelf' te blijven, als enig mogelijk verweer tegen de intimiderende annexatie door Ed Waterland. Zolang hij zichzelf niet was, was hij misschien ook die ander in dat boek niet.

6

Otto werd wakker met gedachten aan vergelding. Hij overwoog een proces, een polemiek of de perfecte moord. Hij moest eerlijk zijn: geen van de drie opties had een kans van slagen. Een proces was kansloos vanwege gebrek aan belastend materiaal. Smaad en laster waren niet te bewijzen; tenslotte noemde Waterland nergens in dat stuk *Schund* Otto's naam en zou hij zich natuurlijk beroepen op het argument dat zijn roman fictie, niets dan fictie was. Een polemiek zou vrijwel zeker averechts werken. Waterland zou likkebaarden bij de gedachte aan de publiciteit die het opleverde. De perfecte moord viel meteen af. Hij was tot veel in staat, maar niet tot perfectie.

Bij voorbaat al moegestreden stond Otto op. De douche die hij nam verkwikte hem niet. Aan het ontbijt zei hij weinig tegen Karin en zij nog minder tegen hem. Ze hadden voorlopig wel genoeg gepraat. Dat het geen doorwaakte nacht was geworden, was te danken aan Karin, die in de badkamer nog ergens een halve strip temazepam had gevonden. Inslapertje, werkte vier uur. Allebei hadden ze een capsule geslikt.

Karin had volgehouden dat ze onschuldig was. Haar verdediging was ontnuchterend eenvoudig. Ze bleef erbij dat ze Waterland na hun korte affaire nooit meer had gezien of gesproken. Het moest dus een ander zijn geweest die hem alles had ingefluisterd. Maar wie dat dan wel wezen mocht, kon ze ook niet bedenken. Otto geloofde haar. Hij kende haar goed genoeg om te weten wanneer ze tegen hem loog. Afgelopen nacht had hij haar tijdens het ruziën als een therapeut achter een *one way mirror* geobserveerd. Dat kon hij namelijk, ruziemaken en nuchter gadeslaan tegelijk. Hij had haar houding en bewegingen bestudeerd terwijl ze zich verdedigde en hij had ingezien dat ze hem de waarheid vertelde.

Dat Karin onschuldig was luchtte hem natuurlijk op, maar bracht hem tegelijkertijd niet veel verder. Als zij het niet was, wie dan wel? Otto dacht aan zijn uitgever. Arnoud Zegel beschikte ongetwijfeld over de technische kennis om telefoons te laten aftappen. Op die manier was Wee waarschijnlijk achter alle intieme details gekomen. Maar wie het ook was die zijn intieme leven op straat had gegooid, Otto zou Orakel bellen voor een afspraak. Hij zou er alles aan doen om zijn drie titels bij een andere uitgever onder te brengen. Hij wilde geen deel uitmaken van een fonds waarbinnen hij werd belasterd en bespuwd.

Het zou nog moeilijk worden om medestanders te vinden in zijn strijd. Het geniepige was dat Waterland behalve Otto niemand naar het leven had getekend. Hij had tenminste niemand herkend in de bijfiguren en hoefde niet te rekenen op bijval van medegedupeerden. Hij stond alleen, in én buiten het boek.

Vreemd genoeg dacht Karin hier anders over. Waterland had zijn antiheld in *Het hart aan de rand et cetera* opgezadeld met een schimmige echtgenote die in niets op Karin leek, maar waar zij zich niettemin in had herkend. Otto begreep daar niets van. Hij vermoedde dat Karin alleen maar voorwendde dat ze gekwetst was, om hem het gevoel te geven dat hij niet de enige was. Of anders had ze gewoon last van die speciale, aan ex-minnaressen voorbehouden aandoening: een even voorspelbaar als ongrijpbaar gevoel van hitsige verbittering. Er kwam geen adembenemende femme fatale voor in het boek. Dát stak Karin waarschijnlijk. Ze had natuurlijk verwacht dat zij Waterland had weten te inspireren tot de creatie van een dergelijk personage.

Karin vertrok op de gewone tijd naar haar werk. Otto deed wat hij zich had voorgenomen en belde naar Orakel. Hij werd doorverbonden met Zegels secretaresse, die meldde dat m'neer Zegel over twee weken nog een plaatsje open had staan in z'n agenda. Otto explodeerde, wat onverwacht veel indruk maakte. Ineens kon hij nog dezelfde dag, 's middags om twee uur, bij Zegel terecht.

Om half tien fietste Otto naar de Sarphatistraat. Als hij zich haastte, was hij op tijd voor de ingelaste redactievergadering. Hij speelde met de gedachte aan een speciale uitzending van Chaos en Rumoer waarin de vuigheid van *Het hart* aan het licht zou worden gebracht. Met wraak had dat niets te maken, vond hij. Integendeel, het verzorgen van zo'n programma beschouwde hij als zijn journalistieke plicht. Hij rekende op de steun van Riekje en de anderen voor dit plan. Zo dadelijk viel hij natuurlijk in een warm bad van collegiale solidariteit.

Otto moest even zoeken naar een vrije standaard om zijn fiets aan vast te zetten. Stipt om tien uur kwam hij de vergaderruimte binnen, waar tot zijn verbazing iedereen, zelfs Stan, al aanwezig was. Hij slikte zijn groet in toen de anderen zich achter de vergadertafel langzaam naar hem omdraaiden en hem aankeken met wasachtige gezichten, zoals cowboys in verouderde speelfilms kunnen kijken naar een verdwaalde eenling die bij vergissing de verkeerde saloon is binnengelopen.

'Je bent gekomen,' zei Berend van der Molen na een stilte. 'Dat is dapper van je, dat moet ik je nageven.' Hierna schraapte Berend zijn keel. Verder zei niemand iets.

Beduusd door deze kille ontvangst stapte eenling Otto de saloon binnen. Tussen Riekje en Stan was een vrije plaats. Toen hij ging zitten, sloeg Otto's stemming radicaal om. Wat nou kilte? Hier was verdomme een slachtoffer binnengekomen. Hier paste mededogen, deemoed, hier paste de helpende hand.

'Ja? En?'

Meer vroeg hij niet. Maar er kwam geen antwoord. Otto kreeg het gevoel dat er in zijn borst iets werd afgeklemd. Schuin tegenover hem bewoog Willemijn Hoedjes met haar handen over het tafelblad. Met een gebaar waarin ze een maximum aan verachting probeerde te leggen schoof zij hem een vel papier toe met daarop plaats, tijd en de agenda van de vergadering, en Otto kon er niets tegen doen dat de klem opensprong en er in zijn borst iets met een scherpe knal uiteenspatte toen hij begreep dat Berend, Riekje, Willemijn, Mira en Stan al eerder bij elkaar waren gekomen om zonder hem te kunnen overleggen over het enige punt dat op de agenda bleek te staan: zijn gedwongen vertrek bij Chaos en Rumoer.

7

'Jullie willen dus dat ik wegga.'

Niemand gaf antwoord, maar de reacties spraken voor zich. Berend wendde met een zuinig mondje zijn hoofd af. Mira sloeg overdreven langzaam haar grote, rode handen ineen. Riekje rommelde met een blocnote die ze uit haar bruinleren schoudertas had gehaald. Stan trok een gezicht alsof hij eigenlijk niet thuishoorde op deze vergadering. Willemijn ten slotte fixeerde hem met een bloeddorstige blik.

'Goed. Ik begrijp het,' zei Otto, die er niets van begreep. Voor de tweede keer binnen twaalf uur wist hij niet wat hem overkwam. Maar het verschil met de afgelopen nacht was dat zijn reservoir verbijstering inmiddels leeg was geraakt. Wat restte was een bevreemdende helderheid in het hoofd. Geconfronteerd met tegenstand en isolement was Otto helemaal bij de les. Hij stond er zelf van te kijken. *Cool*, meneertje! Te kijk gezet in een roman. Aan de dijk gezet tijdens een vergadering. En, wat voelde hij? Niets dan de verlichtende bevinding over een helder hoofd te beschikken. Misschien zelfs een begin van onverschilligheid. Dat was bevrijdend.

Het misnoegen van de redactie moest te maken hebben met *Het hart aan de rand van de stad*. Ieder had het boek in de vorm van een stapel kopieën voor zich liggen. Riekje had als enige het boek zelf bij zich. Zij had het gekopieerd en rondgestuurd. Riekjes exemplaar was vergeven van de ezelsoren, en hier en daar staken er stukjes papier tussen de bladzijden uit. Naast het boek lag de blocnote, die ze inmiddels had opengeslagen. Ze had allerlei notities gemaakt die ze met een gele stift had gemarkeerd. Met kleurloze ogen staarde ze naar de oplichtende strepen.

'Jullie denken aan een officieel ontslag?' Otto richtte zich nu tot Berend.

'Daar denken wij aan, ja.' Er kraakte iets in Berends stem. 'Je zult begrijpen dat wij, en ik spreek nu namens ons allevijf, ontgoocheld zijn.'

Willemijn Hoedjes viel hem bij. 'Ik werk al jaren bij Chaos en heb aardig wat presentatoren meegemaakt, en allemaal hadden ze wel hun hebbelijkheden, maar deze, deze, deze...' – Willemijn roffelde met een vingernagel op haar stapel kopieën – 'deze vernédering hoop ik nooit meer mee te maken.'

Riekje wilde iets zeggen maar een stagiair van de studio kwam binnen met een thermoskan koffie en een grote papieren zak met sandwiches. Het was een bleke jongen met lange armen waar hij onhandig mee bewoog. In een stilte die luid suizend door de vergaderruimte joeg begon de jongen voor iedereen koffie in te schenken, totdat Berend tegen hem zei dat het zo goed was, dankjewel. De jongen deed de deur behoedzaam achter zich dicht, alsof hij een kind te slapen had gelegd. Meteen zei Willemijn: 'Voor Riekje is het nog het ergst. Zij was tenslotte Otto's redactionele rechterhand. En dan nu dít...'

Otto had nog steeds geen idee waar de anderen op doelden. Maar in de hoop hen gunstiger te stemmen trok hij schuldbewust zijn schouders op en liet het hoofd wat zakken.

Berend van der Molen leunde over tafel. 'We hebben eigenlijk maar één vraag, Otto. Waaróm?'

'Dat is dus ook míjn vraag,' zei Otto.

Meteen begon iedereen op hoge toon door elkaar te praten. Stan kwam boven alles uit.

'Mag ik even?' zei hij. 'Volgens de weledele Waterland ben ik een onverschillige dommekracht met kinderachtige toneelambities. Ik doe badinerend over Chaos en interesseer me niet voor de mensen die ik interview. Dat staat tenminste in zijn geniepige *roman à clef*, en anders wordt het wel gesuggereerd. Ik zou zeggen: recht hartelijk dank, Otto Vallei.'

Even dacht Otto dat er een grap met hem werd uitgehaald. Maar de gezichten van de anderen stonden strak van ongeveinsde ernst.

'Als ik het goed begrijp, geven jullie míj de schuld van wat híj schrijft.' Otto wees naar Riekjes exemplaar-met-ezelsoren.

'Waterland mag het allemaal hebben opgeschreven,' zei Willemijn Hoedjes fel, 'maar *jij* hebt het hem ingefluisterd.'

'Het is gewoon verraad,' viel Mira Steur bij. Riekje liet een droge snik ontsnappen.

Otto had een warme hand op zijn voorhoofd gelegd. Het was daar ineens niet helder meer. Integendeel, zijn hoofd leek nu gevuld met dampende droesem. Hij was sprakeloos. Híj, hen verraden? Híj, die zelf slachtoffer was? Hij moest moeite doen zich te beheersen. *Cool* was hij in ieder geval niet meer.

Berend en de anderen begonnen aan een lange reeks beschuldigingen. Allevijf hadden ze zich herkend in de bijfiguren van *Het hart*. En allevijf voelden ze zich genomen, vernederd, misleid en misbruikt. Door Waterland ja, maar vooral door hém. De redactie vroeg zich af hoe Waterland aan al die informatie was gekomen. Hoe de schrijver zoveel Chaos en Rumoer in Toonbeeld had weten te leggen. Er kon er maar één zijn die alle informatie had doorgebriefd: hij, Otto, *anchorman*.

'Leuk hoor, om te worden opgevoerd als een krachteloze teamleider,' zei Berend grimmig. 'Dunne benen, strohaar. Zelfs m'n bril kan ik blijkbaar niet ongestraft dragen. Het gaat te ver. Het is lasterlijk. Het is vernederend.'

'Er worden ons idiote dingen in de mond gelegd,' vulde Stan aan. 'Ikzelf praat als een of andere populist. Neem bijvoorbeeld die denigrerende opmerkingen over het aantal luisteraars van Chaos. Zoals het er bij Waterland staat heb ik het nooit gezegd en zal ik het nooit zeggen. En slaak ik ooit kreten als *don't blow it, just go for it*? Alsjeblieft zeg.'

Mira Steur bewoog met haar handen. 'Slagershanden, hè Otto? En mijn kleren zijn vormeloze lappen. Nou jongen, je wordt bedankt.'

'Als je over kleren begint, mag ik ook wel even.' Willemijn Hoedjes plukte aan haar blouse. 'Is dit postorderkleding? Nou? Maar het smerigste vind ik nog wel dat mijn redacteurswerk wordt gebagatelliseerd. Alsof ik er hier al die jaren voor spek en bonen bij zit.'

De klachten hielden niet op. Riekje was diep gekwetst dat ze werd geportretteerd als een culturele diacones. Berend stoorde zich eraan dat zijn beide zoontjes in het boek werden genoemd. Dat van die grote voortanden vond hij beneden alle peil, nog afgezien van het feit dat ze helemaal niet zulke grote tanden hadden.

'Wees redelijk, Otto,' zei Berend ten slotte. 'Hoe wéét Waterland al die dingen over ons? Wie heeft hem dat verteld?'

'Ik heb niets aan Waterland verteld,' antwoordde Otto. 'Ik heb die man zelfs nog nooit van m'n leven gesproken. En waarom zou ik informatie aandragen voor een boek waarin ikzelf het vreselijkst word geportretteerd? Want wie komt er het slechtst van af? Ik, zou ik zeggen.'

'En wie ben jij dan wel?' beet Willemijn Hoedjes hem toe.

'De hoofdfiguur. Dat lijkt me duidelijk.' Otto voelde dat hij bloosde.

Er werd schamper gelachen.

'Jíj? Kom nou. Geloof je het zelf?' Mira Steur tikte met twee vingers tegen haar voorhoofd.

'Niemand herkent jou in die hoofdpersoon,' zei Berend met een voor hem ongewone beslistheid. 'Dat is namelijk een schrijver als alle andere. Wat is die ikfiguur nou helemaal voor een type? Hij voelt zich miskend en wentelt zich in zelfbeklag. Hij is eeuwig ontevreden, knullig egomaan en opgelegd hypochondrisch. Het zou, kortom, iedere Nederlandse schrijver kunnen zijn. Wij hebben iedere week wel een schrijver in de uitzending die aan die beschrijving voldoet. Nee Otto, ik begrijp niet waar je je druk om maakt.'

'Om jou, zijn informant, te sparen heeft Waterland er een neutraal en inwisselbaar figuur van gemaakt,' voegde Willemijn Hoedjes eraan toe. 'Maar wíj, wíj zijn het slachtoffer van dit boek. We kunnen Chaos wel opdoeken. Geen gast zal nog willen verschijnen in een programma dat op deze manier is afgeschilderd.'

Otto gaf geen antwoord. Berends omschrijving van de hoofdfiguur hield hem bezig. *Het had iedere schrijver kunnen zijn.* Hij kon niet goed beslissen of hij nu opgelucht of juist gekrenkt moest zijn. Als het waar was, had hij zich dus vereenzelvigd met een dertien-in-een-dozijnschrijvertje. Dat was niet erg verheffend. Maar had Berend wel gelijk? Otto liet de schrijvers die hij de afgelopen maanden in het programma had geïnterviewd de revue passeren. Toegegeven, allemaal hadden ze een karrenvracht ijdelheid en geldingsdrang met zich meegetorst. Maar waren álle schrijvers zo? Dat weigerde hij te geloven. En toch kon hij niet één naam bedenken van een nobele en waarachtig bescheiden vakbroeder.

'Als jij jezelf herkent in die hoofdfiguur,' zei Mira Steur, 'dan heb je ons nóg meer uit te leggen. Wat heb je dan bijvoorbeeld tegen mijn muziekkeuze voor Chaos?'

Otto legde een hand op zijn borst. 'Ik? Wie zegt dat ik daar iets op tegen heb?'

'Jijzelf. Het staat in het eerste deel. Je hebt het op een gegeven moment over m'n bruggetjes. Zó neerbuigend doe je daarover. Op een gegeven moment bereid je je voor op de eerste uitzending en – '

Otto hief zijn wijsvinger. 'Ho. Stop. *Wie* bereidt zich voor?'

'Jij! De hoofdfiguur!'

'Dat ben ik dus niet,' zei Otto mat.

'O? En net zei je nog van wel.' Mira keek triomfantelijk de groep rond. De anderen mompelden instemmend.

Otto gaf niet op. 'Ik ben het, zij het in de optiek van Waterland. Hij kent me niet, en toch denkt hij veel, zo niet alles van me te weten. Maar ik ben toch niet verantwoordelijk voor wat Waterland die afspiegeling van mij laat doen en denken?' Zonder er erg in te hebben was hij harder gaan praten. Veel effect bleek het niet te hebben. De anderen gaven geen sjoege.

'Eerst dacht ik dat Karin alles aan Waterland had doorgespeeld,' zei hij, zachter nu. 'Maar zij ontkent. En ik geloof haar.'

'Wij hebben ook aan je vrouw gedacht,' zei Berend. 'Ze viel af omdat ze onmogelijk de details kan weten van onze vergaderingen en van de opnamen. Nee Otto, het spijt me. Er is er maar één die Waterland kan hebben ingelicht.'

Otto bespeurde een eigenaardigheid in de groepsverontwaardiging. Het ongenoegen bleek streng begrensd. Iedereen viel alleen maar over de eigen vermeende rol in *Het hart*. Alles daarbuiten werd gezien als fictie, fabel.

'Jullie herkennen mij niet in die ikfiguur,' zei hij. 'Andersom vergaat het mij precies hetzelfde. Ik snap niet dat jullie sporen van jezelf terugzien in die vijf redacteuren. Volgens mij lijken jullie absoluut niet op die types. Misschien is er buiten onszelf niemand te vinden die het als een sleutelroman leest en maken we ons druk om niets. Ik durf te wedden dat we niet één gast en niet één luisteraar zullen verliezen.'

'Mooi zo,' zei Stan. 'Otto garandeert ons dat we onze twaalf luisteraars niet kwijtraken. Dat is een hele geruststelling.'

Zichtbaar tevreden met zichzelf pakte Stan een sandwich van tafel. Otto bleef het een raadsel vinden dat Stan zich allerlei badinerende opmerkingen over Chaos kon veroorloven, terwijl híj in de beklaagdenbank werd gezet voor iets waar hij niet eens verantwoordelijk voor was.

'Hoe zit het eigenlijk met de recensies?' vroeg hij.

Riekje haalde een bundel tijdschriften uit haar tas. 'Ik ben vanochtend even naar Amicorum geweest om de nieuwe weekbladen te halen. Overal wordt *Het hart* besproken. Alleen maar lof. Alles en iedereen jubelt en juicht.'

Otto slikte iets weg. Ook voor de anderen was het geen prettig bericht. Iedereen had kennelijk gehoopt op een afslachting door de kritiek.

'Ik denk niet dat Otto dat bedoelde,' zei Berend. 'Wat staat er over óns, Riekje? Staat er ergens dat Chaos model heeft gestaan voor Toonbeeld?' Berend klonk beheerst maar frunnikte onrustig aan zijn helblonde haar.

Riekje borg de tijdschriften weer op. 'Nee, we worden nergens genoemd. In dat opzicht heeft Otto gelijk.'

'Dat komt dan nog wel,' zei Willemijn Hoedjes grimmig.

Otto deed alsof hij haar niet had gehoord. 'Niemand in de literaire kritiek heeft dus één woord aan ons gewijd. We hoeven niet bang te zijn dat we voor het oog van de wereld te schande zijn gezet.' Dit optimisme was enigszins geveinsd. Afgelopen nacht had hij zich juist een nationale vernedering voorgesteld.

Willemijn Hoedjes schudde haar hoofd. Haar dunne blonde haar bewoog als slappe vitrage voor een open raam.

'Otto Vallei, je bent echt schaamteloos,' zei ze. 'Zelfs nu neem je niet écht afstand. In het boek kletst de hoofdfiguur zich er op precies dezelfde manier uit.'

'Ik klets me nergens uit. Ik heb niets te verbergen.' Hij zei het met enige aarzeling. Hij wist niet waar Willemijn op doelde.

'Heb je het wel helemaal gelezen, Otto?' vroeg Riekje.

'Nee, natuurlijk niet.' Hij raakte geërgerd. 'Dat kán toch ook niet? Ik kreeg het gisteravond laat thuisbezorgd. Ik heb het *angelesen*.' Dit was niet helemaal waar. Hij had er zich niet toe kunnen zetten, te bevreesd om zichzelf te zien eindigen in een beschamende apocalyps.

'Dan weet je dus niet dat Waterland ons zelfs in tijd op de hielen zit,' zei Berend. 'Die roman moet onwaarschijnlijk snel zijn geschreven en gedrukt. Stans overstap naar het toneel staat er zelfs in. En ook wat de gevolgen voor Chaos zijn. En het blijft niet bij het nabije verleden. Waterland morrelt aan het heden en springt zelfs over het heden heen. Die toe-eigening van het hier en nu vind ik bedreigend. Bedreigender dan, zeg maar, het sleutelaspect. Waterland lijkt niet alleen ons maar ook de tijd te tarten.'

Otto onderdrukte een lachje. Berend klonk ineens als een literair criticus.

'Op ongeveer tweederde van het boek beschrijft Waterland deze vergadering,' zei Berend. Hij viste twee kopieën uit de stapel.

Otto grijnsde. 'Je bedoelt dat er een vergadering in voorkomt. Dat lijkt me niet zo vreemd. Ik bedoel, een kind weet dat de moderne mens vergadert, dus waarom niet de radiomens?'

Berend schoof Otto een kopie toe. 'Ik heb het over *deze* vergadering. Hier staat het. Kijk maar.'

Berend keek hem veelbetekenend aan.

'Léés het dan,' siste Willemijn Hoedjes.

'Ik vind het eng,' zei Mira Steur. 'Gisteravond las ik dat ik hier vandaag allerlei dingen zou zeggen. En nu zég ik ze verdomme ook. Het lijkt wel of die Waterland een paranormale tic heeft.'

'Kom op zeg,' zei Otto, 'Waterland is geen paragnost. Hij wil waarschijnlijk goochelen met werkelijkheid en verbeelding. Gewoon een kwestie van literaire etiquette. Moet je je verder niks van aantrekken, Mira. Doet de gemiddelde lezer ook niet.'

Otto verbaasde zichzelf. Hij had nooit gedacht nog eens te moeten schermen met 'de gemiddelde lezer'. Een béétje schrijver en zelfs exschrijver liet dat wel uit z'n hoofd. Maar hij had een geldig excuus. Hij streed tégen Waterland en dus vóór een goede zaak.

'Nee, maar wíj trekken ons er ontzéttend veel van aan!' riep Mira Steur uit. 'Hier, nu winden wij ons erover op dat we herkenbaar zijn geportretteerd. Maar in Waterlands roman winden wij ons er óók over op. Wat betekent dat? Het is intimiderend. Misschien zijn zij daar' – Mira wees naar haar stapel kopieën – 'wel degenen die het voor het zeggen hebben en zijn wij niet meer dan, dan...'

'Personages,' zei Berend berustend. Hij schonk zich een tweede kop koffie in en vroeg: 'Heb je dat fragment over die vergadering nou gelezen?'

'Ja, Otto. Lees het nou even.' Dat was Riekje. Ze wees naar het vel papier dat Otto nog steeds voor zich had liggen.

Met grote tegenzin stemde Otto toe. Hij haalde het vel papier naar zich toe alsof het een schimmig contract was dat hij maar beter niet kon ondertekenen.

'Waar staat het precies?' vroeg hij.

'Hier, hier staat het.' Berend wees een zin aan vóór het midden van de bladzijde.

Otto las wat Berend zei. Hier, hier staat het. Eén zin verder las hij dat hij las.

Daar, daar stond het.

Alsof hij zich eraan had gebrand schoof hij de kopie van zich af.

'Wat gebeurt er daarna?' Hij hoorde zijn stem onder zijn schedel zoemen. 'Blijft die hoofdfiguur bij Toonbeeld werken of niet?'

'De redactie gaat over tot een stemming,' antwoordde Berend. Hij toonde een raar, scheef glimlachje.

'En?'

'Er wordt besloten dat hij mag blijven.'

Otto knikte gelaten.

'Goed. Ik begrijp het.' Deze keer begreep hij het ook écht. Het betekende dat hij kon vertrekken. Berend en de anderen zouden er natuurlijk alles aan doen om niet de gebeurtenissen in *Het hart* te volgen. Otto kon er niet eens kwaad om zijn. Hij had zelfs wel begrip voor hun besluit. Een klakkeloze navolging van Wee's verhulde schotschrift zou te vernederend zijn. Toch wilde hij nu alles weten.

'Hoe eindigt het boek?' vroeg hij. 'Hoe loopt het af?' *Met mij*, had hij er bijna aan toegevoegd.

Voor het eerst die ochtend stelde hij een vraag waar niet afkeurend op werd gereageerd.

'Ik kan je geruststellen,' zei Riekje. 'Het slot heeft niets meer met ons te maken, althans, met ons van de redactie. Wij glijden als het ware het verhaal uit. Er wordt een of ander poenig feest gehouden, en in het voorlaatste hoofdstuk legt iemand een bom onder het verhaal.' Ze ging met haar duim langs de randen van het boek. 'Dat einde vond ik eerlijk gezegd niet zo sterk. Wat moet je nou met een bóm in een sleutelroman? Ik bedoel, ik had er niet echt iets mee.'

Ondanks alles slaakte Otto inwendig een juichkreet. Riekje had ergens *niet* iets mee! Zo had *Het hart t/m stad* dan tóch enig heilzaam effect.

'Jij vond alleen het einde zwak?' vroeg Mira aan Riekje. 'Voor mijn gevoel zakte het iets voorbij de helft al in.'

'Dan ben je nog mild,' vond Stan. 'Het begin is eigenlijk ook nogal slapjes. Slap en muf.'

Otto fronste onwillekeurig. Hij vroeg zich af of Waterland consequent was geweest en, als hij dan toch 'voorspellend' had geschreven, deze kritiek een plaats had gegeven. Hij zag hem er nog toe in staat ook. Je dekte je ermee in tegen spot en aanmerkingen van de literaire kritiek, al was het toch vooral een ingreep die meer van boerenslimheid getuigde dan van raffinement.

'Is die bommelding misschien een of andere metafoor?' vroeg Mira Steur hoopvol. 'Het lijkt op iets postmoderns. De roman die zichzelf opblaast, dat soort dingen.'

Godbeware, dacht Otto. Waterland die zich vergreep aan de beginselen en technieken van de serieuzere aspecten van het postmodernisme. Verbazingwekkend hoe snel een -isme tegenwoordig een zinkend cultuurgoed werd.

'Een roman die zich opblaast?' zei Stan, en zuchtte. 'Bullshit, hoe kóm je erbij? Alles moet zeker altijd metafoor en symbool zijn. Allemaal de schuld van tekstfetisjistische neerlandici en overijverige middelbare-schoolleraren. Die rusten niet voordat zij iedere roman, ieder gedicht hebben gereduceerd tot een labbekakkig cryptogram. Planten determineren met een ontbladeringsmiddel, dat is het.'

Otto knikte onwillekeurig. Dit viel hem van Stan mee. Hij had het zelf kunnen zeggen.

'Wie plaatst die bom eigenlijk?' vroeg hij.

'De schrijver,' antwoordde Riekje toen niemand anders iets zei.

'*Wat*?' Met een ruk keerde Otto zich naar Riekje. Er waren grenzen. Hij pikte veel, maar hij weigerde zich te laten portretteren als bommenlegger.

'Niet de hoofdfiguur,' zei Berend van der Molen sussend. 'Een ándere schrijver.'

'Wat nou, andere schrijver? Wíe dan?' Otto keek verwilderd in het rond.

'Zeg, dwalen we niet een beetje af?' merkte Willemijn Hoedjes op.

'We worden geacht te beslissen over Otto's ontslag. Ik denk dat hij nu wel begrijpt dat we niet meer met hem verder kunnen.'

'Dat is te zeggen...' Dat was Berend. 'Ik moet bekennen dat ik er toch iets anders over ben gaan denken. Ik ben geneigd Otto te geloven.'

Die opmerking sloeg in als de bom uit Waterlands voorlaatste hoofdstuk. Mira Steur zette grote ogen op. Willemijn Hoedjes maakte een soort blaffend geluidje.

'Wat krijgen we nou?' zei ze. 'Hebben we de hele ochtend voor niks vergaderd?'

'Het lijkt me fair tegenover Otto als we erover stemmen,' zei Berend. 'En dan kan het me nu even niets schelen dat er bij Waterland aan, zeg maar, gene zijde van het woord ook wordt gestemd. De vraag is simpel: willen wij Otto behouden als presentator? Geen mitsen en maren, het is vóór of tégen.'

Berend had een balpen uit de binnenzak van zijn colbert gehaald. Hij trok een gezicht als van een onkreukbare ambtenaar. Otto stelde zich voor dat Waterland ook deze details – die pen, de ambtstrouwe blik in Berends ogen – een plaats in *Het hart* had gegeven. Maar door dit te denken, door zich voor te stellen wat er wel en níet in het onboek van Wee stond, schreef hij er in zekere zin aan méé. Dat was wel het laatste wat hij wilde.

'Wie is vóór?'

Tot ieders verrassing stak Stan Kapteijn een hand op. Willemijn keek naar die hand alsof er een doordringende geur van af kwam gewalmd. Toen stak ook Berend zijn hand in de lucht. *Ah!* Otto voelde een bloesemende warmte in zijn middenrif. De mannen waren aan zijn kant. Hoopvol gluurde hij naar Riekje. Van Willemijn en Mira had hij natuurlijk niets te verwachten. Die vertrokken geen spier.

Er zat geen leven in de armen van Riekje. Berend liet zijn hand zakken. Riekje pakte een tissue uit haar tas.

Berend vroeg: 'Wie is tegen?'

De armen van Mira en Willemijn schoten omhoog. Beiden staarden indringend naar Riekje, die omstandig rommelde met het papieren zakdoekje dat ze voor haar neus en mond hield. Het wit van het zakdoekje accentueerde haar donkere ogen. Die ogen waren klein en flets.

'*Riek-je...*' Willemijn hield nog steeds haar hand opgestoken. Ze leek op een klaar-over. Riekje smoorde een kreet in de zakdoek. Als een fladderende loopvogel kwam ze uit haar stoel en verdween naar de gang. De deur viel met een klap in het slot.

Willemijn liet haar arm zakken.

'Ben je nou tevreden?' zei ze tegen Otto. 'Moet je zien hoe ze zich jouw wangedrag aantrekt. Maar goed, laat ik het maar zeggen: Riekje is ook tegen. Dat is dan twee tegen drie.'

'Dat wil ik toch even van Riekje zelf horen,' zei Berend. Hij wilde haar achternagaan, maar de stemgerechtigde was al weer teruggekeerd, al bleef ze met behuilde ogen in de deuropening staan.

'Het is goed. Ik stem vóór.'

'Riekje!' Willemijns stem schalde door het vertrek.

Otto klemde zijn lippen op elkaar. Onder tafel balde hij zijn vuisten.

Riekje stopte de tissue weg in de binnenzak van haar colbert. 'Ik verbind er wél een voorwaarde aan. Na vanmiddag hebben we het niet meer over Waterland en gaan we gewoon weer aan het werk. Het boek bestaat niet meer voor ons.'

'Wijzelf ook niet meer, wat mij betreft,' verzuchtte Willemijn. 'Jezus, wat een afgang.' Ze strekte haar benen en ging als een mokkende scholier onderuitzitten.

Aan haar gezicht te zien had Mira Steur een troef achter de hand.

'En hoe doen we dat dan met de Eurobank-prijs?' vroeg ze aan Riekje. 'De shortlist wordt vandaag of morgen bekendgemaakt. Daar zit Waterland natuurlijk bij. Traditiegetrouw nodigen wij de vijf genomineerden diezelfde week nog uit. Dat zal nu moeilijk gaan, hè?'

'Sorry hoor, Mira,' zei Otto, 'maar schrijven is geen Formule-1-race. Zó snel na verschijning van een roman kom je niet op een shortlist.'

Willemijn wierp hem een vernietigende blik toe.

'Mira heeft het over zijn vorige boek, *Morpheus voorbij*. Kwam vorig voorjaar uit. Maar zo ver gaat jouw belangstelling kennelijk niet terug.'

'Laten we redelijk blijven,' zei Berend, en maakte een pauselijk handgebaar. 'We schieten er niets mee op door elkaar te beledigen en beschuldigen. Als we dat blijven doen, dan kunnen we iedere vorm van *teamwork* verder wel vergeten.'

'Dat bén ik al vergeten,' zei Willemijn Hoedjes.

Berend negeerde die opmerking. Hij schoof zijn stoel aan. 'Ik stel een afkoelingsdag in. Mira, Willemijn, Riekje, jullie hoeven vanmiddag niet naar Hilversum. Geen bureauredactie vandaag. Morgen hebben we telefonisch contact en stellen Riekje en ik de gastenlijst voor de komende uitzending samen. Dat was het. De vergadering is gesloten.'

Berend leek niet te kunnen besluiten of hij na deze woorden moest opstaan of blijven zitten. Ook de anderen wisten zich geen houding te geven. Meteen weggaan kon natuurlijk niet, maar losjes napraten nog minder. Er hing een sfeer van strafregels en nablijven. Stan was de eerste die aanstalten maakte om te vertrekken. Otto nam een sandwich, zijn eerste. Toen Stan zijn jas pakte en iedereen groette, stond hij haastig op en deed hetzelfde, brood in de mond, tas in de hand.

Buiten bleken hun fietsen niet ver van elkaar af te staan. Ze maakten tegelijk hun beugelsloten los.

'Dankjewel dat je vóór stemde,' zei Otto.

Stan had een grote plastic tas bij zich die hij aan zijn pols liet bungelen. Daarin zaten de kopieën van *Het hart*. Otto wachtte tot Stan iets zou zeggen, maar dat gebeurde niet. Misschien was zijn bedankje ongepast, besefte hij. Maar hij had de behoefte om over het minireferendum te praten. Er was nog nooit over hem gestemd – tenminste, niet waar hij zelf bij was geweest.

'Na jou kwam ook Berend over de brug.'

Nu maakte Stan een snuivend geluid.

'Berend? Berend heeft een vergevingscomplex. Als Hitler zich niet van kant had gemaakt en na de oorlog op z'n überknietjes naar Nederland was komen kruipen om vergiffenis te vragen, dan had Berend als allereerste met z'n hand over z'n hart gestreken en hem een stageplaats bezorgd bij de PON.'

Misschien verwachtte Stan dat Otto hierom zou grinniken, maar dat gebeurde niet.

'En Riekje dan?' zei hij. 'Zij stemde óók voor.'

Stan trok een tweede beugelslot tussen de spaken van zijn fiets vandaan. 'Hou toch op! Heb jij je ogen in je zak? Ze hééft iets met jou. Wat weet ik niet. Dat wíl ik niet eens weten. Je bent voor haar Kind Otto, Neef Otto, Geval Otto, weetikveel, in ieder geval maak je de moeder én de tante én de sociaal werkster in haar los.'

'Jij denkt dus helemaal niet dat ik onschuldig ben,' concludeerde Otto. Hij overwoog rechtstreeks naar huis te gaan en zijn ontslagbrief te schrijven, stemmenwinst of niet.

Stan haalde zijn schouders op. 'Ik denk helemaal niets. Hoogstens dat ik in de toekomst nóg beter oppas wat ik tegen wie zeg.' Hij hing sloten en plastic tas aan zijn stuur.

'Waarom heb je dan vóór gestemd?' Otto verbeet zich over de amechtige, gekwelde toon waarop hij de vraag stelde.

Stan keek een tram na die langs kwam rijden. Hij wreef met één hand over zijn kaalgeschoren schedel. 'Jij denkt dat je een overwinning hebt behaald. Otto mag blijven, hoera, de victorie voor Vallei. Maar begrijp je dan niet dat ontslag veel beter was geweest? Ontslag was je kans op *the easy way out*. Je was van alles af geweest, om te beginnen van ons wantrouwen. En dát gun ik je niet. Ik wil gráág zien hoe jij het ervan afbrengt achter de microfoon. Hoe jij je eruit gaat redden.'

'Ik heb niets te verbergen. Waar zou ik me uit moeten redden?' Het was vlammend bedoeld maar het kwam er schaapachtig uit.

'Uit dit verhaal, slijmerd.' Stan gaf twee klapjes tegen de tas waar de kopieën in zaten. 'Je zegt dat het jouw verhaal is en ontkent dat het jouw verhaal is. Red je dáár maar eens uit.'

Otto zocht naar een vileine tegenwerping, die hij niet vond. Stan trok zijn interviewersgezicht.

'Zeg, in het grote boek van oom Waterland staat op een gegeven moment een geval van overspel. Hoe reageerde jouw vrouw daarop? Dáár ben ik nou benieuwd naar.'

Otto rechtte zijn rug. 'Dat is verleden tijd. Het is voorbij, ze heeft het plechtig gezworen.'

Stan zuchtte. 'Dat is háár affaire, daar heb ik het niet over. Ik bedoel overspel van die hoofdfiguur. Het levert een sappige seksscène op, dát moet ik toegeven. De enige in het boek. Wel wat weinig voor iemand als Waterland.'

'Jaja,' zei Otto. Zijn mond werd droog. 'Met wie dan?'

'Lul toch niet, man. Dat zal jij niet weten.'

'Ik wéét het niet,' zei Otto. Hij had ineens het gevoel dat hij werd begluurd. Hij draaide zich om en keek omhoog. Riekje, Mira en Willemijn stonden bij het raam van de vergaderzaal.

Stan hield smalend zijn hoofd schuin. 'Kom kom, Otto. Tweede deel, derde hoofdstuk. Ik heb het onthouden. Toneelbezoek, fobie, hoofdrolspeelster...'

Otto bekeek schielijk zijn hand.

'Juist,' zei Stan tevreden, en stapte op zijn fiets.

Snel stopte Otto zijn hand in zijn broekzak. Christel Vestdijk. Haar telefoonnummer op de rug van zijn rechterhand was inmiddels vervaagd tot wat blauwe vegen. Maar haar naam kwam hem wildwatervarend tegemoet.

Stan zwaaide naar de redactionele drievuldigheid achter het raam. Hij reed een eindje over het trottoir en sloeg voorbij het Amstel Hotel af in de richting van de Weesperzijde. Otto keek hem na, zijn hand nog steeds in zijn broekzak. Aarzelend draaide hij zich daarna opnieuw even om. Riekje, Mira en Willemijn waren verdwenen.

Hij moest drie grote damesfietsen verzetten om de zijne uit het rek te kunnen halen. Hij had haast; over een halfuur was de afspraak met Arnoud Zegel. Otto bereidde zich voor op een heftige confrontatie. Hij vermoedde steeds sterker dat Waterland dankzij Zegel aan zijn materiaal was gekomen.

Ja, Zegel was het lek.

Maar eerst dat overspel.

Bij de eerste telefooncel die hij tegenkwam stapte hij af en belde naar Christel Vestdijk. Het nummer op zijn hand mocht inmiddels goeddeels zijn verdwenen, hij had er de afgelopen nacht tijdens de ruzie met Karin zó vaak naar gegluurd dat hij het vanbuiten kende.

Hij kreeg haar meteen aan de lijn. Christel Vestdijk ging zo te horen bijna van haar stokje toen hij haar vertelde dat hij een betrekking bij de televisie voor haar had gevonden. Toen hij haar aanbood zijn assistent-presentatrice te worden, dreigde hij even last te krijgen van gewetensnood. Maar hij herstelde zich snel, feliciteerde haar met haar nieuwe baan en zei dat hij er graag met haar over wilde praten. Of ze tijd had. Vanavond al. Dat hád ze inderdaad, ze hoefde die avond niet met De Blauwe Schuit op pad. Otto stelde voor 's avonds te gaan eten in restaurant Legioen aan de Van Baerlestraat. Hij was er vaak langsgefietst. Er stonden regelmatig donkerblauwe en zwarte BMW's en Saabs zonder parkeerbonnetje of -vergunning geparkeerd. Die wagens kregen nooit een klem, terwijl de witte razziabusjes van Parkeerbeheer er ieder halfuur in slakkengang langskwamen. Legioen was echt een plek om over televisie en talkshows te praten, vond hij. Christel was het meteen met hem eens.

Hierna draaide Otto zijn eigen nummer. Karin was op dit uur van de dag op haar werk. Het antwoordapparaat klikte aan, en Otto hoorde zichzelf zeggen dat hij er niet was. Na de pieptoon sprak hij in dat hij 's avonds pas heel laat thuis zou zijn. Voor Chaos en Rumoer moest hij opnieuw ergens diep in de provincie een toneelvoorstelling bezoeken. Geen greintje schuldgevoel over die leugen. Als Karin erachter zou komen, kon hij het haar uitleggen. En ze zou hem begrijpen, zonder twijfel.

Met hernieuwde energie sprong Otto weer op zijn fiets. Strijdvaardig doorkruiste hij de binnenstad. Naar de hel met Waterland! Ideeënroof was één ding, portrettering in een roman een tweede – maar van hemzélf bleef vriend Wee af. Hij zou vanavond proberen om Christel te versieren, o zeker. En iedere uitkomst was hem welkom. Uit deze strijd kon hij alleen maar als overwinnaar tevoorschijn komen. Als zijn poging mislukte, had hij Stans verdachtmaking weersproken en bewezen dat hij niet andermans roman in was gezogen. Toegegeven, hij was misschien geen gewilde partij voor de dames, maar er was een kans dat Christel Vestdijk als een blok voor hem zou vallen. Dan eh, was hij dus inderdaad ontrouw, maar verdomd, onder zíjn voorwaarden en niet die van Wee in *Het hart.*

Tegenover Karin hoefde hij zich niet schuldig te voelen. In alle gevallen kon hij haar recht in de ogen kijken. Zijn vreemdgaan zou geen vreemdgaan zijn maar een noodzakelijk onderzoek naar andermans fictie.

De grens was bereikt. Tot hier en niet verder. Hij ging in verzet. Hij liet zich níet fictionaliseren!

8

Uitgevershuis Orakel stond in de steigers. Bouwvakkers in oranje overalls takelden houtwerk en grote pakken isolatiefolie naar boven. Op de tijdelijk opgeheven parkeerplaatsen tegenover het grachtenpand waren drie containers geplaatst, en bij de ingang stond een cementmolen die zó lang niet was gereinigd dat de slierten hardgeworden specie als stalactieten aan de slinger en de steunvoet hingen. De straat voor de deur van het pand was opgebroken, en Otto baande zich een weg over de haveloze houten vlonders die op het vrijgekomen modderige zand waren gelegd.

Hij ging naar binnen door een mist van opstuivend gruis. De balie bleek afgebroken, en ook enkele tussenmuren waren verdwenen. Yvette zat achter een provisorisch opgestelde tafel op schragen, die net aan ruimte bood voor een computer en een telefooncentrale. Otto zigzagde tussen stapels hardboardplaten en zei tegen haar dat hij werd verwacht door Arnoud Zegel.

Yvette tikte iets in op de computer.

'Vallei... O ja, hier staat het. Afspraak met m'neer Zegel om twee uur.' Ze keek op van het scherm. 'U bent hier al eens eerder geweest?'

Otto knikte gelaten. *Hoe was uw naam. Ook alweer.* Niets veranderde ooit; altijd zouden dezelfde vragen terugkeren. Sinds hij was gestopt met schrijven had hij er vrede mee. De meldtekst van zijn antwoordapparaat onthulde in kort bestek de essentiële informatie over Otto Vallei: hij was er niet. Herstel: hij was er wél, zij het om door anderen te worden vergeten.

'Ik heb hier drie boeken gepubliceerd.' Otto probeerde een licht verwijt in zijn stem te laten doorklinken, maar dat kwam niet aan bij Yvette.

'Mooi, dan hoef ik u niet uit te leggen waar meneer Zegels kantoor is. Wanneer bent u voor het laatst geweest?'

'Augustus vorig jaar.'

Nu sloeg zij haar armen over elkaar. 'Dat verandert de zaak. Meneer Zegel is sindsdien zeker drie keer verkast.'

Yvette wees in de richting van een voorheen afgesloten gang, aan het eind waarvan een bouwvakker op een ladder stond. Man en ladder waren gehuld in een paddestoelvormige stofwolk.

'U gaat aan het eind van de gang rechtsaf,' zei ze, 'achter langs die opengebroken spouwmuur. Dan via de tussentrap naar de eerste verdieping, voorbij de afdeling Correctie en dan neemt u de tweede deur rechts. Daar worden de oude kantoortjes van de afdeling Verkoop bij elkaar getrokken. U gaat rechtdoor naar het achtergedeelte en neemt via de grote bruine klapdeuren de doorsteek naar waar vroeger de afdeling Vormgeving zat. Nou, dáár is dus nu het kantoor van meneer Zegel, dat wil zeggen, in het linkergedeelte. Rechts zit de afdeling Pocketuitgaven. Daar moet u vooral niet binnengaan, want daar is een aanbiedingsvergadering bezig. Ik zal meneer Zegel even bellen om te zeggen dat u eraan komt.'

'Goed zo,' mompelde Otto. De hele routebeschrijving was langs hem heen gegaan. Yvette had nogal wat armgebaren gemaakt, en hij had zich de hele tijd verdiept in de twee delicate transpiratietoefjes in haar strakke truitje.

In het onttakelde gangen- en trappenstelsel van het grachtenpand moest hij zeker vijf keer de weg vragen voordat hij bij Zegels kamer wist te arriveren. Het was de enige plek in het pand waar het geluid van hak- en breekwerk niet was te horen. In plaats daarvan bonkte Zegels basstem over de gang.

De deur naar zijn kantoor stond op een kier. Otto stond besluiteloos met één voet op de drempel. Hij vroeg zich af met wie Zegel in gesprek was. Een twééde bezoeker kwam hem niet goed uit. Otto had een heel programma in zijn hoofd. Om te beginnen wilde hij erachter komen of Zegel inderdaad de informant van Waterland was geweest. Zegel zou ongetwijfeld niet gemakkelijk bekennen, maar Otto zou dóórvragen. Daarna zou hij zijn uitgever dringend verzoeken zich in het openbaar te distantiëren van de gossip in Wee's huisvlijtroman. En ten slotte zou hij de rechten op zijn drie titels terugeisen. Wég bij Orakel, wég bij de uitgever die zijn literaire én persoonlijke integriteit schond. Zegel moest het maar voelen: Waterland uitgeven? Dan was je Vallei kwijt! Otto had er alle vertrouwen in dat hij zijn titels moeiteloos bij een concurrerende uitgeverij kon onderbrengen. Hij had heruitgaven in een mooie, gebonden editie in gedachten. Nieuwe omslagen, eventueel een wervend buikbandje. Advertentiecampagne, signeersessies in boekhandels. Hij was inmiddels bekend van de radio, van een programma met dertigduizend luisteraars, dus die heruitgaven konden rekenen op veel lezers, in ieder geval méér dan hij ooit had gehad.

Nu hij het allemaal nog eens overdacht, ging Otto voortgestuwd door een springtij van adrenaline het kantoor binnen.

Arnoud Zegel was alleen. Hij stond voor het raam, de handen in de zij, en sprak luidkeels tegen zichzelf. Dit kantoor was dubbel zo groot als het vorige, met als onvermijdelijk gevolg dat Zegel dubbel zo klein leek. Otto overwoog stilletjes rechtsomkeert te maken. Oefende Zegel een speech? Reageerde hij een huwelijksruzie af? Toen ontdekte hij de kleine draadloze hoofdtelefoon op Zegels oren, met aan één kant voor zijn gezicht een afbuigend uitsteeksel waaraan een bolvormig microfoontje was bevestigd. Dit moest Zegels overtreffende trap van telefooncomfort zijn. Toch zag het er niet erg luxueus uit, die oordopjes plus microfoon. Jongens en meisjes achter de toonbanken van fastfoodrestaurants hadden soms van die dingen op hun hoofd. Op Zegels kale schedel deed het apparaat sterk denken aan gedateerde sciencefiction. Captain Kirk in uitgeversland.

'Twee minuten!' riep Zegel naar hem. Otto nam plaats in een stoel tegenover Zegels bureau maar vermeed het deze keer de boekenkasten te inspecteren op aanwezigheid van 'de drie Valleien'. Het was zaak nu vooral rust en daadkracht uit te stralen.

Je kon wel zien wat dit seizoen het 'speerpunt' van Orakel was: her en der in Zegels kantoor lagen exemplaren van *Het hart*. De roman was zó nadrukkelijk uitgestald – in stapels op de grond, en op allevier de hoeken van Zegels bureau – dat het leek alsof Waterland als derde persoon aanwezig was.

De twee minuten werden er tien. Otto keek onwillekeurig even op toen zijn uitgever van het Nederlands overschakelde op het Engels.

Zegel eindigde met een intern telefoongesprek met Yvette. 'Het komende kwartier wil ik niet gestoord worden. Dus even geen telefoontjes doorgeven, dank je.'

Otto hoorde het aan en trok zijn conclusies. Een kwartier. Méér tijd ruimde Zegel niet voor hem in. Een reden temeer om van uitgever te veranderen, ook al zou Zegel hem smeken te blijven.

'Een godsgeschenk, zo'n *headset*,' sprak Zegel toen hij de dopjes uit zijn oren had gehaald. 'Gewoon *handsfree* leverde toch vaak een mindere geluidskwaliteit op, maar met dit systeem bel je handenvrij én glashelder. Bovendien kun je éénorig maar ook in stereo bellen, *steto* of *pilot*.'

Zegel wilde zijn jubelende uiteenzetting voortzetten, maar Otto had een exemplaar van *Het hart* van tafel gepakt.

'Ik heb het gelezen. Een schandelijk portret. Ik begrijp niet hoe je dít kunt uitgeven.'

Otto legde het boek weer terug. Zijn hart bonkte zwaar in zijn keel. Het was geen sinecure om een uitgever als Zegel in de rede te vallen en hem een verwijt te maken. Maar Zegel schoof monter zijn stoel aan. Hij leunde ontspannen met één arm op zijn bureau.

'Dát vind ik nou fideel van je. Ik kan je zeggen dat je de zoveelste fondsauteur bent die zijn verontwaardiging uitspreekt. Dat doet me goed, Otto, dat mag je best weten. Iedereen weet dat ik het standpunt huldig dat de romanschrijver over tittel noch jota enige morele verantwoording hoeft af te leggen. Toen ik mijzelf geportretteerd zag in Eddy's nieuwste *everseller* moest ik dus consequent zijn. Eddy, hoe spits, scherp en briljant hij ook mag zijn, heeft mij om moeilijk te begrijpen redenen neergezet als een pathetische *Wichtigmacher* met een ongezonde telefoonverslaving, die sinds jaar en dag naast zijn bed alleen maar *The Oxford Book of Aphorisms* heeft liggen. Maar wat bleek? Alle redacteuren hier in huis, Wout voorop, alsmede een groot deel van de fondsauteurs zijn het erover eens dat dit onflatteuze beeld nauwelijks strookt met de werkelijkheid en dat zij héél andere, oneindig veel betere ervaringen met mij hebben. Ik ben oprecht vereerd dat jij je aansluit bij dit gezelschap van dierbaren.'

Otto voelde dat er in zijn gezicht niets, nog geen spier, wilde bewegen. Hij vroeg zich af hoe Zegel het voor elkaar kreeg hem zó radicaal verkeerd te begrijpen. Hij vermoedde een complot. Berend van der Molen en Arnoud Zegel hadden natuurlijk contact met elkaar gezocht. Ze hadden afgesproken dat ze zouden doen alsof ze zich in bepaalde personages hadden herkend, alleen maar om de aandacht af te leiden van het onrecht dat hém was aangedaan.

Maar hij gaf niet op.

'Ik dacht eigenlijk aan mezelf,' zei hij vlak. Toen Zegel hem niet-begrijpend aankeek, voegde hij eraan toe: 'Het schandaal is dat hij míj in dat boek portretteert.'

Als Zegel acteerde dat hij verbaasd was, dan deed hij dit naar Otto's waarneming bijzonder professioneel.

'Sta jij er óók in? En wie ben jij dan?'

Otto haalde diep adem. 'De hoofdfiguur.'

Het was ondanks alles een gedenkwaardige ervaring om Zegel naar woorden te zien zoeken. Achter de brillenglazen bewogen zijn blauwe ogen een paar keer snel heen en weer.

'Dat kun je niet menen,' zei hij uiteindelijk. 'Een halfjaar geleden zei je dat Waterland je ideeën zou exploiteren. Nu zeg je dat hij jouw persóón exploiteert.'

'Daar komt het op neer, ja,' antwoordde Otto. Het kwam er nogal bleu uit.

Zo te zien was dit werkelijk onverwacht nieuws voor Zegel. Maar ineens veranderde er iets in het benige gezicht van de uitgever. Hij vernauwde zijn ogen en tuitte kort zijn lippen.

'Otto, wees redelijk. Betrekkingswaan past je niet. Ik schat je hoger in. Is Eddy's autobiografische toets je dan ontgaan? Voor het eerst in zijn loopbaan is hij dicht bij zichzelf gebleven.'

Otto bewoog onwillig met zijn schouders. Waterland die dicht bij zichzelf bleef? Dat moest dan dicht bij een hologram zijn, in het hart waarvan zich een lege spiegel bevond. Maar hij zag af van iedere discussie met zijn uitgever. Hij voelde niets voor een herhaling van het pijnlijke gesprek van die ochtend. Ook zijn verdenkingen besloot hij vóór zich te houden. Zegel zou toch niet bekennen. Wél wilde hij beginnen over zijn drie titels. Zijn boeken terug, en snel!

'Hoe staat het eigenlijk met de verkoop van *Oud zeer*?' Hij wilde het voorzichtig brengen. 'Heb je wat actuele cijfers? Ook van *Zilverdraad* en *Bastion van onschuld* graag. Ik mag dan gestopt zijn met schrijven, maar ik voel me nog steeds betrokken bij alles wat ik heb gepubliceerd.'

Zegel keek ineens nogal zorgelijk. Hij wreef met twee vingers over zijn neus. 'Goed dat je erover begint. Ik wil je hier graag iets over vertellen. Maar dan roep ik Wout er nog even bij.' Opnieuw greep Zegel naar de telefoon, deze keer een 'gewoon' toestel.

'Wout! Kun je even komen? Otto Vallei is ten burele.'

Hierna gebeurde er iets wat waarschijnlijk zelden voorkwam in zijn kantoor: er viel een stilte. Otto voelde zich meteen extra ongemakkelijk. Ooit had Wout Rookershoofd in een moment van openhartigheid tegen hem gezegd dat Arnoud Zegel alleen maar wist hoe je tégen en niet mét iemand moest praten. Sindsdien was Otto daar tijdens zijn schaarse ontmoetingen met zijn uitgever op gaan letten. En inmiddels kon hij het beamen: zolang Zegel met zijn basstem het gesprek monopoliseerde, besefte je niet hoeveel afstand hij tot iedereen hield. Maar zo gauw er een onvoorziene stilte viel, werden de verhoudingen pijnlijk duidelijk. Zegels woorden vormden een burcht waarin de spreker zich schuilhield. Als die woorden even niet wilden komen, ging de ophaalbrug omhoog en stond jij met koude voeten in de vestinggracht.

Ergens in het pand lieten de bouwvakkers van zich horen. Er klonk een daverende klap, gevolgd door gebrul en gevloek.

'De mannen leveren geen half werk, zo te horen,' merkte Otto op. Het was een dooddoener, maar hij was opgelucht dat er tenminste íets viel te zeggen.

Zegel ging er gretig op in.

'Een kind ziet dat er hier in huis broodnodig moet worden verbouwd,' zei hij, en trok een la van zijn bureau open waar hij een papierrol uit tevoorschijn haalde.

Zegel vouwde met snelle gebaren de rol uit. Het was een bouwtekening. 'Deze renovatie kost meer dan vier ton. Je zult het met me eens zijn, Otto, het hóórt niet dat een uitgever van prachtboeken resideert in een veredelde paardenstal. Dat moet beter, dat moet mooier. Wat voor vreugde schenkt een GSM-toestel of *headset* als je gedwongen bent om te overleven in een half stukgewaaide plaggenhut?'

Otto had nooit één mankement in het kapitale grachtenpand ontdekt. Vier ton. Met dat bedrag kon je heel wat boeken uitgeven.

'Orakel moet ruim bij kas zitten als het deze renovatie kan bekostigen,' concludeerde hij.

Vossenblik van Zegel; zijn uitgever probeerde zich nu vermoedelijk het aantal keren te herinneren dat hij zich tegenover Otto had beroepen op financiële nood. Geen budget voor advertenties, promotieposters, presentexemplaren – Otto had het Zegel regelmatig horen verkondigen. Maar vierhonderdduizend gulden voor het pleisteren van een paar muurtjes was kennelijk geen enkel probleem.

Wout Rookershoofd kwam binnen met onder zijn arm een pak computerpapier en legde het op het bureau van Zegel.

'Aaah, Otto! Jij hebt je stek gevonden!' Wout hengelde nu met zijn hand aan Otto's arm. 'De radio is jouw fort, dat is wel duidelijk. Ik hoor allerlei enthousiaste verhalen van onze auteurs die bij jou te gast zijn geweest. Jouw interviews zijn berucht. Berucht!'

Otto sloeg zijn ogen neer. Het was het beste om te doen alsof hij zich gevleid voelde. In werkelijkheid vonkten er onrust en achterdocht.

Wout had een stoel gepakt en ging naast Otto zitten. Hij sloeg zijn ene been zó ferm over het andere dat zijn stoel een schokje maakte over de parketvloer.

'Wat verschaft ons de eer, Otto? Zit je verlegen om onderwerpen of gasten voor je radioshow? Ik heb altijd wel wat tips voor je, dat weet je.'

Ondanks zijn grimmige stemming voelde Otto een glimlach opkomen. 'Dank je voor het aanbod. Maar gasten en items hebben we meer dan genoeg. Sinds ik bij Chaos en Rumoer werk, is het me duidelijk geworden hoe ongelooflijk veel schrijvers en kunstenaars er in dit land zijn. Het wemelt ervan.'

Dit raakte een snaar bij Zegel.

'Helemaal mee eens, Otto. We komen óm in de kunstzinnige types. Kunst is heilig, akkoord, maar wie heeft ooit gezegd dat we daarom hele horden cultuurevangelisten moeten accepteren? Het behoort tot de nationale folklore om te beweren dat Nederland lijdt aan een toenemende cultuurverarming en -verschraling. Maar Otto, jij en ik weten dat die klachten deel uitmaken van een wijdvertakte samenzwering met als doel een langzame bedelving van stad en land door een pap van culturele bedrijvigheid.'

Zegel stond op uit zijn stoel, spreidde zijn armen en nam een houding aan alsof hij overspoeld dreigde te worden door een golf zeewater.

'In *overdonderende* aantallen komen ze op je af gemarcheerd, de kunstenaars, musici, schrijvers, dansers, acteurs en wie al niet. En er is geen houden aan. Schouwburgen bezwijken onder het aanbod van driftig rondtrekkende toneelgezelschappen, steden slibben dicht door galeries en kunstopleidingen, wij als uitgevers pompen telkens méér titels de boekhandels in, kunstacademies braken hun afgestudeerden uit en het hele jaar door worden wij, argeloze consumenten die in de waan verkeren het allemaal te moeten bijhouden, getergd door een lawine van biënnales, festivals, prijsuitreikingen, concerten, uitmarkten, megatentoonstellingen, lezingenreeksen, marathonmanifestaties, Nachten van de enzovoorts. Het houdt nooit op.'

'Tssssss.' Wout speelde weer even voor leeglopende fietsband.

Otto schudde plichtmatig het hoofd. Verbeeldde hij het zich of klonken Zegels woorden alsof hij een goed voorbereide tekst afdraaide?

Zegel liep nu heen en weer achter zijn bureau, als een grootindustrieel. 'Vooral de randstad moet het ontgelden. Niet de wegopbrekingen of de hondenpoep maar de cultuurhysterie is het virus dat vreet aan de fundamenten van de grote steden. Raadselachtig genoeg is niemand ooit te beroerd om een stevig potje te klagen over stront op de stoep of brullende kraanwagens in de straat, maar de wals van culturele pretentie komt sluipenderwijs naderbij zonder dat iemand het benul heeft om ertegen in het geweer te komen. Ja, héél af en toe wil een doodonschuldige ziel die toevallig gevrijwaard is gebleven van de dwang tot culturele belangstelling in een moment van roekeloosheid nog wel eens uitroepen dat je "er de gracht mee kan dempen", met de kunstenaars. Zo'n arme drommel wordt dan vol weerzin en met de januskop van de cultuurpolitieke correctheid weggezet als barbaar en reactionair.'

Met een getergde zucht ging Zegel weer zitten. Hij leunde achterover in zijn verstelbare kantoorstoel en trok een heb-ik-gelijk-of-niet-gezicht. Wout Rookershoofd was opgestaan en naar het raam gelopen. Met een benauwd gezicht keek hij naar buiten, alsof de door Zegel genoemde horden beneden aan de gracht te hoop waren gelopen.

Zegel had zijn stoel aangeschoven. 'Zeg nou zelf, Otto, dat huiveringwekkend bedoelde beeld van die gedempte stadsgrachten is nog rooskleurig in vergelijking met de reële situatie. De werkelijkheid heeft de onheilsprofetie ingehaald. Tegenwoordig kun je niet alleen de grachten maar ook het halve IJsselmeer droogleggen als je alle kunstenaars van dit land te water zou laten. Die culturele overwoekering is misschien nog het beste te vergelijken met het almaar groeiende gat in de ozonlaag, want dat valt ook nauwelijks tegen te gaan. Over ozonlaag gesproken: is het geen mooie oplossing om al die culturele types bijeen te drijven in gigantische ruimteveren en ze af te schieten richting stratosfeer om dat verdomde gat daar te dichten? Als het politiek niet haalbaar is, dan toch tenminste bij wijze van *performance*, zoals ze dat in die branche zijn gaan noemen.' Bij het uitspreken van het woord *performance* trok Zegel het bijbehorende vieze gezicht. 'De *Reichstag* viel toch ook in te pakken? Waarom zou je dan geen levend ruimteschild kunnen maken? Bijkomend voordeel is dat Nederland zich in internationaal opzicht dan eens van een goeie kant laat zien.'

Zegel had een sigaret opgestoken. Bij het raam was Wout geheel stilgevallen. Ook Otto deed er het zwijgen toe. Hij had een indringende déjà-vu-ervaring. Dit deed griezelig veel denken aan een redactievergadering van Chaos en Rumoer. Hij werd voorbereid op iets rampzaligs. Maar wat kon dat zijn? Hij was tenslotte schrijver áf, de banden met Orakel waren vrijwel verbroken.

'Ik probeer er ook zo min mogelijk aan te denken, aan die waanzinnige overvoering van de markt,' bekende Zegel. 'Maar je móet er wel bij stilstaan. Wat dacht je alleen al van de literaire debuten die ieder jaar op de markt worden gesmeten? Er verschijnen er bijna veertig per jaar. Veertig! Kijk, er zijn in ons land misschien tweehonderd schrijvers van enig belang, en dat is dan een buitengewoon royale schatting. Dan is het statistisch gezien onmogelijk dat er zich jaarlijks veertig nieuwelingen bij die tweehonderd voegen. Na vijf jaar zou het aantal schrijvers in dit land zijn verdubbeld. Kán gewoon niet. Maar ik beken: wij uitgevers doen mee aan de cultuur van overvoering, in de hoop dat zich tussen de tientallen kneusjes per ongeluk die ene glimdiamant bevindt. Het is pure kansberekening. En dan doet Orakel het nog netjes in vergelijking met al die zeerovers van de concurrentie. Die gooien de eerste de beste vijfentwintigjarige blondine op de markt die toevallig op de juiste plaats een komma kan zetten in een zin waar voor de rest de honden geen brood van lusten.

Nee, wij van Orakel zijn in dat opzicht de laatste der mohikanen, met ons criterium van kwaliteit. Maar Orakel is geen eiland. We kunnen onze ogen niet sluiten voor de turbulenties van de markt. We worden gedwongen tot het méeproduceren van bergen nieuwe titels. Méédoen aan de *rat race*. Méé in de maalstroom van hype en dolgedraaide omloopsnelheden.'

'Méeproduceren,' echode Wout amechtig bij het raam, alsof hij altijd in eigen persoon aan de persen stond. Vreemd genoeg keek Wout er nogal dromerig bij; Zegels cultuurpessimisme leek een hypnotiserende uitwerking op hem te hebben.

Otto vreesde dat Zegels requisitoir zijn ontknoping naderde. Hij wilde het liefst opspringen en wegrennen.

'Wat moeten we met onze zorgvuldig samengestelde backlist?' In vertwijfeling hief Zegel zijn armen. 'Wat gebeurt er met de prachtuitgaven van een paar jaar geleden die wij met geen mogelijkheid meer in de boekhandel kwijt kunnen vanwege de enorme lading nieuwe titels? Niemand ontspringt de dans, Otto. Zeker nu je bij de radio werkt en al die schrijvers ziet passeren, zul je het met me eens zijn dat bepaalde titels, hoe droevig dat ook is, gewoonweg uit de markt worden gedrukt.'

Zegel kuchte even achter zijn hand. Hij drukte zijn sigaret uit. Alsof dit een teken was, kwam Wout bij het raam vandaan en ging weer naast Otto zitten.

Zegel wees naar de stapel computerpapier. 'Wout, jij kunt ons meer vertellen over die weggedrukte titels. Als jij nu even de verkooplijsten aan Otto laat zien.'

Wout had de bulk papier al van het bureau gepakt. Hij ging met een wijsvinger langs rijen minuscule cijfers.

Zegel leek plotseling alle aandacht te hebben verloren. Hij verdiepte zich in het mechaniekje van een nietmachine.

'Kijk, hier staat het,' zei Wout.

Otto zag zijn naam staan, alsmede zijn drie titels. Tot zijn tevredenheid stonden er indrukwekkende getallen achter iedere boektitel.

'Een mooie toename,' concludeerde hij. 'Dat is natuurlijk het effect van mijn werk bij Chaos. Het publiek kent me inmiddels van de radio.'

Wout keek met bange blik opzij. 'Je kijkt nu naar de kolom van exemplaren die nog in voorraad zijn.'

'O?' Otto voelde zijn wangen prikken.

'Dit hier zijn de verkoopcijfers.' Met een balpen omcirkelde Wout een kolom.

14.

27.

11.

Otto knikte gelaten. Dat was, nou ja – dat was niet veel. Maar het was ook nooit veel gewéést, dat troostte hem.

'Dat is altijd zo'n beetje m'n maandgemiddelde geweest.' Hij probeerde het laconiek te zeggen.

'Dit is geen maandoverzicht. Dit zijn de jaarcijfers.' Wout fluisterde bijna.

Zegel had de nietmachine weggelegd. 'Het gaat in tegen alle principes van Orakel, maar we moeten gaan denken aan een goedkopere aanbieding.'

'Je bedoelt een pocketuitgave,' begreep Otto, die dat niet eens zo'n slecht idee vond. Het was een handige manier om een boek dat een sluimerend leven leidde voor een tweede keer onder de aandacht van het publiek te brengen. 'Hoe liggen de royalties van zo'n pocket?'

Uitgever en redacteur wisselden een blik.

'Wij dachten meer aan een directe prijsreductie.' Zegel articuleerde alsof hij een persconferentie gaf.

Scherp suizend daalde de guillotine. Otto wist niet van wiens ogen hij gebruikmaakte, maar hij zag zijn eigen hoofd over de grond rollen.

'Je bedoelt ramsj,' zei hij hees.

Zegel zuchtte invoelend. Hij knikte, zette zijn bril af en wreef zich zorgelijk in de ogen.

Otto's hoofd rolde uit het zicht. Ergens buiten beeld gaf iemand er nu waarschijnlijk een harde trap tegen. Hij voelde tenminste een rauwe pijnscheut.

'De hele oplage?' vroeg hij. Hij kon het gewoon niet geloven.

'Ik ben bang van wel.' Rouwtimbre van Zegel. Hij had zijn bril weer opgezet.

'Wat wordt de prijs?' Otto wilde nu alles weten. Hij vroeg zich af of hij al die boeken niet beter zélf kon opkopen. Alles beter dan mensonterende verramsjing.

'Zeven gulden negentig per titel.'

Nu hapte Otto naar adem. Acht gulden! Voor die prijs lag alleen de absolute onderkaste van de literatuur te koop, in tl-verlichte magazijnwinkels waar je vooral tuingidsen, porno-omnibussen en hardgekafte albums over oorlogsvliegtuigen kon vinden.

'Gaat het om de hele oplage?' vroeg hij voor alle zekerheid. 'Ben ik daarna niet meer leverbaar?'

Uitgever en redacteur gaven geen antwoord. Ze keken hem alleen maar aan, en Otto wist genoeg. Met wazige ogen staarde hij voor zich uit.

De telefoon ging, en Zegel greep naar zijn oordoppen. Wout Rookershoofd vouwde het computerpapier op met een gezicht alsof hij een overlijdensakte had opgesteld. In zekere zin was dat natuurlijk ook zo, bedacht Otto. Zijn boeken waren doodverklaard en zouden worden 'geruimd'. Decimeren die boel. Eliminatie. Alle uitgevers waren zwijnen. Alle redacteuren ook. En de lezers. En de niet-lezers. En vergeet de schrijvers niet. Het leek op de groeten doen voor de radio. *Plus natuurlijk iedereen die ik ben vergeten.*

Terwijl Otto zich overgaf aan diep doorvoelde misantropie, voerde Zegel een voor zijn doen ongewoon telefoongesprek. Hij sprak nauwelijks en zei alleen maar 'ja' en 'goh!'. Er werd hem vast goed nieuws verteld, want van pure opwinding begon hij met zijn stoel te schuiven. Hij onderdrukte, waarschijnlijk uit piëteit met Otto, een al te opgetogen reactie. Maar toen hij de hoofdtelefoon afzette, lukte het hem maar moeilijk zijn opwinding te verbergen.

'Dat was, eh, de PON-televisie met een bijzondere mededeling.' Hij wendde zich tot Wout en zei: 'Ik vertel het je zo dadelijk wel.'

Otto begreep het; hij werd geacht op te stappen. Over de verkoop van zijn titels aan een concurrerende uitgever hoefde hij niet meer te beginnen. Niemand was geïnteresseerd in de rechten op verramsjte boeken.

Hij pakte zijn jas en tas. Zegel begeleidde hem naar de deur.

'Het is nooit prettig om een auteur te moeten inlichten over prijsreductie,' zei hij. 'Maar vergeet niet dat, ondanks alle kreten over het tegendeel, het woord eeuwig is, óók het jouwe. Verkoopcijfers doen in essentie niet terzake. Jouw boeken zíjn er. En jouw boeken blijven.'

Otto wenste vurig dat Zegel zijn mond hield. Ramsj was tot daaraan toe, maar zalvende praatjes waren hem te veel.

Hij vermeed het om handen te schudden. Tegen iedere prijs wilde hij contact tussen zijn natte ramsjhand en de kille winstklauw van Zegel voorkomen. Otto mompelde een afscheidsgroet en maakte zich uit de voeten.

Terug ging sneller dan heen. Hij verdwaalde niet één keer en volgde eenvoudig het spoor van steeds verkalkter rakende gangen. In zijn haast het pand te verlaten begon hij bijna te rennen. Pas in de ontmantelde balieruimte hield hij halt. De kalkmist was dikker geworden. Yvette had zelfs een wit mondkapje omgedaan, alsof ze een ziekenboeg bemande. Otto liep op haar toe door sluiers van stof en gruis. Voorzichtig zette hij zijn tas op de grond. Hij wilde weten wat het telefoontje van de PON aan Arnoud Zegel te betekenen had gehad. Misschien was het wel Berend van der Molen geweest, die Otto's gangen naging. Opnieuw overdacht hij de mogelijkheden van een complot. Op één en dezelfde dag hadden ze geprobeerd hem te lozen bij Chaos en Rumoer en werden zijn boeken in de uitverkoop geflikkerd.

Otto besloot tegen Yvette te bluffen. 'Ik was zonet bij de heer Zegel. Ik ving iets op van het telefoontje van de PON met eh, de bijzondere mededeling. Nu vraag ik me af: mag ik het al doorvertellen of moet het geheim blijven?'

Het kind trapte er meteen in.

'Geheim, natuurlijk! Dat wil zeggen, tot vanavond acht uur. Daarna weet iedereen het.' Haar stem klonk dof van achter het mondkapje.

'Hoezo acht uur?' Otto sprak binnensmonds om te vermijden dat hij stof binnen zou krijgen.

Yvette ging er eens goed voor zitten. 'Nou, de shortlist van de Eurobank-prijs wordt officieel pas vanavond om acht uur bekendgemaakt, maar de PON belt ieder jaar 's middags de uitgevers op van de genomineerde auteurs. Dus kan m'neer Zegel zelf het goeie nieuws aan Eddy vertellen, en dan is Eddy een beetje voorbereid als de mensen van het Acht Uur Journaal vanavond met camera's en al voor z'n deur staan en hem vertellen dat hij genomineerd is. Dan spelen die schrijvers altijd dat ze verrast zijn hè. En daarna gaat ie meteen per omroeptaxi naar Hilversum en is ie te gast in vier actualiteitenrubrieken en twee talkshows. Maar dat is vanavond pas, dus tot die tijd moet het wel geheim blijven.'

'Absoluut,' zei Otto. Dat kon hij makkelijk zeggen, want aan wie zou hij dit nieuws moeten doorvertellen?

Hij had een hand voor zijn mond gehouden terwijl hij zijn loze belofte deed, maar toch was er stof naar binnen gekringeld. Hij hoestte, vloekte en dacht na. Het contrast met zijn 'spookschrijver' werd bijna obsceen. De één in de race voor een prijs van een ton, de ander op de drempel van ontslag, verramsjing en bankroet.

Twee bouwvakkers kwamen de balieruimte binnen. Eén had een rol isolatieschuim bij zich, de ander duwde een steekwagen waarop vijf of zes zakken pleistergips waren gestapeld. Of het kwam doordat hij op het laatste moment voor de steekwagen langs naar buiten wilde lopen, wist Otto niet precies, maar de bouwvakker trok met een onbeheerst gebaar aan het handvat, waardoor de wagen een zwenking maakte en er twee gipszakken van de stapel gleden, die met een suf plofje op de grond vielen. Een van de zakken scheurde open, en in een oogwenk wolkte het gips uit over de balieruimte. De mist werd een sneeuwhoos, Otto zag geen hand meer voor ogen. Hij hoorde dat Yvette de slappe lach kreeg. De bouwvakkers waren minder geamuseerd en slaakten kreten met veel tyfus en kanker erin. Otto, van top tot teen witbepoederd, schuifelde op de tast naar buiten.

Voor de deur van Orakel sloeg hij zijn kleren af. Oud gruis, nieuw gips. Hij snoot zijn neus, rochelde stevig en spoog een paar kalkfluimen uit. Op de steigers begonnen de oranje pakken te joelen. Voorbijgangers wezen naar hem en lachten. Otto reageerde er niet op. Waarom zou hij? Stof was hij.

9

'Ik hoef alleen maar een klein voorgerecht,' zei Christel Vestdijk, en legde de menukaart weg. 'Ik neem de bouillon. Of anders de salade Niçoise. Ik ben niet zo'n eter.'

Otto knikte begripvol en schonk haar glas bij. Het anorexiamenu. Christel Vestdijk en hij zaten in restaurant Legioen, aan een tweepersoonstafeltje achter in de zaak, Otto in kleding die hij na veel vegen en afslaan gipsvrij had weten te maken en Christel in een glanzende leren broek en een strak om haar lichaam vallend overhemd met jarenzestig-bloemmotief. Besluiteloos wierp hij een blik op de kaart. Een reden waarom hij zelden naar restaurants ging was zijn onvermogen een keuze te maken. Maar nu Christel Vestdijk tegenover hem zat, was hij nauwelijks in staat om de lijst met gerechten zelfs maar te *lezen*. Aan het begin van hun afspraak was Christel nog enigszins op haar hoede geweest, maar na twee glazen port aan de bar en nog voordat hun een tafel was gewezen, was haar stemming omgeslagen en was ze 'dolenthousiast' geraakt over Otto's voorstellen en ideeën – allerlei vage toezeggingen die hij ter plekke had verzonnen en ook direct weer was vergeten. Zélf had hij in een vlaag van achterdocht even gedacht dat zij het gesprek wilde tapen, maar het apparaatje dat ze naast zich op de bar had gelegd was geen minicassetterecorder maar een *buzzer*. Het werkte niet bepaald in zijn voordeel dat hij niet bleek te weten wat dat is.

Tot overmaat van ramp was het ding nog afgegaan ook. Onaangenaam geluidje. Het was haar agent. Otto had er geen moment bij stilgestaan dat ze wel eens een agent kon hebben. Het beviel hem helemaal niet. Zo'n type zou vast naar de PON bellen en om informatie vragen over Otto's niet-bestaande talkshow. Als hij niet tijdens het eten al door de mand zou vallen, dan toch over een paar dagen. Het was nog zacht uitgedrukt dat hij zich had verstrikt in leugens; hij zat gewoon *gekneveld* in zijn stoel. En dat allemaal om de wereld en zichzelf te bewijzen dat hij zelfstandig, onafhankelijk, uniek, onverwisselbaar – kortom: dat hij géén marionet van Waterland was...

In het uur voorafgaand aan hun afspraak had hij in een koffiehuis in de Spuistraat het hoofdstuk van *Het hart* gelezen waarin de hoofdfiguur zijn vrouw bedriegt, en die affaire bleek – het kwam voor Otto al niet meer als een verrassing – te ontluiken tijdens een diner in een restaurant aan, jawel, de Van Baerlestraat. *Hear hear.* Alleen de namen in *Het hart* waren anders. Christel was Renate (slechte naam, vond Otto) en Legioen heette Catullus of Lucullus, de precieze naam was hem ontschoten. Maar voor het overige was alles hetzelfde, tot Christels kleding en haardracht aan toe. Ook bij Waterland droeg zij een neopsychedelisch overhemd en een leren broek.

Achteraf gezien had Otto veel begrip voor Mira Steur, die tijdens de vergadering had uitgeroepen dat het allemaal zo 'eng' was, Waterlands hyperrealistische vooruitblikken. Misschien had Mira wel gelijk en droeg Waterlands triefel sporen van paragnosie, spiritisme en aanverwante occulte fratsen. Die gedachte vervulde hem met groot onbehagen. Onwillekeurig stelde hij zich Waterland voor met een op Otto gelijkende pop in zijn handen, klaar om met een maximum aan zwarte magie allerlei naalden op heel vervelende plaatsen te prikken. Zijn rug bijvoorbeeld. Otto was voor alle zekerheid goed rechtop gaan zitten, zodat hij de vlammende pijn adequaat kon opvangen. Het leek hem verstandig om met alles rekening te houden.

Hij had zichzelf gesust met het idee dat er ook genoeg verschillen waren. Zo bestelde de ikfiguur in *Het hart* een fles dure Chianti di Coltibuono uit '85 om zijn tafelgenote te imponeren. Maar aan die gekkigheid deed Otto mooi niet mee. Hij had gewoon de huiswijn gekozen, die was al prijzig genoeg.

Nog steeds hield hij de menukaart als een schild voor zijn gezicht. Christel had al een tijd niets gezegd. Misschien was ze wel stilletjes opgestaan en weggelopen. Otto bedacht dat hij dat niet eens vervelend zou vinden. Langzaam liet hij de kaart een stukje dalen. Ze zat er nog. Ze glimlachte zelfs naar hem. Otto probeerde te glimlachen maar bracht het niet verder dan een grimas. Haastig bracht hij de kaart terug tot ooghoogte. Zijn blik bleef haken aan een gerecht dat hij niet wilde maar waarvan hij voelde dat een stem die niet de zijne was het namens hem zou gaan bestellen. Was misschien ook wel goed. Hij verdiende het om hier met lange tanden te eten. Dat was een passende boetedoening voor dit stiekeme gedoe.

De serveerster kwam bij hun tafel. Christel gaf haar bestelling op. Ze koos de salade.

'Als hoofdgerecht, graag.'

'Goed zo. En meneer?'

De serveerster tikte ritmisch met haar pen tegen het notitieblokje. Otto duwde zachtjes zijn knieën tegen elkaar. Het getik gaf hem het gevoel dat er dwingend tegen de poten van zijn stoel werd geschopt. Met een zucht gaf hij de kaart uiteindelijk aan haar terug en vroeg: 'Wat is de dagschotel?'

Vanuit zijn ooghoeken zag hij dat Christel ineenkromp, wat hem allerminst beviel. Wat was er mis met dagmenu's? Of deden ze daar in dit soort *posh* tenten niet aan?

De serveerster fixeerde haar blik op de lamp boven de tafel en begon iets op te dreunen. Otto slaagde er niet in te luisteren. Toen ze klaar was met haar verhaal, zei hij: 'Goed. Dat neem ik dus niet.' En hij bestelde het gerecht van de menukaart.

'En graag nog een tweede fles huiswijn,' zei Christel Vestdijk snel. Die bestelling vond Otto wel pikant. Ze at misschien weinig, maar ze zoop als een schrijver. Zo was ze waarschijnlijk opgevoed.

Toen de serveerster was vertrokken, kwam Christel Vestdijk terzake.

'Dus als ik het goed begrijp bent u de centrale presentator en ga ik de presentatie verzorgen van een aantal items.'

Otto vond het mooi klinken, centrale presentator.

'Dat vat je heel goed samen,' zei hij.

Christel vouwde haar servet uit. Met een ernstig gezicht veegde ze haar bestek schoon.

'Begrijp me goed, hoor, ik vind het fantastisch dat ik dit aanbod zomaar krijg, en ik ben ook heel blij en zo, maar is mijn inbreng dan niet een beetje bescheiden? Wilt u nog?'

Ze had de wijnfles al in handen, maar Otto legde een hand op zijn glas.

'Nee, dank je. En wil je alsjeblieft jij zeggen?' Dit laatste had hij haar al twee keer eerder gevraagd. Inmiddels klonk het bijna smekend. Als dit zo doorging, kwam er niet veel terecht van die seksscène die Waterland hem in het vooruitzicht had gesteld. Hoewel: tegenwoordig schenen ze tot alles in staat te zijn, de meiden van rond de achttien. Het ene ogenblik zeiden ze nog u en meneer tegen je, en nauwelijks een halfuur later legden ze met bloedstollende accuratesse een hand op je geslacht en werd er allerlei doortastend veldwerk van je verwacht. Dit soort spectaculaire berichten over de hedendaagse seksuele etiquette bereikte hem tenminste via de haastklusromans van de jongste generatie letterknechten. Blijkbaar raasde er een niet te beteugelen bronst door alle geledingen van de samenleving.

Desondanks kwamen de hitsigheden die het gewraakte hoofdstuk van *Het hart* voor hem in petto had volkomen ongeloofwaardig over. Om te beginnen zouden ze in Christels woning belanden. Nou, dát zag Otto niet zo een twee drie gebeuren, laat staan dat Christel hem de vraag zou stellen die haar in de mond was gelegd. *Wil je neuken?* Waarna Waterland op de proppen kwam met zo'n halfliteraire scène waarin de seks geen seks meer was maar ingewikkelde acrobatiek, en waarin alles altijd strak, nat, heet, groot, diep, zacht, hard, zwaar, rond, nauw en dit liefst allemaal tegelijk was.

Wil je neuken? Waterland liet het haar zeggen op een toon alsof ze om een vuurtje vroeg. Otto vond het bespottelijk. Het was goedkoop en grotesk tegelijk. Niet dat hij niet zou wíllen. Tuurlijk wilde hij wel. Maar het zat er niet in, en daar was hij niet bepaald rouwig om, want het was een opsteker dat Waterland er faliekant náást zat met die bijna ouderwets expliciete seksscène. Christel zond nauwelijks enig suggestief signaal in zijn richting. Was dat erg? Dat was niet erg. Het lag niet aan hem, hij was charmant genoeg deze avond. Nee, als er hier iemand faalde, dan was het wel de zich overschreeuwende romanschrijver Wee.

Terwijl Otto zichzelf feliciteerde met de ontdekking dat de streng tussen hemzelf en de vermaledijde romanfiguur was doorgeknipt, was Christel nog steeds aan het broeden op de televisieplannen.

'Ik denk tóch dat ik het even met Ricardo moet bespreken,' zei ze. 'Als ik het zo hoor is mijn rol in de talkshow best wel aan de kleine kant. En dat kan een verkeerde carrièrestap zijn.'

'Je agent heet dus Ricardo?' vroeg Otto. Die naam deed het ergste vrezen.

Christel knikte enthousiast. 'Ricardo heeft een uitstekende pr-intuïtie. Hij gelooft niet in de mythe van klein beginnen. Als je iets doet, moet het meteen knallen, zegt ie altijd.'

Zoals de voorstelling in Arnhem, had Otto bijna geantwoord. Die Ricardo was waarschijnlijk nauwelijks een agent maar een geldverslindend bedvriendje, zo eentje die alleen al vierhonderd gulden per week aan diverse soorten drugs besteedde, die zíj met haar goed verdienende theater- en dansklusjes natuurlijk voor hem ophoestte. Christel was er wel het meisje naar dat zich door de Ricardo's van deze wereld liet uitbuiten.

'Heb je in dit stadium van je carrière al een agent nodig?' vroeg hij.

'Natuurlijk. Iederéén heeft toch een agent?' Ze klonk verontwaardigd.

'Ik niet, hoor,' zei Otto, en begreep meteen dat hij dit niet had moeten zeggen.

Christel hield onderzoekend haar hoofd schuin.

'Natuurlijk heeft u – heb jij wél een agent. Je kunt toch helemaal niet bij de tv komen zonder bemiddeling en persoonlijk management enzo? Dat leerde ik al toen ik aspirant-danseres was bij Vivenda. Wie is het?'

Hij begreep haar niet.

'Je agent,' zei ze ongeduldig, 'bij welk agentschap zit je?'

Ja, hoe noemden dat soort clubs van snelle jongens zich? Otto had geen idee. Misschien voerden ze wel de achternamen van de medewerkers of vennoten, net als notariskantoren. Otto pijnigde zich het hoofd over commercieel klinkende achternamen.

'Kapteijn, Oude Wetering en Van der Molen.'

Het flapte er zomaar uit. Onwillekeurig keek hij naar de buzzer die op tafel lag en vocht tegen de angstgedachte dat Stan, Riekje en Berend via dat apparaatje konden horen dat hij hun namen ijdel gebruikte.

'Nooit van gehoord,' zei Christel. 'Waar zitten ze?'

Otto kreunde binnensmonds. Hij had een kruisverhoor over zich afgeroepen.

'Het is een nieuw en tamelijk onbekend bureau. Hun kantoor is...' – wáár, wáár zouden die types zich ophouden? Centrum? Zuid? Hilversum? – '...ergens in Buitenveldert.'

Christel knikte. 'O ja. Dan zijn ze inderdaad nog maar net begonnen. Anders hadden ze wel aan de gracht gezeten.'

Ze pakte haar laktasje van de grond en haalde pen en papier tevoorschijn. 'Ik schrijf tóch even de naam op. Hoe was het ook alweer?'

Otto keek toe hoe ze niet alleen de naam van het denkbeeldige agentschap noteerde maar ook die van Otto zélf. Achter 'Vallei' zette ze een uitroepteken, wat hem in verwarring bracht. Hij wist zeker dat het een uitroepteken met seksuele connotaties was. Zou Waterland toch gelijk krijgen? Begon hier op haar initiatief een subtiel voorspel?

Christel had pen en papier weer opgeborgen. 'Zeg, bent u – ben jij eigenlijk in vaste dienst?'

'Jazeker.' Zelfs dít was niet waar.

'O, dat ambieer ik nou helemáál niet,' zei ze. 'Ik werk alleen op freelance basis. Kan dat ook als tv-presentatrice bij de PON? O, *shit*!' De buzzer was opnieuw afgegaan. Christel bekeek de cijfers op de kleine display. Ze reageerde ietwat teleurgesteld. Kennelijk verwachtte ze een belangrijke buzz. 'Niks aan de hand. Het is zomaar een vriendin. Dat kan wel wachten.'

'Kun je dat ding niet even uitzetten?' vroeg Otto. 'Het praat zo lastig.'

'Liever niet,' zei ze. 'Ik weet het, zo'n buzzer is behelpen. Ik bedoel, het is iets voor kinderen van tien. Ik had ook liever een GSM gehad. Maar dat kan ik op het ogenblik niet betalen. Ik berg hem wel even op en zet hem op trilsignaal. Oké?'

Ze stopte het apparaatje in haar broekzak. Trilsignaal. Otto vroeg maar niet verder. Er drongen zich alsnog beelden van acrobatiek aan hem op.

'Het zit zo, ik wacht op een buzzje van m'n vader,' legde Christel uit. 'Wiert staat namelijk op de longlist van de Eurobank-prijs. En als het goed is, hoort ie vandaag of ie genomineerd is. Hij zit de hele dag al bij de telefoon, en hij had beloofd dat hij me meteen zou bellen als ie wat wist. O, daar komt het al.'

De serveerster bracht de bestellingen.

Er lag iets glads en wits op zijn bord. Kipfilet, schatte hij.

Van de andere kant van de tafel bekeek Christel zijn gerecht alsof het iets was wat zojuist bij een chirurgische ingreep uit iemands lichaam was gehaald.

'Zwezerik, gatverdamme. Dat jij dat lekker vindt. Ik krijg het niet door m'n strot, hoor. Je eet toch een klier van een dier. Vind ik zó'n maf idee.'

'Een klier,' herhaalde Otto met dunne stem. Hij had zich nooit echt verdiept in orgaanvlees. Karin en hij aten vrijwel altijd suddervlees of anders iets vegetarisch met rijst.

Berustend pakte hij zijn mes en vork.

'Maar goed,' ging Christel verder, 'Wiert is op dit moment waanzinnig nerveus, dat weet ik zeker. Nou heeft ie al zóveel boeken op zijn naam, maar een grote prijs heeft ie nog nooit gekregen. Dat vind ik zó onrechtvaardig hè.'

Ze schonk zichzelf opnieuw een glas wijn in. Ze vroeg al niet meer of hij nog wilde.

'Jij hebt natuurlijk een speciale band met al zijn boeken,' concludeerde Otto. Hij vond het nobel en ook wel aandoenlijk dat zij zich opwierp als schutsvrouwe van haar vaders oeuvre. Misschien moesten Karin en hij ook eens over kinderen gaan denken.

Christel haalde haar schouders op. 'Band band band... Ik heb eigenlijk nooit iets van hem gelezen. Ik kom er niet doorheen. Maar dat vindt Wiert helemaal niet erg, zegt ie altijd. Zijn werk is niet bedoeld voor eh, zeg maar mensen zoals u en ik.'

'*Jij* en ik,' zei Otto nu echt smekend.

'Precies, dat zeg ik. Maar ja, nou wordt ie dus misschien tóch in de schijnwerpers gezet hè. En ik ben zó nieuwsgierig of ie – *tering* hé!' Er klonk een eigenaardig gebrom van onder tafel, en Christel greep naar haar broekzak. De buzzer kwam weer tevoorschijn. Ze hield het apparaatje als een stopwatch in haar hand en schoot toen overeind.

'Het is 'm! Het is Wiert! Sorry hoor, ik móét even bellen.'

Ze dronk nog snel haar glas leeg, en zonder Otto's reactie af te wachten haastte ze zich tussen de tafels door naar de bar. Ze vroeg aan een personeelslid waar hier de telefoon was en verdween richting dames-wc. Otto sneed een stukje af van zijn klier. Hij proefde rubberachtige substantie en schoof mismoedig zijn bord aan de kant.

Ze bleef lang weg. Aan belendende tafels keek men af en toe naar hem. Bij de vrouwen bespeurde Otto een vermoeide ergernis; de mannen keken ongegeneerd afgunstig. Op pad met een achttien-, negentienjarige. Het was een mooi wapenfeit.

Toen Christel terugkwam, bleek ze haar jas met tijgerprint van de kapstok te hebben gepakt. Haar wangen hadden een rode kleur.

'Ja hoor, hij stáát op de shortlist! Straks is ie op tv, over een kwartier al, in het Acht Uur Journaal. Dat wil ik niet missen. Zullen we gaan?'

Otto rekende af bij de bar terwijl Christel al buiten stond. Hij gaf geen fooi. De tweede fles wijn bleef halfvol achter, Christel had haar salade niet eens aangeraakt en hijzelf had het bij een flintertje klier gelaten – nee, het was wel mooi zo.

Buiten liep Christel ongeduldig heen en weer. 'Waar staat je auto, kun je me even thuis afzetten?'

'Nou, ik ben dus met de fiets.'

Ze keek hem aan met ijzige ogen. 'O. Jaja. Kan ik achterop?'

Otto haalde vlug zijn fiets van het slot. Het liep tegen achten, en het was voor de tijd van het jaar een aangename en zelfs zoele avond. Christel had haar tijgerprintjasje weer uitgedaan en hield het onder haar arm. Toen ze bij hem achterop sprong, maakte Otto een paar onbezorgde slingerbewegingen. Het was alsof er een hendel in zijn hoofd was overgehaald die hem voor even verloste van zijn leeftijd. In een stemming van tussenuur en schoolrapport fietste hij over de Van Baerlestraat. Behendig laveerde hij langs de tramrails. Alles om hem heen – bakstenen voorgevels, neergelaten rolluiken, geparkeerde auto's, een tram die aan kwam klingelen – was ineens voorzien van een glanzend floers van filmische kwaliteit. Hij maakte extra vaart. Achter hem leek Christel zowat gewichtloos. De hele tijd hield ze hem bij zijn middel vast. Toots Thielemans moest ergens in de buurt zijn, want Otto hoorde flarden weemoedige mondharmonicaklanken. Christel zei dingen die hij niet verstond maar die erg blij en vitaal klonken. Overmoedig liet hij één hand los van het stuur en ritste zijn jas open. Lauwe lentewind op zijn borst. Als hij dit soort passages aantrof in romans, sloeg hij ze meestal direct over, maar nu hij er zelf een rol in speelde, was het meteen gedaan met zijn kritische zin. Ja, zo was het goed.

Ze woonde in de Pijp, in een smalle straat zonder bomen. Hij had zo'n haast om met haar mee naar binnen te gaan dat hij zijn fiets zomaar ergens wegzette en voor deze ene keer niet op slot deed.

Ze had hem aardig om, merkte hij; ze giechelde toen ze de sleutel niet meteen in het slot van de buitendeur kreeg. Hij ging achter haar aan de steile trappen op. Ze woonde driehoog. Stapels folders op de onderste traptreden. Op haar etage hingen twee groene nepveren boa's aan weerszijden van een tomaatrood geverfde huisdeur. Binnen bleken de ramen afgeplakt met aluminiumfolie. Christel knipte drie lampen aan en verdween naar de keuken. Otto bleef ontredderd achter. Dit was zijn eerste meisjeskamer sinds jaren.

Zij had alleen maar lampen die gifgroen of zachtroze licht gaven, waardoor alles in de kamer nog het meeste leek op een uitvergrote kijkdoos van een tienjarige. Eén wand was zwart met witte vlekken en zag eruit als een opgerekte koeienhuid, de andere was blauw met een roze lambriseringsstreep. Boven zijn hoofd: sterretjesplafond.

Christel kwam terug met een aangesproken fles witte wijn en twee glazen.

'Heb je de tv niet aangezet?' Ze zette wijn en glazen naast een tot op de draad versleten bank, griste de afstandsbediening van een glazen tafeltje en plofte neer op de tweezitter. Met een gestrekte arm richtte ze de afstandsbediening op het toestel. Journaal. Nieuwslezer. Onlusten ergens in een dor en droog land.

'Kut! We zijn natuurlijk te laat. Het is vast al geweest.' Christel klikte de teletekst tevoorschijn. Overzichtspagina van het nieuws.

'Hier, zie je wel?' zei ze. 'Genomineerden Eurobank-prijs. Pagina vier nul vijf.'

Otto keek mee. Als een pilaarheilige stond hij tussen tv en tweezitter.

'Hé, wil je niet zitten? Kom erbij.' Ze sloeg met haar vrije hand op de kussens van de bank.

En Otto kwam erbij. Anders dan op de fiets voelde hij zich niet langer haar leeftijdgenoot. Neerzijgend op de bank was hij teruggetuimeld in zijn ware leeftijd.

Op het tv-scherm was nu de ingetoetste teletekstpagina verschenen.

'Kijk, daar staat het, ' zei Christel enthousiast, 'Wiert Huygens. Zie je wel?'

Otto's blik flitste langs de lijst.

Het vertrouwen	–	Elize Beekbergen
Uren in Willemstad	–	Alfred Gardenier
Onteigening	–	Wiert Huygens
Wijze lessen	–	Jonas Vlieghe
Morpheus voorbij	–	Ed Waterland

Christel had de pagina al weer weggedrukt; de nieuwslezer was teruggekeerd. Nog steeds die onlusten. Otto had nog snel kunnen zien dat de lijst van vijf keurig in balans was. Er stond een vrouw op. Een reisschrijver. Een veteraan. Een onbekende en, afgaand op de naam, tevens Belg. En ten slotte een publieksheld.

'Die andere namen zeggen me niks,' zei Christel. 'Ik ken alleen dat boek van Elize Beekbergen. Waanzinnig goed hoor, *Het vertrouwen*. Ik heb er zóveel in aangekruist. Levenswijsheden enzo.'

Als de bank niet zo zacht en laag was geweest, was Otto opgeveerd. Ze wist niet wie Waterland was!

'Dus die anderen ken je niet?' vroeg hij voor alle zekerheid.

'Nee. Jij? O shit, daar is 't al.'

De nieuwslezer was nu in close-up. Rechtsboven het vignet van de Eurobank, doorsneden door een ganzenveer. De nieuwslezer introduceerde de shortlist. 'Kort voor deze uitzending bracht een team van het PON-journaal de vijf genomineerden, min één, het heugelijke nieuws. Voor de vijfde schakelen we rechtstreeks over naar onze verslaggever.'

Christel stootte hem aan. Otto reageerde er niet op. Hij was met zijn gedachten bij die vijfde. Wie was dat? Dat zou Waterland wel weer wezen, die op wilde vallen en alleen maar live voor de camera wilde verschijnen.

Elize Beekbergen opende haar voordeur en – fel lamplicht van de PON-ploeg – kneep direct haar ogen samen. Even keek ze recht in de camera. Professioneel acteerde ze dat ze verrast was.

Gardeniers deur ging alleen maar op een kier. Hij stak een tot op de porie verzenuwd hoofd naar buiten. Ook hij tuurde met kleine oogjes recht in het lamplicht.

'Waar blijft ie nou?' zei Christel gespannen. Ze bewoog met haar benen, en haar voet raakte zijn enkel. Even was Otto één en al enkel.

'Het gaat op alfabet,' zei hij.

‘Zou het?’ Ze dronk haar glas wijn in één teug leeg, ging op het puntje van de bank zitten en keek Otto even aan met een blik die hij instinctief als broeierig interpreteerde.

Toen klonk Wierts naam. Christel slaakte een kreetje.

Wit lamplicht op een verveloze huisdeur. Huygens deed open nog voordat de PON-verslaggever had aangebeld. Christel sloeg met blije meisjesvuist zacht op Otto’s been. Vragende blik van Huygens naar de verslaggever, maar achter die blik stond duidelijk een allesontladende vreugde op knappen. Vorsend-kleine oogjes achter hoornen bril. Toen was het al weer voorbij.

‘Tering, wat goed van Wiert,’ verzuchtte Christel, en ging onderuitzitten.

Nummer vier kwam in beeld, Jonas Vlieghe. Jongen van achter in de twintig met een deegachtig gezicht en waterige ogen.

Christel lette al niet meer op. ‘Zo, nu kan ie wel weer uit.’

‘Nee, niet doen!’ Otto wilde uit de bank klauteren. ‘Er komt er nog één!’

‘*So what?*’ Ze had de afstandsbediening al in handen. Het toestel ging op zwart en maakte een kort geluidje als van een gasvlam die werd ontstoken.

Ontgoocheld leunde Otto achterover. Het gifgroen en zachtroze leek zijn hoofd binnen te sijpelen. Hij had hem willen zien. Hij had willen zien hoe de ander op de camera reageerde. Anders dan die keer op het fietspad in Buitenveldert had hij Waterland nu, via tv-scherm en straalverbinding, zonder kans op vernedering, recht in de ogen kunnen kijken. Keek je je rivaal recht in de ogen, dan had je al half gewonnen. Die kans was nu verkeken.

Naast hem bloeide Christels dochtertrots.

‘O, ik vind het zo leuk voor Wiert! Ik ben *zó* blij!’ Ze draaide zich naar hem toe en keek langs hem heen met mistige ogen. En ineens, vanuit het niets, vanuit het zwarte gat in het heelal waar de meisjesmysteries huizen, gaf ze hem een zoen. Op zijn wang. Otto voelde zich verbleken. Het was alsof alle lucht uit zijn longen werd geslagen, en voordat hij zijn ademhaling weer onder controle had, woelde zich een ongerichte energie in hem los. Hij merkte dat zijn handen allerlei dingen deden waar hij in zijn hoofd nog niet aan was toegekomen. Met die handen zat hij aan haar. Met die handen zat hij, meer in het bijzonder, aan haar neopsychedelische overhemd. Met die handen deed hij alles wat hij van die handen nooit had verwacht: frunniken aan haar middel, haar schouders, haar ene borst, haar andere borst, haar ene én andere borst; het waren honden, zijn handen, honden die niet meer konden worden aangelijnd – totdat Christel hem met háár handen bij zijn polsen pakte en die in een krachteloze maar niettemin dwingende greep hield. Hij hoorde haar van alles zeggen, met een kalmte en een superioriteit die helemaal niet bij haar leeftijd hoorde.

Ze zei: 'Ho.'

Ze zei: 'Stop.'

'Ho. Stop. *Niet* doen. Wat doe je nou?'

Otto zei niets terug. Zijn handen hadden de aftocht geblazen. Hij klemde zijn lippen op elkaar. Als hij dat niet deed, als hij zijn mond bewoog, zou hem wel eens een hevig hijgen kunnen ontsnappen.

'Zeg, wat was dat nou?' vroeg Christel. Het klonk niet eens onvriendelijk. Haar welwillende, bijna moederlijke terechtwijzing maakte de situatie dubbel zo gênant: ze vond hem niet eens bedreigend.

Nog steeds was hij niet in staat iets te zeggen. Zij wel. Zij zei heel veel.

'Zeg, je gaat me toch niet vertellen... Wat had jij eigenlijk in gedachten? Alleen maar omdat ik gewoon blij was en je een zoen gaf?'

Ze wachtte geen antwoord af. Was opgestaan van de bank.

'Wat wil je eigenlijk? Wil je neuken?'

Ach. Het was hetzelfde maar het klonk anders. In stille berusting knipperde Otto een paar keer met zijn ogen. Alles was nu toch verloren, dus kon hij het net zo goed zeggen.

'Eigenlijk wel, ja.'

Zijn oprechte antwoord stemde haar niet bepaald milder.

'*Wat*? Nou jaah, zeg...' Verbouwereerd schonk ze haar glas bij. Ze begon een hele redevoering. Dat zijn actie haar *behoorlijk* tegenviel. Dat hij zoiets *echt* niet kon maken. Dat hij hun plannen voor de talkshow op deze manier *goed* had verpest. Het was Otto meteen duidelijk dat ze vaker lastige mannen van zich af had moeten houden. Alleen al die acteurs van De Blauwe Schuit hadden natuurlijk met hun vieze handjes aan haar proberen te veugelen. Dat was misschien wel de grootste vernedering: de *routine* waarmee ze hem afwees.

Toen hij zijn excuses wilde maken, schoot hem te binnen dat zijn nederlaag juist de grootst mogelijke overwinning betekende. Er brak een drieste vreugde in hem uit. Wat kon hem dat blauwtje schelen? Hij had iets veel belangrijkers volbracht: hij had zich ontworsteld aan andermans literaire grillen en dumdumproza. Hij was: autonoom! Hij was: vrij! Hij was: zichzelf! Die ontdekking gaf intense voldoening. En dat allemaal door Christels weigering... Otto was haar diep, diep dankbaar. Hij kon haar wel omhelzen.

Christel vatte zijn euforie verkeerd op. Ze had hem hooghartig maar welwillend toegesproken, maar nu hij tegenover haar zat te glunderen bleef er van die goede wil weinig over.

'Tering hé, het was best wel *harassment* wat je net deed, en nou ga je ook nog eens beetje dom zitten lachen. Dat kan dus echt niet.'

Otto besloot tot een klein mea culpa. 'Ik lach je heus niet uit. Het was niet in de haak wat ik deed. Sorry. Toch ben ik heel blij. Net als jij. We zijn allebéí heel blij.'

'Blij, *jij*? Hoezo? Je doet net alsof je alles bij me voor elkaar hebt gekregen.' Ze keek hem achterdochtig aan. 'Zeg, je gaat toch niet rondbazuinen dat jij het met mij hebt gedáán, hè?'

'Natuurlijk niet!' Otto stak zijn handen op en maakte het niet-schieten-gebaar.

'Nou, je hebt van die mafkezen...'

'Ik niet hoor,' zei hij snel.

Haar achterdocht werd niet minder. Ze begon zich zelfs kwaad te maken. 'Nou zit je nog steeds zo maf te grijnzen. Wat héb jij?'

Otto deed geen poging om het haar uit te leggen. Ze zou het toch niet begrijpen. Het was trouwens opvallend dat ze nu geen enkele neiging meer had tot vousvoyeren. Dat had je met die meiden: je stak per ongeluk één vinger naar ze uit en 'u' werd voorgoed 'jij', op het beledigende af.

Christel was naar de huisdeur gelopen. 'Nu moet je weggaan.'

Otto hoorde ongemak en zelfs een begin van angst in haar stem. Dat kwam natuurlijk doordat hij zo opgetogen was. Daarnet vond ze hem alleen maar lastig. Nu vond ze hem zo te zien ook eng.

Ze had de deur opengedaan. Geelwit ganglicht mengde zich met het groen en roze. Toen hij voor haar langs de gang op liep, voelde hij zich nog steeds gloeien en glunderen. En nu? Drie kussen ten afscheid? Otto liet het maar zo.

'Het was heel leuk vanavond.'

'Vond je?' Ze had één hand op haar heup geplaatst. Ondanks alles vond Otto dit vertederend. Nu hij eenmaal aan de veilige kant van de huisdeur stond, kreeg ze weer praatjes.

'Ik bel je nog over de televisieplannen. Goed?' Hij voelde zich verplicht dit nog even te zeggen. Je kon die hele tv-*canard* natuurlijk niet ineens terzijde schuiven.

'Ja, doe maar.' Ze klonk nauwelijks nog geïnteresseerd en kon blijkbaar niet wachten om de deur achter hem dicht te slaan, wat ze dan ook deed toen hij opgetogen de trap af kloste. Hij hoorde de scherpe klikjes van extra sloten die werden dichtgeschoven. Dat korte, bange geklik zette even een rem op zijn triomf. Misschien belde ze nu wel meteen haar vader om te zeggen wat haar was overkomen. Otto keek onwillekeurig even achterom. Zo dadelijk ging hij over de tong als handtastelijke griezel. Hij kon alleen maar hopen op Christels discretie.

Terwijl hij de trappen af liep, werd er beneden aangebeld. Hij hoorde niet goed op welke etage de bel overging. Iemand, misschien wel Christel, klikte met een elektrische zoemer de voordeur van het slot. Maar er kwam hem niemand tegemoet op de trap.

De lichtschakelaars in het trappenhuis hadden waarschijnlijk een ingebouwde timer; toen hij bijna beneden was, sprong de gangverlichting ineens uit. Op de tast nam hij de laatste treden. Hij gleed bijna uit over de reclamefolders.

Blind zoekend vond hij de knop van de voordeur, die op een kier stond. Hij was nog niet buiten of hij baadde in het licht. Meteen wendde hij zijn gezicht af, zijn ene hand als een zonneklep voor zijn ogen. Waarschijnlijk een auto in de straat die groot licht voerde. Hij vloekte binnensmonds.

Hij hoorde iemand vragen stellen.

Hoe hij zich voelde. Wat hij nu ging doen.

Wie wilde dat van wie weten? Otto zag nog steeds niets, het licht was verblindend als een vuistslag tussen de ogen. Met zijn hand half voor zijn gezicht liep hij haastig weg in de tegengestelde richting van de lichtbron. Er werd nog iets geroepen, maar dat kon hij niet verstaan. Toen doofde het licht, en als op een televisiescherm waarvan de kleur en helderheid langzaam op de juiste wijze werden afgesteld, schoof nu het avondblauw in zijn blikveld.

Zijn fiets was verdwenen. Hij had het kunnen weten. Niet op slot – en dus meteen gestolen. Otto kon er niet mee zitten. De diefstal was een passende straf voor zijn hitsige aanval op de arme Christel. Mannen zoals hij záten niet aan meisjes zoals zij.

Heen en weer geslingerd tussen schuldgevoel en overwinningsroes liep hij de hoek om van de boomloze straat. Hij bleek zich vlak bij de Ceintuurbaan te bevinden. In een telefooncel belde hij een taxi. Het duurde drie, vier minuten voordat er een arriveerde. Op de achterbank van de taxi rook het naar aceton en kleine huisdieren. Tijdens de rit spiedde Otto telkens naar de meter, want hij kon in Amsterdam geen taxi nemen zonder te vrezen voor het doldraaien van de digitale cijfers, eindigend met een bedrag dat niet viel op te brengen maar dat wel degelijk door de chauffeur werd geëist.

De rit kostte dertig gulden. Otto voelde een snijdende weerzin toen hij betaalde. Een ritje van amper tien minuten, en daar moest je dan de royalties van tien exemplaren *Oud zeer* voor offeren!

Buitenveldert was op dit uur van de avond al uitgestorven. Otto herademde. Dooie buurten waren mooie buurten. Hij besteeg de binnentrappen van het flatgebouw. Op de galerij repeteerde hij een kort verslag van zijn bezigheden, voor het geval Karin hem ergens naar zou vragen. Weer een toneelavond. Deze keer naar Breda. Voorstelling bleek afgelast. Voor niks heen en weer gereisd.

Makkelijk zat.

Binnen zat Karin voor de televisie. Zijn voorbereiding was voor niets geweest, want ze vroeg hem nergens naar. Ze zei: 'Riekje heeft gebeld. Wel drie keer. Het gaat over de Eurobank-prijs en de komende uitzending van Chaos.'

'Is er nog iets over die prijs op tv geweest?' Hij vroeg het langs zijn neus weg.

'Een item op het journaal.'

'Was eh, dinges er ook bij? Waterland?'

Deze vraag was een week geleden nog onmogelijk geweest. Maar het taboe op de naam Waterland was doorbroken sinds de nacht waarop Karin en hij ruzie hadden gemaakt over *Het hart*.

'Ja, het was wel grappig,' antwoordde Karin op al te losse toon.

'Die vier anderen lieten zich braaf feliciteren. Maar Eddy hield z'n hand voor z'n gezicht en rende weg voor de camera's.'

Eddy? Otto trok zijn wenkbrauwen op. Het taboe mocht doorbroken zijn, maar dat betekende niet dat Karin meteen maar die *voornaam* door het huis kon slingeren.

'Om eerlijk te zijn had het wel iets,' zei Karin. 'Hij leek een beetje op een filmster, zoals ie wegrende.'

Otto gaf geen antwoord. Ze vergeleek de man met wie ze hem had bedrogen met een filmster. Dat was een provocatie. Maar hij liet zich niet kennen. Zonder iets te zeggen liep hij weg en sloot zich op in zijn werkkamer.

Hij was van plan om in alle eenzaamheid de rampen van die dag te verwerken. Maar hij zat nog niet achter zijn bureau of de telefoon ging. Riekje natuurlijk.

Ze kwam niet terug op de vergadering van die ochtend.

'Heb jij toen Alfred Gardenier te gast was dat boek van hem eigenlijk wel gelezen?'

Otto begreep niet goed waarom deze vraag ineens zo dringend was. Hij koos voor de waarheid. Hij had deze avond al genoeg gelogen.

'Niet helemaal. Hoezo?'

'O. Nou, die indruk had Gardenier toen dus ook. En daar is ie nog steeds tamelijk gepikeerd over. En terecht, Otto. Hij wil niet komen aanstaande vrijdag. Wiert Huygens trouwens ook niet. Dat bezoek van jou aan De Blauwe Schuit is niet goed gevallen. Huygens zei zonet aan de telefoon tegen me dat je niet bereid was geweest je open te stellen voor zijn stuk. En daarom heeft ie afgezegd. De Eurobankprijs bestaat nu tien jaar, en altijd hebben we alle genomineerden te gast gehad, maar dit jaar zullen het er niet meer dan twee zijn. En het spijt me dat ik het moet zeggen, Otto, maar dat is grotendeels aan jou te wijten.' Ze liet even een stilte vallen. Vervolgde toen: 'Als ik dít had geweten, had ik vanochtend tegen gestemd.'

Otto negeerde die laatste opmerking.

'Welke twee komen er dan wél?' vroeg hij.

'Jonas Vlieghe en Elize Beekbergen.'

Hij ademde hoorbaar uit door zijn neus. Riekje toonde respect voor zijn veto. Dat vond hij chic.

Riekje raadde zijn gedachten. 'Waterland hebben we niet gevraagd. Niet omdat jij daarop tegen was, maar omdat wij geen mooi weer spelen met iemand die de naam van Chaos te grabbel heeft gegooid.'

'Met twee genomineerden in de uitzending kan het toch ook heel boeiend worden,' probeerde Otto. Gewoonlijk ontdooide Riekje als hij zijn goede wil toonde. Maar dit keer liet ze zich niet vermurwen. Kil en plichtmatig vertelde ze hem iets over het boek van Jonas Vlieghe, *Wijze lessen*. Vlieghe was geen Belg, wel een debutant.

'Ik zal je de recensies van *Wijze lessen* even faxen. En voor de zekerheid fax ik ook nog materiaal over Elize.'

'Fijn,' zei Otto desolaat.

Maar Riekje was nog niet klaar. 'Zo meteen komt er een koeriertje bij je langs met allerlei documentatie over vorige uitreikingen van de Eurobank-prijs. Lees je dat even door?'

Dít werd hem te veel.

'Riekje, kan dat niet tot morgen wachten? Ik heb vandaag slecht nieuws gehad. Dat moet ik echt even verwerken.' Riekje vroeg hem nergens naar, en dus zei hij erachteraan: 'Ik heb vanmiddag te horen gekregen dat al mijn werk wordt verramsjt.'

'Dat is rot voor je. Maar daarom kan ik mijn materiaal toch wel doorfaxen?'

En dat was dat. Meteen nadat ze hadden opgehangen, voerde Riekje haar dreigementen uit en begon de fax zacht snorrend meters papier uit te spugen. Niet lang daarna meldde zich de koerier. In minder dan een kwartier was zijn werkkamer weer één deinende papiermassa. Hij maakte het nog erger door alle papieren lukraak zijn kamer in te smijten. Hij kreunde luid en schrok ervan. Alsof het nog niet genoeg was, dreigde zijn rug ook weer op te spelen.

Hij schoof langzaam van zijn stoel. Ging langzaam liggen. Fietste langzaam even lucht.

De fax snorde voort, en in een mum van tijd was hij ingekapseld onder een papieren dek. Een hele tijd bleef hij roerloos liggen, ook toen hij hoorde dat Karin zijn werkkamer binnenkwam. Verscholen onder de vellen zag hij haar niet, maar hij kon horen dat ze een hand voor haar mond sloeg. Het papier knisperde onder haar voeten.

'Jezus Otto, wat is er?' Haar stem klonk nu heel dichtbij, ze moest bij hem zijn neergehurkt. Otto verroerde zich niet, zelfs niet toen ze een gedeelte van de papieren deklaag van zijn lichaam scheurde. Hij voelde haar hoofd bij zijn borst, ze luisterde naar zijn hart. Ter geruststelling gaf hij zachtjes kermend een teken van leven.

'Het is niets, Karin,' bracht hij uit, en hoorde hoe op dat moment de faxmachine eindelijk afsloeg.

'Wat doe je daar nou?' Haar stem klonk schril. Hij hoorde haar ademen.

'Niets. Het is niets,' herhaalde hij klaaglijk.

Ze haalde drie stuks 90-grams A4 van zijn gezicht.

'Jongen,' zei ze. 'Jongen toch.'

Otto onderdrukte de neiging om zich opnieuw te bedekken. Het was langgeleden dat ze hem 'jongen' had genoemd, en nu het gebeurde wist de jongen er niet goed raad mee. Op haar beurt was zij heel erg meisje toen ze naast hem op en onder het papier kwam liggen.

Wil je neuken?

Híj was het niet die het vroeg, en zij evenmin, maar toch had het er alle schijn van dat er, in zijn werkkamer nog wel, iets stond te gebeuren wat betrekking had op die vraag.

Het papier werkte niet echt mee. Vooral de faxvellen voelden koud aan tegen hun lichamen, en de losse kopieën zorgden hier en daar voor kleine schrammen op hun huid, zeker toen Karin bij het uittrekken van haar panty een verkeerde beweging maakte en er onder Otto's billen en benen een hele stapel recensies verkreukte.

O, dat papier! Het was kil, en de randen waren scherp. Maar al het andere, alles van haar, van hem – al het andere was strak, nat, heet, groot en de rest van het rijtje en óók nog eens alles tegelijk, precies zoals...

Precies zoals hij het had gelezen. Ja, het was allemaal volgens het boekje. Maar dat besefte hij pas achteraf.

10

CHAOS EN RUMOER week 10

0.03		Tune
0.04	s	Opening
0.05	s	'Teach your children' – Erik Beshisian Brass Band
0.08	o	JONAS VLIEGHE *schrijver/dichter*
0.20	s	'All this useless beauty' – Manfred Ashton Quartet
0.23	s	WALTER VAN RAAMSDONK *beeldend kunstenaar*
0.35	o	'Bruit et animation' – Françoise Beaux
0.39	s/o	Cultuuragenda (1)
0.44	o	'Phoenix III' – Aat Middelhoven Collectief
0.47	s	AAT MIDDELHOVEN *componist/muzikant*
0.57	s/o	vooruitblik tweede uur
0.58	s	Eindtune

0.03		Tune
0.04	o	Opening
0.05	s	EZRA DE VRIEND en MIREILLE BRESCH *acteurs*
0.12	o	'Don't explain' – Helen Merril
0.15	o	ELIZE BEEKBERGEN (1) *schrijfster*
0.28	s	'Trust in me' – The Terrifying Buccaneers
0.31	s	ELIZE BEEKBERGEN (2) *schrijfster*
0.43	s/o	Cultuuragenda (2)
0.46	o	IPPE LUIF *beeldend kunstenaar*
0.56	o/s	afsluiting
0.58		Eindtune

11

‘Hoe *voelt* het nou om genomineerd te zijn?’ vroeg Riekje Oude Wetering aan Jonas Vlieghe, en Otto, die tegenover hen aan tafel zat, hulde zich ogenblikkelijk in een witte wolk van plaatsvervangende schaamte.

Riekje stelde hem soms voor raadsels. Iedere week bereidde ze redelijk efficiënt een nieuwe aflevering voor van Chaos en Rumoer, maar direct na de opnamen ontsnapten haar de meest dweepzieke opmerkingen en hing ze als een groupie op leeftijd aan de lippen van het eerste het beste halftalent. De vraag naar hoe iets *voelde* – een prijs, een eerste publicatie, een lovende recensie en nu dus een nominatie – was favoriet.

Niet alleen Riekje verwachtte een interessant antwoord van Jonas Vlieghe. Iedereen aan de twee bijeengeschoven tafels in het restaurant van Museum Amsterdam, zelfs Elize Beekbergen, hield op met praten of eten en keek verwachtingsvol naar de jonge debutant.

Vlieghe had tijdens de opnamen het air van een routinier over zich gehad, maar met de vraag van Riekje wist hij zich niet goed raad.

‘Hoe het *voelt*?’ zei hij ongemakkelijk. ‘Ik zou het niet weten. Hoor ik misschien overmand te zijn door een groots en meeslepend gevoel?’

Deze tegenvraag stelde Riekje zichtbaar teleur. Maar ze hield vol. ‘Ja, daar ben ik nou echt benieuwd naar. Het moet een heel bijzonder gevoel zijn.’

Otto’s witte wolk werd weer een stukje dikker. De opnamen voor Chaos en Rumoer waren achter de rug, en zoals gewoonlijk gebruikte de redactie de lunch in het museumrestaurant. Van de gasten waren er altijd wel een paar die bleven hangen – om gratis mee te eten en drinken, vermoedde Otto. Afgezien van de witte wolk was hij bijzonder in zijn nopjes, want de opnamen waren wonderwel verlopen. Na de confronterende vergadering had hij een ijzige werksfeer verwacht. Hij had zich helemaal ingesteld op openlijke tegenwerking door met name Willemijn Hoedjes. Maar niets van dat al. Mira en Willemijn leken zich te hebben geschikt in het meerderheidsbesluit om hem aan te laten blijven. Daar kwam bij dat hij vanochtend een ware glansrol had gespeeld. Zelden had hij zo lekker en soepel gepresenteerd. Kennelijk was het waar dat de mens onder grote druk optimaal presteerde. Hij had in ieder geval aan de redactie getoond wat hij waard was. In acht maanden tijd was hij uitgegroeid tot een heuse radio-*crack*. Het mooiste was dat tijdens de gesprekken met de twee Eurobank-genomineerden niet één keer de naam Waterland was gevallen. Dat presenteerde natuurlijk dubbel zo lekker en soepel.

Drie van de gasten waren deze keer nagebleven voor de lunch. Behalve Jonas Vlieghe en Elize Beekbergen was dat de beeldend kunstenaar Ippe Luif, een goedhartige oude baas van wie Otto tot vóór de week van voorbereiding nog nooit had gehoord en die zijn lange loopbaan bleek te hebben besteed aan het vervaardigen van keramieken beelden die verontrustend sterk deden denken aan ingekrompen blokken basalt. Otto had hem geïnterviewd met een gemak alsof hij dagelijks onder bejaarde keramisten verkeerde. Luif deed zich inmiddels te goed aan een gegrilde kippenvleugel; de anderen hadden vissoep of een maaltijdsalade bij het selfservicebuffet gehaald.

Van de redactie ontbraken Stan en Berend. Stan was na afloop van de opnamen meteen vertrokken, hij had waarschijnlijk weer een of andere gewichtige repetitie van toneelgroep Hoofdstad. Berend had zich met twee geluidstechnici in de PON-wagen teruggetrokken omdat er een ruis in de banden was geslopen – niets ernstigs, maar toch.

Riekje bleef Jonas Vlieghe teisteren.

'Laat ik het dan anders vragen,' zeurde ze. 'Hoe voelt het om *schrijver* te zijn?'

Otto kon het niet nalaten goedkeurend te knikken toen Vlieghe eindelijk zijn ergernis toonde.

'Mag ik misschien iets van ú weten?' vroeg Vlieghe. 'Bent u hier in het museum wel eens naar de wc geweest?'

Men legde het bestek neer. Riekje was te gepikeerd om zich door de intieme vraag in verlegenheid te laten brengen. Zij kon het niet hebben wanneer jonge mannen haar met 'u' aanspraken.

'Zullen we je- en jijen? En ik zie niet in wat de toiletten hier te maken hebben met het gevoel schrijver te zijn.'

‘Meer dan u denkt,’ zei Vlieghe vol zelfvertrouwen. Straal negeerde hij Riekjes verzoek tot tutoyeren. Daar moest Otto stil om gnuiven.

‘Om te beginnen gaan de deuren hier goed op slot,’ zei Vlieghe. ‘Dat is een luxe hoor, goeie sloten op een pot. Vorig weekend was ik op een feestje, en daar zat alleen maar zo’n haakje op de pleedeur. Maar het haakje was te kort om het oogje te bereiken. Dus kon die deur niet goed dicht. Die moest ik zelf dichthouden. Dat was echt ellendig. Moet je je voorstellen: één hand aan de klink en de andere aan je lul. Je voelt je een soort evenwichtskunstenaar. Op de gang stonden een paar mensen te wachten. Maar het lukte niet om te pissen. Het idee dat die deur niet op slot kon, zette een klem op m’n blaas. Onverrichter zake kwam ik naar buiten. Maar ik had nog wel even doorgetrokken. Op die manier liet ik de wachtenden zien dat ik de wc niet voor niets bezet had gehouden. Dat hele feestje hoefde trouwens niet meer voor mij. Wat wil je ook? Je komt de plee uit met dezelfde hoge nood als waarmee je naar binnen bent gegaan. Je verlangt naar een deur die op het haakje kan. Nou, zó ongeveer voelt het om schrijver te zijn.’

Er werd aarzelend gereageerd. Alleen Ippe Luif knikte instemmend. Otto kwam niet verder dan de aanzet tot een glimlach. Vlieghe had een grote mond, maar dat hadden ze tegenwoordig allemaal, die jonge schrijvers en kunstenaars. Gezonde bescheidenheid kwam er niet meer aan te pas. Al die jonge literaire goden tetterden hun pasklare ideeën over eigen en andermans werk de ether in alsof ze nooit anders hadden gedaan. Ook op tv voelden ze zich als een vis in het water; op een enkeling na waren ze allemaal stuitend mediageniek.

Intussen was hij heimelijk getroffen door Vlieghes verhaal, al was het niet vanwege die vrijblijvende analogie van sanitair ongemak met de beproevingen van het schrijverschap. Nee, het ging hem om die deur zélf. Of, liever nog, om dat haakje. Deur en haakje lieten hem niet los. Als hij eerlijk was, verlangde hij *altijd* naar een deur die op het haakje kon.

Elize Beekbergen had verveeld zitten luisteren.

‘Wat treurig om het schrijverschap te vergelijken met een volle blaas,’ verzuchtte ze.

Vlieghe reageerde als gestoken. 'Wat is daar treurig aan? En trouwens, alsof schrijven zo'n vrolijke boel is.'

Elize Beekbergen negeerde die opmerking. 'Het getuigt niet echt van intellectuele scherpte om de motieven van de schrijver te reduceren tot een queeste naar een *haakje.* En dan die hoge nood... het klinkt zo therapeutisch. Schrijven is voor mij héél iets anders. Zo'n deur op het haakje is gewoon een beduimelde huiskamervariant van de ivoren toren. Benauwend, hoor. Wat blijft er op die manier over van, ik noem maar iets, de erotiek van de taal?'

Aan haar gezicht te zien verwachtte Elize Beekbergen van iedereen aan tafel tekenen van instemming en waardering. Riekje, Mira en Willemijn beantwoordden geheel aan die verwachting. Vlieghe daarentegen keek smalend in het rond.

'Daar heb ík nou weer niks mee,' zei hij, 'met al dat modieuze geleuter over schrijven en seks.'

'Wie heeft het over seks?' vroeg Elize Beekbergen kil.

'Ik niet. Jíj!' Vlieghe schoof zijn bord soep een stukje van zich af. 'En wat mag dat dan wel zijn, erotiek van de taal? Woorden die onderling zwoele blikken uitwisselen? Een zinnetje dat taaltechnisch opgeilt? Het is allemaal kokette bullshit, dat geëmmer over seks en kunst. En trouwens, waarom heeft niemand het ooit over de éénzaamheid van de taal, of het verdriet van de taal?'

Otto volgde nauwgezet hoe er tussen Riekje, Willemijn en Mira een web van zorgelijke blikken werd gesponnen. De dames hechtten veel waarde aan deze nazitjes. Er was niets wat zij meer vreesden dan onenigheid tussen de gasten. Tijdens de opnamen mocht dat juist weer wél; dan was er het excuus van 'mooie radio'. Ruzie scheen altijd 'mooie radio' te zijn. Maar na afloop hoopten zij vurig op kameraadschap en, vooral, gezelligheid.

'Misschien verstaan jullie allebei iets anders onder erotiek,' probeerde Riekje. Maar die opmerking had niet de beoogde deëscalerende werking.

'Dat mag wel duidelijk zijn, ja,' beet Vlieghe haar toe.

Riekje werd hoogrood. Ze deed een tweede poging. 'Frictie, conflict, agressie en destructie hebben soms een zekere erotische lading.'

Otto spitste zijn oren. Riekje en 'erotische lading'? Hij was er altijd van uitgegaan dat ze leefde in een van seks verstoken universum.

'Ach ja, Eros en Thanatos,' mijmerde Elize Beekbergen. Ze keek erbij alsof ze het over twee buurjongetjes had aan wie ze dagelijks snoepjes uitdeelde. 'Ik voor mijzelf geloof in een zinnelijk verbond tussen maker en materiaal.'

Vlieghe produceerde slechts een minachtend gesnuif en nam wat stokbrood met boter.

Otto merkte ineens dat Elize Beekbergen hem observeerde. Dat was een akelige ontdekking.

'Riekje vertelde me aan de telefoon dat jij ook schrijft,' zei ze. 'Klopt dat?'

Hij legde zijn soeplepel neer. Hij had iets ergers verwacht. Hij wist niet wát precies, maar wel iets ergers.

'Ik heb drie titels gepubliceerd. Bij Orakel.' Dit laatste zei hij met enige nadruk. Beekbergen moest niet denken dat zijn oeuvre onderdak was bij uitgeverij 't Pukkeltje in Vlagtwedde. 'Tegenwoordig schrijf ik niet meer. Ik heb er geen tijd meer voor sinds ik bij Chaos en Rumoer werk.'

Ippe Luif, die tot dan toe toegewijd aan zijn kip had zitten kluiven, mengde zich in het gesprek. 'Mevrouw Beekbergen, u wist niet dat meneer Vallei drie titels heeft gepubliceerd?'

'Niet echt, nee.' Elize werd zowaar een tikje verlegen.

'Nee?' zei Luif verbaasd. 'Wat merkwaardig.'

Otto sloeg verrast zijn ogen neer. Zou de oude keramist zijn werk kennen?

Riekje vroeg wat Otto niet durfde te vragen.

'U heeft Otto's boeken wél gelezen?'

'Neenee,' antwoordde Luif haastig, 'maar ik vind het vreemd dat jullie als jongeren elkaars werk niet kennen. In mijn tijd kenden alle kunstenaars elkaar, zeker als ze zo'n beetje van dezelfde generatie waren.' Luif veegde zijn kin af met een papieren servet.

'Is dat niet een beetje een romantische vertekening?' vroeg Willemijn Hoedjes.

Maar de oude Luif hield stug vol en somde een aantal volstrekt vergeten namen op die hij zijn kameraden noemde en van wie Otto onmiddellijk aannam dat zij elkaar inderdaad allemaal hadden gekend, innig verbonden door een oorverdovende anonimiteit.

'Wie zegt dat niemand hier elkaars werk kent?' zei Jonas Vlieghe. '*Ik* heb bijvoorbeeld wel degelijk iets van Vallei gelezen.'

Otto versteende. Uit de mond van Vlieghe klonk het als een inleiding tot een reeks van zware beschuldigingen. Maar die vrees bleek ongegrond. Vlieghe keek hem welwillend aan.

'Ik ken je debuut, *Bastion van onschuld*. Totaal onderschat, dat boek. Het lijkt een liefdesverhaal, maar het is in wezen een pijnlijk scherpe analyse van een ziektebeeld. Die hoofdfiguur, die Elmer, die lijdt natuurlijk aan diverse neurosen. Het mooie is dat er nergens expliciet wordt gezegd dat ie zwaar neurotisch is. Het blijft bij suggestie. Hoewel het soms wel *erg* is met die Elmer, hoor. Dan heb je als lezer het idee dat die jongen in een LSD-trip zit of zo. Knap gedaan, héél knap gedaan.'

'Een LSD-trip?' vroeg Ippe Luif, en keek met hernieuwde interesse naar Otto.

'Nounou,' reageerde Otto. Meer kwam er nu even niet uit. Het stak hem dat hij onderschat werd genoemd. Hij wás ook onderschat, maar zo wilde hij niet te boek staan. En dan dat gebeuzel over neurosen. Hoe kwám die Vlieghe erop? *Bastion van onschuld* was juist een roman die bláákte van gezondheid! Wat was er neurotisch aan de tedere omgang met een eerste geliefde? Die LSD-trip was nóg grotere onzin. Kennelijk was Vlieghe zelf een fervent gebruiker. Het ergerlijke van die figuren was dat ze in andermans kunstuitingen altijd sporen van drugsroes en hallucinatie meenden te ontdekken.

'Wist je dat er over *Bastion* wordt ge*chat* op een speciale site van het Net?' vroeg Vlieghe. 'Dat boek van jou heeft een cultstatus.'

'Wat enig, Otto's boek op internet!' Riekje klapte opgewonden in haar handen. 'Wist jij dat?'

'Nee.' Otto boog zich over zijn bord soep.

'Otto's werk is zó cult dat hij het zelf niet weet,' zei Vlieghe droogjes.

Otto vroeg zich koortsachtig af hoe hij de aandacht van zichzelf kon afleiden. Er schoot hem niets te binnen. Elize Beekbergen zette haar verhoor voort.

'Je zei dat je nu niet meer schrijft. Mag ik vragen waarom niet?'

'Ik heb er geen tijd voor, dat heb ik toch al gezegd. Het radiowerk eist al m'n aandacht op.'

'Dat is het standaardantwoord,' zei Elize glimlachend.

Even overwoog Otto een rokershoest of een vlucht naar de wc. Toen gooide hij het eruit.

'Het ging niet meer. Alles mislukte. Zelfs één zin was al te veel.'

De hele tafel keek hem nu aan. Otto, verbijsterd over zijn eigen openhartigheid, keek met grote ogen terug terwijl hij zichzelf alles, álles hoorde bekennen.

'Je ziet de boeken die je hebt geschreven in de kast staan, en het enige wat je voelt is een loodzwaar besef van overbodigheid. Dan kijk je om tot rust te komen naar de ándere boeken die in de kast staan, maar dat maakt het alleen maar erger. Je voelt je tekortschieten omdat je de helft niet hebt gelezen. Je concentreert je op de helft die je wél hebt gelezen maar je moet erkennen dat je ontzettend veel bent vergeten. Al die boekenruggen stapelen verwijt op verwijt. Léés mij! Hérlees mij! Je hoofd blijkt een vergiet, en iemand met een hoofd als een vergiet kan niet schrijven. Toch doe je een poging, maar van iedere zin die je schrijft, weet je dat je die op tien, twintig, honderd andere manieren kunt schrijven. Bovendien *zijn* alle denkbare zinnen al in alle denkbare varianten geschreven. *Alles schon da gewesen*, en ook dat is een kreet uit de echoput. En doe je dan tóch een poging iets op te schrijven, dan bezwijken de woorden onder hun zinloosheid.'

'Dat is toch allemaal niet zo onoverkomelijk,' zei Ippe Luif na een korte stilte. 'Het klinkt als de gangbare kunstenaarscrisis. Het is gewoon een fase. Je moet er even doorheen.'

'Precies,' beaamde Jonas Vlieghe. 'Kan lang duren, kan kort duren. Maar het gaat altijd weer over. Het zou raar zijn als je er géén last van had.'

Otto zweeg verbluft. Hij had zijn schrijverschap al failliet verklaard, maar kennelijk werd hem zelfs de authenticiteit van zijn *writer's block* misgund. Van Luif kon ie het nog net hebben, maar die blaag van een Vlieghe had met zijn tengels van zijn impasse af te blijven.

'Niet schrijven is voor een echte schrijver ook een vorm van schrijven,' zei Elize Beekbergen. Otto constateerde mismoedig dat die dooddoener opbeurend was bedoeld.

Riekje bespeurde natuurlijk een indrukwekkende diepte in Elizes aforisme.

'Hoe bedoel je dat precies?' vroeg Riekje geïnteresseerd.

'Waarschijnlijk zoals niet vechten ook een vorm van vechten is,' zei Vlieghe met overdreven lijzige stem. 'Of niet eten. Dat is eigenlijk óók een vorm van eten.'

Otto hield zich koest. Godzijdank had Vlieghe het onderwerp van gesprek verlegd – of in ieder geval veralgemeniseerd.

De voorschriften van de repressieve tolerantie volgend zond Elize Beekbergen haar medegenomineerde een royale glimlach.

'Ik bedoel ermee dat een schrijver in alles wat hij doet en ook láát uiteindelijk tóch bezig is met schrijven,' zei ze met heldere stem. 'Soms is het noodzakelijk om heel lang te zwijgen voordat je in staat bent iets heel moois of heel waars te zeggen.'

Hierna stond Elize op en kondigde aan te vertrekken. Ze zag natuurlijk dat Vlieghe bezig was allerlei ammunitie aan te leggen. Otto had respect voor haar gevoel voor timing.

'Je kunt op kosten van de PON een taxi nemen,' zei Riekje tegen haar.

'Ik denk dat ik ook maar ga,' mompelde Otto, maar niemand had enige interesse voor die mededeling nu Elize Beekbergen de tafel langsging en iedereen, ook Vlieghe, de hand schudde. Riekje kreeg zelfs drie stevige kussen.

Otto talmde. Er wachtte hem de horror van het handenschudden. De oude-mannenknuist van Luif had een aanvallig bollende muis. Vlieghes palm gaf een natte warmte af, Otto niet onbekend.

Het kwam zo uit dat hij gelijktijdig met Elize Beekbergen het restaurant verliet. Otto was er zeker van dat Riekje en de anderen dit met gemengde gevoelens gadesloegen.

In de doorgang naar de centrale hal vroeg Elize hem waar hij woonde. Zij stelde voor om een taxi te delen. Zelf woonde zij in Zuid, dat lag toch op zijn route.

Ze haalde haar jas op bij de garderobe. Sommige museumbezoekers herkenden haar; Elize werd begluurd, en hier en daar stootte men elkaar aan als ze voorbijliep. Elize deed alsof ze hier niets van merkte.

Bij de uitgang leverde Otto zijn badge in. Ze liepen richting de Van Baerlestraat, waar Elize een taxi aanhield. Otto probeerde het effect te verwerken dat haar verschijning had op museumpubliek en voorbijgangers. Eenmaal in de taxi stelde Otto zich in op de sensatie dat iets van haar roem nu op hem af zou stralen. Maar zelfs de minste elektromagnetische beweging bleef uit, en prompt had hij het bange vermoeden dat het andersom was en dat er iets van zijn onontkoombare en altijddurende anonimiteit op háár afstraalde.

Er hing een ongemakkelijke stilte in de taxi. Ook de chauffeur hield zich koest. Otto zocht koortsachtig naar een gespreksonderwerp, en toen ze bij het Roelof Hartplein rechtsaf gingen, zei hij tegen Elize: 'Dat je dat nog doet, radio. Dat heb jij met jouw naam en jouw verkoop toch helemaal niet meer nodig?'

Elize keek voor zich uit. 'Mijn *naam* doet wat ie wil, en over wat nodig is voor de verkoop denk ik niet na.' Ze was even stil. 'Maar het is waar. Eigenlijk doe ik al jaren geen radio meer. Ook nauwelijks nog tv, trouwens.'

'Maar je komt wel in Chaos,' zei Otto.

Ze glimlachte. 'Dat is vanwege Riekje. Riekje is onvergetelijk.'

'Zeg dat wel,' beaamde Otto perplex. Hij wist dat Riekje met vrijwel iedere schrijver 'iets' had, maar dat er andersom schrijvers waren die Riekje in hun hart hadden gesloten, had hij nooit kunnen vermoeden.

'Wat vind je zo onvergetelijk aan haar? Ik vind het óók hoor,' zei hij er snel achteraan, 'maar waarom vind jíj het?'

Elize sloeg een been over het andere. 'Vijf jaar geleden, toen m'n debuut verscheen, had mijn uitgever me geadviseerd om alle radio- en tv-aanbiedingen te accepteren. En dat deed ik dus braaf. Maar bij elk optreden stierf ik van ellende. Behalve bij Chaos en Rumoer. Riekje stelde me echt op mijn gemak. Ze was zo... zo opréćht in haar aandacht en interesse. Na de uitzending hebben we de hele middag zitten praten. Schat van een vrouw. Dus als Riekje me weer eens voor Chaos vraagt, dan zeg ik nooit nee. Snap je? Hier linksaf graag.'

De chauffeur reed richting Stadionbuurt. Met een schuin oog volgde Elize de route.

'Vlieghe was minder gecharmeerd van Riekje,' zei Otto. 'En daarna kregen Vlieghe en jij het nota bene met elkaar aan de stok.'

Elize's blik dwaalde af. 'Ach, dat hoort erbij. Schrijvers moeten elkaar om de oren slaan, in en buiten de boeken, dat is gezond.' Met duim en wijsvinger schoof ze een haarlok uit haar gezicht. 'Laatst kwam ik mezelf tegen in die nieuwe roman van Ed Waterland. Nou, dat was niet echt vleiend.'

Otto lette ineens bijzonder ingespannen op de weg.

Hij was erbij. Hij was er gloeiend bij. Ze had Wee gelezen en wist nu alles: de cunnilingus, de gênante wensgedachte aan een achter-overliggende Elize die haar instructies lispelde, *Eeuwig heden* als bak-vissenbijbel – álles.

Hij begreep meteen waarom ze hem die lift had aangeboden. Ze bereidde een wraakactie voor. Onopvallend bevoelde hij de vergrendeling van het achterportier.

De wraakgodin deed vooralsnog alsof haar neus bloedde.

'Waterland is een boef, hoor,' zei ze vrolijk. 'Hij beschrijft me als een soort tutgoeroe voor tienermeisjes. Weet je hoe hij me noemt in dat boek?'

Otto zette vragende ogen op. Hij was hevig gaan zweten, en overal.

'Oud meisje!' riep Elize Beekbergen. 'Hoe vind je die? Oud meisje!'

Ze straalde. Otto probeerde invoelend te lachen, wat niet helemaal wilde lukken.

'Hij bedoelt het natuurlijk vals,' ging Elize verder, 'maar ik zie het als een compliment. Want wat is er zo bijzonder aan een jonge vrouw? Die zijn er genoeg. Maar lang niet iedere jonge vrouw heeft het talent en het lef om ook een oud meisje te zijn. Kunt u hier stoppen?'

Dat kon. De chauffeur reikte naar de taximeter. Otto was inmiddels zó doorweekt dat het leek alsof hij was *aangespoeld* op de achterbank. Drenkeling in eigen zweet.

Elize opende het portier. Ze wilde uitstappen maar bedacht zich en draaide zich naar hem toe.

'Heb jij dat boek van hem eigenlijk gelezen?'

'Mm mm.' Neutraal hoofdknikje. Hij *moest* het vragen. 'Elize, herkende je behalve jezelf ook... anderen?'

'Nee. Jij?'

'Nee!' zei Otto snel. 'Nee, ik ook niet. Maar die hoofdstukken over de radio, deden die je in de verte niet denken aan Chaos en Rumoer?'

Nu moest Elize, zoals dat in haar eigen boeken heette, 'schateren'. Dat was geen pretje om te horen; ze lachte alsof ze een toonladder oefende.

'Hoe *kom* je er bij? Dat zie ik nou helemaal niet. Dat hele radioverhaal is juist zo fictief als het maar kan.'

Ineens had Otto haar arm vast.

'En die schrijver dan? Wie is die schrijver?'

Hij voelde hoe ze verstarde. Wég was de toonladder. Otto schrok, hij zag verwarring en zelfs angst in Elizes ogen. Hij wilde haar meteen weer loslaten, maar merkte dat hij dit *niet* deed.

De taxichauffeur had zich omgedraaid. 'Zeg makker, zullen we effe dimmen?'

Nu pas trok Otto schielijk zijn hand terug.

Ze was in een oogwenk uitgestapt. Ze had niet eens meer iets tegen hem gezegd.

Otto had even de aanvechting om haar achterna te lopen en zich te excuseren. Maar dat zou alles er misschien alleen maar erger op maken. Dit was in een paar dagen tijd de tweede vrouw die hem 'eng' vond. Zélf vond hij zich ook nogal eng worden. Grijpgrage tengels bij de één, klemmende greep bij de ander – wat bezielde hem? Hij was zichzelf niet meer.

'En?' De chauffeur trommelde met beide handen op het stuur.

Otto trok het achterportier dicht. Bijna fluisterend van schaamte gaf hij zijn adres op.

Eenmaal thuis trok hij de conclusie dat hij inderdaad zichzelf niet was geweest. En nog stééds niet was. Vrij naar Riekje Oude Wetering stelde hij zichzelf een prangende vraag. Hoe *voelde* het nou om beschreven – nee, om *ge*schreven te zijn? Hij had er net zo min een antwoord op als op de vraag hoe het voelde om schrijver te zijn – áls hij zich tenminste nog schrijver mocht noemen, nu hij meer dan acht maanden geleden met veel poeha het vak vaarwel had gezegd. En dan lagen zijn boeken binnenkort ook nog in de ramsj. Otto moest toegeven: er zat systeem in de onttakeling. In zekere zin gingen zijn boeken hemzelf achterna. Zelf werd hij zóveel en vaak over het hoofd gezien en ontkend dat hij een soort tastbare non-existentie vertegenwoordigde. Diezelfde status kregen binnenkort zijn drie arme, lieve meesterwerken, daar in die felverlichte dumpcatacomben.

Hoog opgetast zouden ze er liggen, zijn boeken, te midden van duizenden andere verstoten en verdoemde titels, die er door hun overvloed en boventalligheid alleen maar onzichtbaarder op werden.

Ineens de stem van Zegel in zijn hoofd. Die verdomde uitgever van hem moest het altijd al hebben geweten. *De Valleien zijn er niet.*

Hij was er niet. *Zó* voelde het dus om schrijver te zijn. Het haakje van Jonas Vlieghe.

Hij overdacht Vlieghes sanitaire anekdote en trok een aan de pointe tegengestelde conclusie. Hij moest zich kenbaar maken. Het haakje moest van de deur.

Ja, het haakje moest heel erg van de deur. Dan kwam alles goed.

Mei

I

'Zullen we nog één korte ronde maken voor wat quotes?' vroeg Riekje Oude Wetering, en verschikte met snelle vingers iets aan de zilveren ruches van haar avondjurk. Otto stond met haar in de drukbezette ontvangstzaal van hotel Pantheon en volgde de bedrijvigheid bij de entree. Hotelportiers en chasseurs vroegen de genodigden voor het Eurobank-diner naar hun toegangsbewijzen. Bij de garderobe namen drie identiek geklede meisjes de jassen en een enkel hoofddeksel in ontvangst.

Chaos en Rumoer ging over een week met zomerstop, en traditiegetrouw was de laatste uitzending van het seizoen geheel gewijd aan de uitreiking van de Eurobank-Literatuurprijs. Sinds jaar en dag verzorgde Riekje deze uitzending en verzamelde zij 'op locatie' haar materiaal. Riekje vond zichzelf het aangewezen teamlid om het Eurobank-evenement bij te wonen en er een impressie van te maken. In voorgaande jaren had Willemijn Hoedjes haar geassisteerd, maar dit jaar had Otto Willemijns plaats ingenomen. Met het argument dat hij als ex-schrijver zijn vroegere collega's sneller aan de praat kon krijgen, had hij erop aangedrongen Willemijn te mogen vervangen. Willemijn had niet eens geprotesteerd.

Otto voelde in werkelijkheid natuurlijk geen enkele behoefte om ook maar één woord met die 'ex-collega's' te wisselen. Na één seizoen radiopresentatie was hij volkomen cultuurmoe. Maar hij was hier op een persoonlijke missie. Er was er één die hij wél een paar vragen wilde stellen. Otto was niet uit op een scène. Er hoefde zelfs geen kwaad woord te vallen. Het ging hem alleen maar om die paar vragen. Twéé vragen. Nou goed, drie. Waarom dat boek? En waarom híj, Otto, in dat boek? En waarom verdomme ooit zijn vrouw versierd? Drie vragen dus. Hij was reëel en verwachtte heus niet dat de ander een knieval zou maken. Maar hij wilde hem wél recht in de ogen kijken. Ja, hij wilde Waterlands ogen zien. Er móést wroeging of in ieder geval ongemak te zien zijn in de ogen van iemand die had bedrogen en gestolen.

Vanzelfsprekend had hij Riekje niets verteld over deze plannen. Net als de anderen van het team verkeerde Riekje in de veronderstelling dat Otto's wrok en woede waren verflauwd. Dat dachten ze alleen maar omdat zijzélf inmiddels waren bijgedraaid. Niemand buiten de redactie had Chaos en Rumoer in verband gebracht met Toonbeeld uit *Het hart* – en dus hadden die slappelingen hun morele verontwaardiging ook maar meteen bij het oud vuil gezet. Riekje had Waterland zelfs al weer een keer 'een kei van een schrijver' genoemd.

Otto vroeg zich af wanneer Waterland zich zou laten zien. Voorlopig was er te midden van de *culturati* in de ontvangstzaal niet één genomineerde auteur te bekennen. De pers was meegedeeld dat de vijf kanshebbers op het ogenblik elders in het hotel werden geïnterviewd door een vedette van de PON. Overal op de begane grond van het hotel zwierven trouwens televisieploegen rond. Van een afstand volgde Otto hoe zelfs de meest doorgewinterde en tot in de puntjes geklede *big shot* oog in oog met eèn tv-camera veranderde in een laf grijnzende jaknikker die een 'goed imago' verwarde met het zorgvuldig uitstralen van een soort dombovriendelijkheid. Kwam Riekje met háár vragen bij diezelfde types langs, dan volgde er een heel andere reactie. Op wel twintig automatische piloten werd er dan geantwoord, want ach, het was toch maar radio. Later op de avond zouden Riekje en hij helemáál niet meer meetellen, want dan zond de PON de uitreiking live uit op Holland 3. Maar tegen die tijd had Riekje waarschijnlijk genoeg materiaal verzameld. De volgende dag al zou ze in Hilversum gaan monteren.

Otto had altijd gedacht dat hotel Pantheon aan het Rokin, door iedereen in de stad 'de Pan' genoemd, een pleisterplaats was voor vermogende toeristen, en dat geen Amsterdammer er ooit een voet zette, behalve natuurlijk degenen die er werkten. Maar de genodigden gedroegen zich allemaal alsof ze hier iedere week wel iets te vieren hadden. Zelf voelde Otto zich ernstig ontheemd. Het enige wat hem meeviel was dat hij zijn zaalvrees in toom wist te houden, al had hij voor alle zekerheid een stripje Haldol in de binnenzak zitten.

Hij was, hij gaf het toe, onder de indruk, op het geïntimideerde af. Nooit eerder had hij een evenement bezocht met zo'n hoge smokingdichtheid. Hij had de minister van Binnenlandse Zaken gesignaleerd, twee fractievoorzitters van de Tweede Kamer, een handvol acteurs en actrices en zelfs een oud-minister-president. En allemaal in smoking of avondjurk. Op de uitnodiging voor het exclusieve Eurobank-diner stond inderdaad *black tie*, maar Riekje had hem niet verteld dat dit voorschrift ook gold voor de *journalisten*, met als gevolg dat hij in zijn bruine ribcolbert en groene pantalon met steekzakken dramatisch uit de toon viel. Gelukkig vertoonden een paar andere radioverslaggevers en een enkele coryfee uit links-intellectuele hoek zich in dezelfde detonerende confectiekleuren, anders was hij er waarschijnlijk meteen weer vandoor gegaan.

Nee, dan Riekje. Net als alle vrouwen hier was ze in het lang. Maar op haar manier viel ook Riekje uit de toon, want de grote leren schoudertas met daarin een joekel van een bandrecorder paste niet echt bij de laag uitgesneden *robe* waarmee ze door de kapitale zaal ruiste. Alle radioreporters maakten gebruik van ultramoderne en dus ultrakleine opnameapparatuur, maar zíj moest zo nodig die haveloze bandrecorder met zich meeslepen, met banden die scherp tikkend om de spoel bleven draaien als het lint was volgespeeld.

Omdat je een dame niet kon laten sjouwen, had hij aan het begin van de avond aangeboden het lor af en toe van haar over te nemen. Riekje droeg de leren tas alleen nog met zich mee op momenten dat ze de microfoon onder de neus duwde van een zoveelste bobo in *black tie*, die vervolgens een flets beleefdheidsantwoord gaf en intussen met afhangende hondenogen naar Riekjes tieten keek, in *wonderbra* gewrongen en tot blikvangende proporties opgepusht. Eerder op de avond, bij de eerste blik op die jurk, had ook Otto zich moeten inhouden om geen grote ogen op te zetten, niet zozeer vanwege de lage uitsnijding maar omdat Riekjes gezichtsuitdrukking zó anders was dan normaal dat het leek alsof ze voor de gelegenheid enige chirurgische ingrepen bij zichzelf had toegepast. Hij vroeg zich af waarom ze zichzelf dat decolleté had aangedaan, het was niets voor haar. Af en toe was ze zichtbaar opgelaten en onwennig, als een jongen die voor het eerst een stropdas draagt.

Riekje zocht nog steeds met rusteloze ogen de zaal af.

'Gaan we die ronde nog maken?' vroeg Otto.

Op dat moment begonnen de aanwezigen te applaudisseren. Onder de fotografen ontstond een run op een zijdeur waardoorheen de genomineerden de ontvangstzaal in werden geloodst. Otto merkte verheugd op dat hun entree een gevoelige slag toebracht aan de sfeer van frak en pak. Elize Beekbergen zag er uit om door een ringetje te halen, maar de mannen kwamen met veel vertoon van sjofele jasjes en ongepoetste schoenen de zaal binnen. Jonas Vlieghe was gestoken in grijzige confectie, en Huygens en Gardenier leken zó achter hun werktafel vandaan geplukt. De outfit van Waterland moest natuurlijk weer iets provocerends hebben: zwarte spijkerbroek, bloedrood overhemd met rock 'n roll-ruches, leren laarzen met ijzerbeslag bij de hak. Cowboy Henk in het land van Pennewip.

Terwijl Riekje zich verdiepte in een verkeerd vallende plooi in haar jurk, fixeerde Otto zijn blik. Waterland keek even zijn kant op en één ogenblik had Otto de gewaarwording dat zij de twee enigen in de ontvangstzaal waren. Alle anderen waren versteend geraakte schimmen die met één beweging vielen uit te wissen. Hij had het moeilijk, nu. Daar stond de man die het met zijn vrouw had gedaan. Daar stond de man die het god mag weten hoeveel keer met zijn vrouw had gedaan en aan al die keren vast en zeker materiaal had ontleend voor zijn tenenkrommende pulp. Het was bedrog in het kwadraat: eerst andermans vrouw pakken en dit vervolgens in een roman verwerken.

De verstening van iedereen minus Waterland en hijzelf was opgeheven, en Otto raakte weer onder de mensen. De ruis van beschaafd gedempte stemmen keerde terug. Fotografen drongen zich in de richting van de genomineerden. Een groepsportret zat er niet in, want de vijf verspreidden zich in een oogwenk over de zaal en zochten in bijna alle gevallen het gezelschap van hun uitgevers. Otto zeulde nog steeds met de leren tas met bandrecorder. Hij begon zijn nek en schouder te voelen. Naast hem was Riekje in gesprek geraakt met mensen die hij niet kende. Ze gedroeg zich als een te jolige lerares op een schoolreünie. Otto probeerde de zwarte spijkerbroek en het rode overhemd in het vizier te houden. Waterland was nu omringd door een kudde smokings. Eén ervan was Arnoud Zegel, die naast Waterland stond met een gezicht alsof hij zélf genomineerd was. Otto had zich voorgenomen zijn uitgever straal te negeren. Tot op heden viel er echter nog weinig te negeren, want Zegel had slechts aandacht voor zijn sterauteur.

Riekje, zonder microfoon, stoof nu als een ongeleid projectiel van de ene vage bekende naar de andere. Otto belandde in het gedrang en ineens was hij haar uit het oog verloren.

Iemand trapte hem tegen z'n hiel.

'Hé. Klootzak.'

Worstelend met de schoudertas draaide hij zich om. Christel Vestdijk droeg een Chanelachtig pakje waar hij zich stante pede door uit het veld liet slaan, nog voordat zij hem opnieuw, en nu iets luider, voor klootzak uitmaakte.

'Ik hoorde helemaal niks meer van je, en toen heeft Ricardo maar naar de PON gebeld. Jaja, talkshow hè? Concrete plannen hè?'

Ze wilde hem bijna weer een trap tegen z'n been geven, en deze keer veel harder, vermoedde Otto. Maar ze beheerste zich.

'Geilbak, goorlap. Ik heb Wiert verteld over die maffe oplichterij van je. En dan óók nog je handen niet thuis kunnen houden hè. Nou, Wiert sloeg behoorlijk op tilt. 'k Zou maar bij hem vandaan blijven als ik jou was.'

Hij was bang dat sommige omstanders meeluisterden en waagde zich niet aan een weerwoord. Hij *had* ook helemaal geen weerwoord. Met een snel excuus haastte hij zich bij haar vandaan. Christel had natuurlijk groot gelijk, al had ze haar vader erbuiten kunnen laten. Ze deed nota bene alsof de vutgerechtigde Huygens een of andere vechtmachine was.

Jongens in livrei liepen rond met dienbladen vol glazen wijn. Tijdens zijn ontsnapping aan Christel Vestdijk had Otto een glas bemachtigd. Hij botste bijna op tegen Alfred Gardenier, die óók al niet erg vriendelijk naar hem keek. Overal in de zaal flitsten de fototoestellen, en midden in die regen van flitslicht maakte Otto een sterk vertraagde pirouette toen hij in de buurt van Elize Beekbergen dreigde te belanden. Schielijk dronk hij zijn glas leeg.

Een personeelslid van Pantheon sloeg op een gong, en de grote zaaldeuren werden geopend. Roezemoezend vormde men een rij naar de doorgang. Het diner dat voorafging aan de bekendmaking van de prijswinnaar werd in een andere zaal gehouden. Het gezelschap moest drie trappen op en werd door allerlei gangen geleid. Otto zag bladgoud en rood pluche. Hier en daar stond een namaakantiek dressoir met daarop grote plastic boeketten in grote vazen die ook wel niet van porselein zouden zijn. Hij keek een paar keer achterom. Ergens achter in de rij liep Riekje. Haar mond stond niet stil. Hij treuzelde wat, liet anderen passeren en voegde zich bij haar.

'God, Otto, waar *was* je? Ik sprak zonet met *hele* interessante mensen. En ik kon ze niet eens fatsoenlijk interviewen omdat jij met de apparatuur aan de wandel was gegaan. Nu kunnen we het wel vergeten. Tijdens het diner is iedere media-activiteit verboden. Dan heeft de PON met het live-verslag het alleenrecht. O, hai Lodewijk.'

Riekje groette een zonnebankbruine jongen die grijnzend haar bovenarm had aangeraakt.

'Nog steeds het oude slagschip, Riekje?' zei de jongen, en knikte naar de bandrecorder in de tas, waarvan het hengsel steeds scherper in Otto's nek en schouder sneed.

Riekje legde even een kozende hand op de tas. 'Ja, jullie hebben natuurlijk allemaal van die moderne Japanse troep, maar daar doen wij van Chaos niet aan mee. Wat is er tegen een goeie ouwe Nagra? Is toevallig wel de Nilfisk onder de bandrecorders. Ik werk er al meer dan vijftien jaar mee. Als je een Nagra een dag op de bodem van de Amstel legt, doet ie het daarna nog steeds.'

'Meen je dat nou?' zei de jongen. Hij was nauwelijks onder de indruk. Iemand vóór hen in de rij keek even om. Otto schatte in dat het een cultuurdrager was die zich stoorde aan Riekjes journalistengetetter.

'Ik kán trouwens niet overgaan op andere apparatuur,' zei Riekje. 'Dan moet ik eerst op een cursus digitaal monteren, en daar heb ik geen zin in. Dat voelt aan als bijscholing.'

'Sterker nog, dat *is* bijscholing,' antwoordde de jongen. 'Daar zul je aan moeten geloven, Riekje, zeker op jouw leeftijd.'

Ze kwamen bij de dinerzaal en moesten opnieuw hun uitnodiging laten zien.

'Dat was Lodewijk Ris,' fluisterde Riekje even later. 'Hij is de enige hier uit de hoek van de commerciëlen. Snotneus van dertig en meneer noemt zich hoofd infotainment van Mega TV-8. Op het Eurobank-diner van vorig jaar had ie te veel gedronken. Hij begon de vreselijkste opmerkingen door de zaal te slingeren. Heel gênant. Blijf maar bij hem uit de buurt.'

Otto knikte. Toen hij de dinerzaal overzag, moest hij zich inhouden om niet meteen rechtsomkeert te maken. De ontvangstruimte viel in het niet bij deze immense zaal, in het midden waarvan onder kolossale kroonluchters veertien grote ronde tafels stonden met om iedere tafel weer veertien stoelen. Tegen een decor van metershoge ramen en donkere lambriseringen stonden een stuk of twintig kelners op een rij. Ze droegen witte handschoenen en stonden streng in het gelid, als militairen die zojuist op appèl waren geroepen.

Kennelijk wist Riekje van vorige prijsuitreikingen waar hun plaatsen waren, want ze liep linea recta naar de twee achterste tafels, die nog vrijwel onbezet waren. Otto volgde haar en knikte onderweg even naar de kelners, maar dat was waarschijnlijk niet de bedoeling, want er werd nadrukkelijk niet teruggeknikt.

'Deze twee tafels zijn altijd voor het journaille,' zei Riekje. Ze speurde de naamkaartjes af die op de stoelzittingen waren gelegd. Aan weerszijden van ieder bord lag een bataljon aan bestek. Ook het aantal wijnglazen per couvert was niet gering; een woud van glazen domineerde de tafels.

Riekje maakte wel drie keer een rondje om beide tafels. Ze keek bezorgd en liep aarzelend, alsof ze zich liet leiden door een wichelroede.

'Hoe kan dat nou? Ik snap er niets van. Ik zie maar één plaats op naam van Chaos en Rumoer.'

Otto zag taferelen voor zich van elleboogstotende journalisten die hun stoel opeisten.

'Vraag het even aan zo'n kelner,' opperde hij.

'Die weten van niks,' zei Riekje bits. 'Ik ga wel even naar de organisatie.'

Otto bleef achter en keek toe hoe de diverse stoelen langzaam maar zeker bezet raakten. Er viel een duidelijke pikorde te bespeuren. Aan de voorste tafels zaten vanzelfprekend de genomineerden en hun gezelschap, alsmede de Euro-bonzen, politici en juryleden. Rondom die tafels stonden de tv-camera's opgesteld. Daarachter namen de uitgevers en laureaten van eerdere jaren plaats, en dáár weer achter stonden de tafels voor redacteuren. Onder aan de ladder en achter in de zaal bevond zich dan, zoals Riekje het had uitgedrukt, het journaille.

Riekje keerde terug met een blond meisje dat een opschrijfboekje bij zich had. Ze had opvallend brede schouders en zag er overwerkt uit.

'Er móéten twee plaatsen zijn voor Chaos,' zei Riekje tegen haar. 'Dat is ieder jaar toch zo? Ik heb jullie nog gebeld om onze komst te bevestigen.'

Het meisje inspecteerde de naamkaartjes. Met een pinnige vinger begon ze in haar opschrijfboekje te bladeren. Op een van de bladzijden was, heel klein, de tafelschikking getekend.

Ze keek op. 'Ik denk dat ik het begrijp. Mevrouw Hoedjes heeft afgezegd. Haar plaats is vergeven aan iemand anders.'

'Ja, aan meneer Vallei, neem ik aan,' antwoordde Riekje. 'Als het goed is heeft mevrouw Hoedjes meteen een nieuwe reservering voor meneer Vallei gemaakt.'

'En dat bent u?' vroeg het meisje, en wierp een schuine blik op zijn jasje.

Otto knikte.

'Hoe was uw naam ook alweer?'

Otto deed alsof hij haar niet had gehoord en veinsde belangstelling voor de bandrecorder in de leren tas. Met zijn vrije hand masseerde hij zijn nek en schouder.

'Vallei, met e-i,' antwoordde Riekje in zijn plaats.

Het meisje klapte haar notitieblok dicht. 'Het spijt me. Die naam staat er echt niet bij.'

Otto staakte zijn zelfmassage. Het was allemaal de schuld van dat kreng Hoedjes. Willemijn had hem natuurlijk met opzet niet aangemeld.

Hij keek de zaal in. Waterland was al aan de voorste tafel gaan zitten. Otto rilde even. Daar *gingen* zijn vragen; daar *ging* de confrontatie. Naast Waterland zat Zegel, en aan de andere kant – hij kon het niet meteen geloven – de minister van Binnenlandse Zaken.

'Laat maar, Riekje,' zei hij. 'Ik ga wel. Ik zie de rest wel thuis, op tv.'

'*Kóm* nou!' Riekje verhief haar stem. Aan belendende tafels wendde men het hoofd.

Het meisje gaf geen krimp. 'Het spijt me echt, maar er is slechts plaats voor een van u beiden.'

Dit zette Riekje aan het denken. Ze was er natuurlijk van uitgegaan dat die ene stoel de hare was.

'Weet je wat,' zei ze, en haalde diep adem, 'ik heb al zo vaak zo'n Eurobank-diner meegemaakt. Ik ga gewoon naar de lobby en volg het daar wel op tv. Na de uitreiking kom ik terug en dan maken we nog een paar itempjes.'

Otto bespeurde een verborgen agenda. Riekje gaf haar plaats niet zomaar op. Later zou haar offer vast en zeker tegen hem worden gebruikt. Om haar niets verschuldigd te hoeven zijn probeerde hij haar op andere gedachten te brengen. Maar Riekje was vastbesloten.

'De Nagra neem ik niet mee,' zei ze, en wees naar de tas. 'Als je die even wilt wegzetten.'

'Waar dan?' vroeg Otto. Hij voelde zich op slag hulpeloos.

Riekje haalde haar schouders op. 'Ja, kun je dat zelf niet bedenken? Onder je stoel voor mijn part. Ik heb *even* geen zin om dat ding mee te slepen.'

Samen met het meisje van de organisatie liep ze de zaal uit. Otto voelde er weinig voor om de bandrecorder onder zijn stoel te plaatsen. Dat gaf problemen met beenruimte, en bovendien vond hij het vervelend de hele avond met dat haveloze bakbeest te worden gezien. Op aanwijzing van een kelner zette hij de Nagra achter een gordijn bij een van de hoge ramen. Hij zocht zijn plaats op en haalde het naamkaartje van zijn stoel. Vrijwel alle plaatsen aan de twee tafels voor het 'journaille' waren nu ingenomen. Alleen de stoel links van hem was nog vrij. Hij nam zijn tafelgenoten op. Niemand die hem bekend voorkwam. Dat was wel zo prettig. Als hij wilde, hoefde hij vanaf nu geen woord meer te zeggen.

Het menu stond, handgeschreven, vermeld op een vouwblad van geschept papier. Alles in het Frans. Het waren zo te zien vier gangen. Daar werd hij niet vrolijker van. Hij hield niet van gangen, en zeker niet van vier.

Ten prooi aan een doffe wezenloosheid begon hij het menu te decoderen, totdat iemand een hand op zijn schouder legde, de pijnlijke.

'Kun je het lezen? Ja, het stáát er mooi, maar let maar op, we krijgen straks gewoon bokking in een ouwe krant, net als vorig jaar. Zo, ik zit naast jou. Geinig.'

Getroffen keek Otto opzij. De hand op zijn schouder was zonnebankbruin.

'Zeg, waar is Riekje?' vroeg Lodewijk Ris, nadat hij zijn stoel had aangeschoven. 'Flauwgevallen, doodgeknuppeld, ongesteld? Of wilde ze haar gelijk bewijzen en is ze meteen maar met slagschip en al de Amstel in gesprongen?'

Otto deed een poging tot glimlachen maar kwam niet verder dan het optrekken van zijn bovenlip. Lodewijk Ris boog zich naar hem toe. Otto rook een melange van Odol, alcohol en haarwater.

'Zie je die minkukels daar?' Ris knikte naar de kelners. 'Zorg ervoor dat die kale je drankjes brengt. Alle anderen schenken volgens voorschrift, en dat is héél zuinig. Maar als je die kale met die o-benen een meier toestopt, gooit ie om de minuut je glas vol en knalt ie zó twee extra flessen rood voor je op tafel. Onthouden, hoor.'

'Jaja,' zei Otto met ontblote tanden. Hij had het idee dat iedereen aan tafel de onregelmatigheden van zijn voortanden bestudeerde.

De kelners serveerden een aperitief. Lodewijk Ris hield zijn glas vlak voor zijn gezicht en keek ernaar als een chemicus naar een maatbeker.

'Rode port, laf spul, bah.' In een paar teugen was het weg.

Otto pakte met tegenzin zijn glas. Hij dronk zelden port. Met een aan de zijkanten opgekrulde tong nam hij een paar minuscule slokjes.

Iedereen aan tafel had kennelijk onprettige ervaringen met Lodewijk Ris. Men deed in ieder geval alsof hij lucht was. Maar de man van lucht liet zich niet uit het veld slaan. Hij wenkte een langslopende kelner en maakte een weids gebaar naar zijn tafelgenoten.

'Zeg vriend, kan er alvast wat wijn op tafel komen? Dan gaan wij hier intussen eendrachtig met de maag knorren. Ik zou zeggen, gooi open die gaarkeuken!'

Ris keek de tafel rond en begon toen op volle sterkte om zichzelf te lachen. Zijn stemgeluid waaierde uit over de halve zaal. Aan de naburige tafel verborg men het hoofd tussen de schouders. Otto greep zich vast aan de tafel. De lach van Ris dreigde alsnog een aanval van zaalvrees te veroorzaken, er stuiterde een ijsbal in zijn maag. Snel dronk hij alsnog het glas port leeg. Dat hielp – voor even. Misschien moest hij méér drinken, net als die avond in theater Eggepoppe.

Toen Ris was uitgelachen, overwon Otto zijn weerzin, boog zich naar zijn buurman en vroeg: 'Die ene met die o-benen, zei je toch?'

Hij tastte alvast naar zijn portemonnee.

2

'...en dan zijn er ongetwijfeld enkele sponsors en relaties die ik inderhaast vergeten ben te noemen. Maar ik wil uw geduld niet langer op de proef stellen...'

Dit was de *zesde* speech van de avond. Een Euro-bons was aan het woord. Vijf andere bonzen waren hem voorgegaan.

'...en daarom geef ik nu graag het woord aan de juryvoorzitter.'

Otto was niet de enige wie de lust ontbrak voor de zoveelste keer te klappen; er klonk slechts een motregentje van applaus toen de juryvoorzitter opstond en naar het spreekgestoelte – ja, *schreed*. Wat viel er nou helemaal te applaudisseren? Tot nog toe had men de aanwezigen geteisterd met dankwoordjes aan subsponsors en cofinanciers. Die fletse toespraken maakten pijnlijk duidelijk dat de hele Eurobank-prijsuitreiking niet meer dan een geldverslindend onderonsje was voor werkgevers, bedrijfscommissarissen en pluche-schurkende politici, met vijf uit de boekenberg geplukte schrijvers als excuustruus. Een van die vijf zou zo dadelijk een ton opstrijken, een bedrag dat iedere literator deed duizelen maar waar de gemiddelde *captain of industry* niet eens z'n bed of leasewagen voor uit kwam. En de literaire wereld maar opzitten en pootjes geven. Schrijvers, critici en uitgevers moesten zich vooral *dankbaar* opstellen tegenover het Euro-mecenaat... Otto had er een vieze smaak van in zijn mond gekregen. Die smaak viel niet weg te spoelen met de Château Lafitte 1988 die werd geserveerd, zelfs niet nadat hij er aardig wat glazen van had achterovergeslagen. Smeergeld aan de ober met de o-benen bleek niet eens nodig te zijn.

Ook als er niet werd gespeecht, was de stemming aan de veertien tafels lauw en flauw. Voorzover Otto het kon overzien werd er plichtmatig geconverseerd. Men zat en vrat, en dronk eens wat – dat was het wel. Naast hem hield Lodewijk Ris zich al enige tijd opvallend rustig. Kennelijk had het hoofd infotainment van Mega TV-8 zich erbij neergelegd dat zijn keelgeluiden van bral en jool niet werden gewaardeerd.

Otto had alle gelegenheid tot het observeren van Ed Waterland. Die observaties bleven weliswaar beperkt tot het grimmig staren naar zijn rug en achterhoofd met af en toe, wanneer de genomineerde zijn bedriegerskop bewoog, een flintertje en profil, maar rug en achterhoofd waren voor Otto méér dan genoeg om te kunnen zien dat meneer een slecht geweten had. Ed Waterland zou de winnaar worden, o zeker. Want hoewel de live-uitzending nog niet was begonnen, liepen de cameramensen al driftig heen en weer, en iedereen die een beetje oplette kon zien dat de choreografie van de verrijdbare camera's was afgestemd op de tafel waar Wee zat, en in het bijzonder op Wee zelf. Ook Zegel moest dit zijn opgevallen, want die zat inmiddels gewichtig te zijn op een manier die niet onderdeed voor de gemiddelde Eurobank-prolurk. Het was nog een geluk dat het gebruik van draagbare telefoons tijdens het diner niet was toegestaan, anders zou Zegel er vast en zeker met achttien shiva-armen mee hebben gegoocheld.

De kelners hadden het nagerecht afgeruimd en serveerden koffie met cognac of calvados. Terzijde van het spreekgestoelte kondigde de floormanager van de PON aan dat over vijf minuten de directe uitzending zou beginnen. Die mededeling had enig effect; er trok zowaar een vederlichte onrust door de zaal.

Onder het getinkel van glas en koffielepeltjes betrad de juryvoorzitter het spreekgestoelte. Hij heette Arend-Jan Geurts en was een kolos van een vent met een knolneus en grijs haar dat als een dikke dot grauw geworden watten op zijn hoofd leek geplakt. Als enige van de vakjury kwam hij niet uit het literair bedrijf. Geurts was commissaris van de Koningin in Zeeland. Otto moest toegeven: zijn forse gestalte achter de katheder gaf *cachet* aan de avond. Geurts keek de zaal in met een regentenblik die zijn uitwerking niet miste. Iedereen was ineens één en al aandacht.

De tv-lampen floepten aan, en meteen kreeg ieder niet-geschminkt gezicht een lijkenkleur. Alleen Lodewijk Ris bleef er zonnebankgetint uitzien, al schemerde er nu wel een doffig geel door het bruin. Waterlands bloedrode overhemd werd onder het onbarmhartige televisielicht nóg bloederiger rood. Otto nipte grimmig aan zijn calvados. En hoewel hij er nauwelijks nog aan twijfelde dat Waterland met de eer en het geld zou gaan strijken, bad hij tóch tot de God aan wie hij niet geloofde dat er iets zou gebeuren waardoor Wee die verdomde prijs zou mislopen.

De ontzagwekkende Geurts rommelde met z'n papieren. Zijn zware ademhaling golfde via de microfoonversterking in vlagen door de zaal. Vooraan maakten de heren van de Eurobank zich breed. Daarentegen leken de genomineerden, nu het moment van de waarheid naderde, ineen te schrompelen tot vogeltjes van het soort dat altijd en overal wordt overreden. Zelfs bij La Beekbergen sloeg de onrust toe. Van oud meisje was ze veranderd in bang diertje. Alleen Waterland zat er standbeeldachtig bij. Otto oefende maar weer eens lispelend zijn drie vragen. De alcohol had zijn stemming veranderd. Hij was er niet meer zo zeker van dat er na de uitreiking geen kwaad woord zou vallen. Hij wilde nog niet nadenken over 'aanvliegen' en 'naar de strot grijpen', maar de kans bestond dat hij zich niet zou kunnen beheersen en dat er bij een confrontatie rake klappen zouden vallen. Onder tafel balde hij ter oefening één vuist. Hij vroeg zich af op welk deel van het gezicht je precies moest slaan zonder het gevaar te lopen je vingers te breken.

Geurts baste zijn openingszin de zaal in. Zijn zware stem had zelfs effect op de kelners, die het serveren staakten en een hoek achter in de zaal opzochten. Naast hem was Ris bezig weg te doezelen. Hij had zich gedurende het diner voortvarend klemgezopen.

Otto kon zich nauwelijks concentreren. Gedachten over voltreffers en kaakslagen vielen niet te onderdrukken. Hij ving slechts flarden op van het juryrapport.

'...uitstekend jaar voor het Nederlandse proza... niet beducht voor risico's en vormexperimenten... overtuigende psychologische portretten... puntige stijl... het winnend werk...'

De zaal hield de adem in.

'...geschreven door een afgezant van de jonge garde...'

En ademde collectief weer uit. Otto ontspande onwillekeurig zijn hand. Hij gluurde naar de eerste afvaller: Huygens. In de literatuur bleef je lang jong, althans, ze *noemden* je heel lang jong. Soms werden zelfs veertigers nog betiteld als 'jonge schrijvers', maar Huygens kon je met de beste wil van de wereld niet meer tot de jonge garde rekenen. Naast Huygens zat Christel, die haar vader iets in zijn oor fluisterde, maar Huygens bewoog snel zijn hoofd van haar vandaan en maakte een vinnig handgebaar. Hij wist dat hij eruit lag; zijn schouders hingen af. Zijn tafelgenoten keken nadrukkelijk neutraal.

Geurts ging onversaagd verder. '...indrukwekkend stijlregister... het winnende boek... subtiele gelaagdheid... kent reeds een groot leespubliek...'

Alom gefluister. Groot leespubliek? Dan vielen nu ook Vlieghe en Gardenier af. Bleven over: Elize en allemansvriend Wee.

Tussen de rode gordijnen verscheen iemand van het hotelpersoneel, die naar het spreekgestoelte liep en de juryvoorzitter een briefje toestopte. In de zaal veranderde het gefluister in gegons. Geurts schermde met één hand de microfoon af en vouwde het papiertje open. Hij raakte zichtbaar geïrriteerd toen hij het las. Er ontsnapte hem een soort grommend geluid. Hij keek ontstemd en bijna bestraffend de tafels langs, pakte zijn papieren bij elkaar, en liep zonder nog iets te zeggen van het spreekgestoelte vandaan.

Even dreigde er in de zaal tumult uit te breken, maar toen er van achter diezelfde gordijnen een politieagent verscheen, daalde er een verblufte stilte over de veertien tafels. Otto keek naar zijn tafelgenoten om te zien of er iemand in paniek raakte. Zo ja, dan mocht hij ook.

Naast hem was Lodewijk Ris ineens weer helemaal bij de les. 'Godbeware, ze gaan ludiek doen, het lijkt het Boekenbal wel. Bromsnor tussen de gordijnen. Moet je opletten, komt straks Swiebertje uit een zijdeur.'

De agent droeg geen pet maar was wel in uniform. Hij tikte even met een vingertop tegen de microfoon en produceerde een ongemakkelijk kuchje.

'Dames en heren. De organisatie van de Eurobank-Literatuurprijs heeft zojuist een bommelding ontvangen. Wij nemen deze melding serieus. U wordt verzocht het pand onmiddellijk te verlaten.'

Vreemd genoeg gebeurde er 'onmiddellijk' niets. Iedereen leek vastgenageld aan z'n stoel. Ook de agent zelf maakte geen aanstalten. Schuin achter hem maakte de regisseur van de PON een opgewonden armgebaar. Op zijn aanwijzing schoten de cameramensen op de voorste tafels toe. Sommigen ontkoppelden hun camera van het statief en hesen het gevaarte op hun schouder.

Toen explodeerde er iets, zij het slechts in Otto's hoofd. Een *bom-*

melding! In duizelingwekkend tempo raasde alles hem door het hoofd. De vergadering, Riekje met haar samenvatting van het einde van *Het hart*: het verhaal dat zichzelf opblaast, het onbegrip over een bom in een sleutelroman... Als in een versneld afgedraaide film herbeleefde hij alle annexatie en intimidatie door Waterland. Met als gevolg die schedelschuddende explosie.

Hij wilde ingrijpen. Dit ging te ver. Zelfs *hier* moest alles gaan zoals Waterland het wilde, zelfs *nu* maakte hij iedereen ondergeschikt aan zijn dictatoriale triefel. Want die melding, die kwam natuurlijk recht uit Waterlands terreurroman.

Er ontsnapte hem een alleen voor hemzelf hoorbare kreun. *Was er dan niemand die het dóórhad?*

'Ik herhaal. U wordt allen verzocht het pand te verlaten.'

Eindelijk sprong er iemand op: Otto. Maar hij peinsde er niet over om één stap te zetten. Hij wees. Hij wees en schreeuwde. Gestrekte arm, gestrekte vinger. Hij wees en schreeuwde en het bloed dreunde tegen allebei zijn oren en iedereen draaide zich om en keek hem aan en zag hem schreeuwen en hij zag dat iedereen hem zag en wees en schr–

Het wijzen lukte nog wel. Maar het schreeuwen ging mis. Zijn keel bracht alleen maar rauwe klanken voort. Een goede bekende, de ouwe schoen, had zijn keel gebarricadeerd.

Camera's zwenkten, lampen draaiden een halve slag, Otto stond nu in het volle licht.

'HIJ! DAAR! *HIJ* DAAR IS HET!'

Dát was er dan toch uit. Verder kwam hij niet. Iedereen aan de voorste tafels had zich naar hem omgedraaid. Iedereen, óók Waterland. Eén moment kruisten hun blikken elkaar. De afstand was te groot, besefte Otto. Niemand kon goed zien naar wie hij wees en schreeuwde. Hij moest namen noemen.

'Ja, *hij*! Maar ik ook. Wij *allemááál*!' Ris was lallend opgestaan en liet zijn armen alle kanten op zwiepen.

Getroffen keek Otto opzij. In één beweging duwde hij Ris terug in zijn stoel. Maar het was te laat. Wíe er nog naar hem keek, deed dit met minachting om zoveel zatlapperij. De meesten waren opgestaan en liepen naar de openslaande deuren. Een enkeling had nog snel een fles wijn plus glazen van tafel gepakt.

'Heren.'

Dat was de agent, die nog steeds bij de microfoon stond. Geschokt ontdekte Otto dat de agent het tegen hém en de strontbruine Ris had. Otto keurde zijn buurman geen blik meer waardig, sloot zich aan bij het gedrang bij de deuren en probeerde allerlei vijandige blikken te trotseren.

Pas in de gangen brak er paniek uit. De Euro-genodigden mengden zich met de reguliere hotelgasten, die eveneens waren ingelicht en die door personeel en politie naar de uitgang werden gedirigeerd. Ondanks het vroege uur van de avond waren sommige gasten in badjas of pyjama. Hollende mensen in pyjama en op sokken – dát zag eruit zoals in kostenverslindende rampenfilms, en dus sprong de paniek over op het Euro-volk en sloegen sommige smokings aan het rennen. Ook Otto begon harder te lopen. Ergens in een hoek van zijn hoofd werd puur genot aangemaakt. Iedereen verloor hier z'n naam; je was alleen nog maar een huls die haast maakte. Dat deed hem goed. In stilte haalde hij z'n gram. Altijd en overal behandelde men hem alsof hij zonder naam en dus zonder betekenis was. Nu was iedereén zonder naam, en dat collectieve zelfverlies was bijna bedwelmend. Maar hij paste op. Bedwelming of niet, hij wilde er wél uit, uit de Pan.

Het was niet toegestaan de liften te nemen. Voor iedere liftdeur stond een agent in uniform. In een omtrekkende beweging stroomde men richting trappenhuis. De Euro-bonzen waren er het eerst bij. Met ketsende schoengeluiden gingen ze de trappen af. Otto probeerde het bloedrode overhemd te volgen. Overal voelde hij armen en handen die hem hardhandig raakten. Zelf stootte hij ook tegen anderen aan.

In de lobby trad er onder de menigte een waterscheiding op. Terwijl de gewone hotelgasten direct naar de uitgang renden, dromde de meerderheid van de Euro's samen bij de garderobe op zoek naar hun jassen. Otto, buiten adem, bleef even staan kijken naar de jasgraaiende burgerij. Eerst m'n jas, dan de bom. Zelf bleef hij ver van de garderobe. Zijn nylon jack kon hem nu gestolen worden. Vóór hem struikelde een dame over haar eigen jurk en viel met een akelige kreet op het marmer. Een hoteljongen in livrei hielp haar overeind. Otto keek de lobby rond en zag Wee bij de uitgang. Hij moest ineens aan Riekje denken. Dít zou pas mooie interviews opleveren. Terwijl hij zich afvroeg waar ze kon zijn en of ze al buiten was, bevoelde hij instinctief zijn schouder.

De Nagra. Hij was de Nagra vergeten.

Heel even overwoog hij terug te gaan en het slagschip op te halen. Eén blik op de overvolle trappen was genoeg om hem van die gedachte af te brengen. In plaats daarvan liet hij zich met de menigte meevoeren richting uitgang.

Halverwege de lobby greep iemand hem van achter bij zijn arm vast.

'Kunt u even meekomen, m'neer.'

De man die hem vasthield was niet in avondkleding maar droeg een onbestemd windjack. Hij had een humorloos vogelgezicht. Met zijn vrije hand haalde hij iets uit zijn jaszak. Het was een document dat eruitzag als een treinabonnement.

'Recherche. Wilt u met mij meegaan?'

Otto bekeek het treinabonnement. Recherche? Belachelijk. Dit kon alleen hém overkomen: een vogelkop die voor Maigret wilde spelen. En trouwens, die moest dan bij oplichter Wee zijn. Die was hier tenslotte de amokmaker.

Otto kende zijn *policiers* en zei: 'U vergist zich. U moet een ander hebben. U moet...'

Hij wilde naar de uitgang wijzen, maar het bloedrode overhemd was verdwenen. De armtrekker keek naar hem met kleine, bijna weggekropen ogen. Otto zag getrainde minachting in die ogen. Achter zijn ribben laaide actiebereidheid op. En hij deed wat hij *moest* doen: hij rukte zich los en sloeg op de vlucht.

De vogelkop maakte nog een maaiende beweging en seinde toen met hamerende vinger naar twee agenten in uniform die bij de garderobe stonden en onmiddellijk naar de uitgang renden om hem de doorgang te beletten. Otto liep iemand omver. Dat was niet netjes maar wel nodig. De adrenaline gutste uit zijn oren; zijn sprint overtrof het tempo van de agenten. Hij maakte een prachtsprong over een berg koffers en verdween door de hoteldeuren naar buiten.

Ook de vogelkop kwam naar buiten. Met snelle hoofdbewegingen keek hij links-rechts-links. Maar op het Rokin stonden zóveel mensen in groepen bij elkaar dat Otto in een oogwenk in de menigte was verdwenen. Hij laveerde tussen verdwaasde hotelgasten en slechtgehumeurde Euro-smokings. Het was moeilijk om volledig ongezien te blijven; het wemelde van de camera's en overal scheen hetzelfde felle lamplicht als zo-even in de dinerzaal. Journalisten die een kwartier geleden nog aan het diner hadden gezeten, waren nu op jacht naar de scoop van hun leven en draafden van het ene groepje naar het andere. En waarschijnlijk had de PON het live-verslag niet gestaakt, want zowel uit de richting van de Dam als het Muntplein kwamen honderden mensen naar het Rokin. Die waren natuurlijk opgesprongen voor de tv en, belust op ramptoerisme, de straat op gegaan.

Otto ging tegen de stroom in en bereikte het Muntplein. Hier bleef hij staan en keek om. De ingang van het Pantheon was inmiddels met dranghekken afgezet. Boven de hoofden van de evacués en nieuwsgierigen deinden hier en daar hengels met plumeau-achtige microfoons. De meeste hengels wezen naar een dot grijs pluishaar te midden van de menigte; Geurts was omgeven door een kordon van journalisten en baadde in het licht van de tv-lampen. Tien, twintig gestrekte armen met handmicrofoons wezen naar zijn mond. Otto vermoedde dat de koelbloedige commissaris van de Koningin de bekendmaking van het juryrapport gewoon voor de poorten van het Pantheon had hervat.

De vogelkop dook op. Otto zag hem verontrustend snel naderbij komen, langs de neergelaten rolluiken van Maison de Bonneterie. Otto vluchtte de Kalverstraat in. Hier was het vrijwel geheel uitgestorven. Niets in de gebunkerde winkelstraat wees erop dat er vierhonderd meter verderop zojuist een hotel was ontruimd. Hij haastte zich een steeg in, waar het naar de onvermijdelijke pis stonk. Hij ontweek losse stoeptegels en voorkwam een paar keer een val. Af en toe keek hij hijgend om. Nergens zag hij nog de vogelkop, maar achter hem sloeg de echo van roffelende voetstappen hoog tegen de gevels.

Pas op het Spui had hij zijn achtervolger van zich afgeschud. Otto kwam maar langzaam tot zichzelf. Alles op en rond de zuidkant van het Spui was op surreële wijze alledaags. In de zijstraatjes maakte uitgaanspubliek uitgaansgeluiden. Voor het Begijnhof zaten skaters op bankjes. Boekhandel Amicorum was gesloten, maar in de naastgelegen nieuwscorner was een kleine oploop ontstaan bij een televisietoestel dat boven de schappen hing. Otto rekte zijn nek en keek over de hoofden heen naar de breedbeeldtelevisie. Zijn hart miste een slag. In *full color* zag hij zichzelf in de dinerzaal opspringen en wijzen. Een nieuwslezer becommentarieerde zijn actie en uiterlijk. Met groeiende verontwaardiging hoorde Otto dat hij werd omschreven als een sinistere figuur die op listige wijze een plaats aan een tafel had weten te bemachtigen. Hij was perplex. Iemand moest die verdomde tv-maffia een halt toeroepen. En iemand moest vooràl de persvoorlichter van de Amsterdamse politie een halt toeroepen, want die was inmiddels bezig de schandaligste dingen te beweren over zijn trefzeker en nobel wijzen en schreeuwen van – hoe lang geleden was het: een kwartier, een uur? Hij wist het niet. Hij wist nog maar heel weinig. Waar was Riekje? Zíj kon alles rechtzetten, zij zou zijn naam zuiveren.

Na de politievoorlichter kwam iemand anders in close-up. Het was een beambte van de explosieven opsporings- en opruimingsdienst. Hij kreeg korte vragen en gaf korte antwoorden. Er was een verdacht pakketje ontdekt in het Pantheon. Achter in de dinerzaal. In een leren tas.

Otto sloeg zijn hand voor zijn mond om te voorkomen dat hem een kreet ontsnapte. Toch had iemand zich naar hem omgedraaid; een jonge vrouw met vlashaar staarde hem met glazige ogen aan. Ze begon te fronsen maar kon zo te zien zijn gezicht niet thuisbrengen, ook al had ze zojuist alle beelden op tv gevolgd. Dat moest er nog bij komen: herkend van de tv, gestenigd op het Spui. Otto probeerde zijn gezicht te verbergen achter de dunne kraag van zijn colbert.

Hij snelwandelde bij de nieuwscorner vandaan en passeerde het rijtje cafés nabij Amicorum. Hij overwoog om een van die cafés binnen te gaan. Buiten liep hij te veel in het oog. Hij koos voor Ruyters, aan de kop van de Spuistraat. Met de grauwe vitrage achter de ramen en het Perzisch-kleedjeswerk op de tafels maakte Ruyters van alle cafés de meest non-descripte indruk. Daar liep iedereen altijd aan voorbij; daar kon hij naar hartelust onzichtbaar zijn.

De deur klemde, maar na enig doorduwen kwam hij het café binnen. Aan een tafel tegenover de lege bar zaten vier zestigers met rood uitgeslagen alcoholkoppen zwijgend te kaarten. De barkeeper had een druipsnor en droeg een grote bril, die halverwege zijn neusbrug was gezakt. Op de brillenglazen zaten witte stippels roos. Ook hier stond de televisie aan; schuin boven de tapkast hing aan dunne kabels een grote kleurenbak waarvan het geluid zacht stond. De vier kaartspelers hadden geen enkele belangstelling voor de beelden van het Rokin. Otto gluurde schuin omhoog. Geurts was in onvaste close-up. Hij stond nog steeds voor het hotel, te midden van een brede haag toeschouwers.

'Verrek zeg. Jij was net in beeld. Ze zoeken jou, vriend.' De barkeeper had zijn bril omhooggeschoven. Hij bracht zijn hand onder de tapkast. 'Of je gaat eruit, of ik gooi hier het huisalarm aan.'

De kaarters keken op noch om.

Otto wilde een scène vermijden. Hij had zich half omgedraaid om weg te gaan toen iemand zei: 'Kees, laat dat alarm maar uit. Meneer is een goede bekende.'

Goede bekende. Nooit had degene die hem zo noemde één woord met hem gewisseld, maar Otto herkende de stem uit duizenden.

In een hoek van de zaak, aan een tafel die hij over het hoofd had gezien, zat Ed Waterland.

3

'Wat riep je nou, daar in die zaal? Het was niet te verstaan, maar je keek erbij alsof je een *jihad* stond uit te krijsen.'

Otto gaf geen antwoord. Hij had Waterlands aanbod om bij hem aan tafel te komen zitten afgeslagen. Nu hij de ander zó dicht was genaderd, hadden de vragen die hij wilde stellen zich vermenigvuldigd van drie tot misschien wel dertig, maar van al die vragen kwam de minst spectaculaire hem het eerst over de lippen.

'Waarom ben jij niet op het Rokin?'

Waterland knikte even naar het televisietoestel. 'Mij te druk daar. Ik heb tegen Arnoud Zegel gezegd dat ik ervandoor ging. Zóveel toestanden, daar word je alleen maar fobisch van.'

'Jaja,' zei Otto, en vroeg zich af of de ander werkelijk dacht dat hij zo goedgelovig was. Waterland die last had van fobieën – het moest niet al te dol worden.

Waterland nodigde hem opnieuw aan zijn tafel uit. 'En neem iets te drinken van me.'

Met een maximum aan reserve pakte Otto alsnog een stoel. Hij koos voor spa rood. Van alcohol had hij z'n bekomst.

'Spaatje en een pils, Kees.'

'Dat is dan van de zaak,' zei Kees, 'want ik heb niet elke dag iemand binnen die een prijs heb gewonnen. Dat moeten we vieren. Toch?' Kees maakte onmiddellijk een begin met die feestelijkheden door een doorrookte horecalach z'n café in te mitrailleren.

Waterland de winnaar. Otto had het al verwacht, maar had toch even tijd nodig om de slag te boven te komen.

'Jij hebt de prijs?' Hij wilde het de ander horen beamen.

De hypocriet trok zijn schouders op en trok een gezicht alsof hij het ook niet kon helpen.

'Geurts maakte het bekend, buiten op het Rokin. En ik keek ernaar, hier bij Kees.'

Kees knikte gewichtig. Waterland hief het glas. Otto deed uit tactische overwegingen hetzelfde. De volle glazen ketsten. Otto voelde zich hol worden van zelfverloochening. Proosten met Wee, hij! Collaboratie zou nooit meer hetzelfde zijn.

'Nou heb je nog steeds niet verteld wat je door de zaal riep,' zei Waterland.

'Ik zei alles wat je al weet.'

'Aha. En wat mag ik dan wel weten?' Waterland klonk spottend, maar niet spottend genoeg om met goed fatsoen agressief te kunnen reageren.

Otto had zijn glas weer op tafel gezet.

'Dat jij verantwoordelijk bent voor die bommelding.'

Zijn *j'accuse* maakte helaas niet veel indruk. Waterland produceerde een blazend lachje. Kees had de televisie uitgezet.

'Ik zat in de zaal,' zei Waterland geamuseerd. 'Hoe kan ik dan tegelijkertijd een dreigtelefoontje plegen? Met de GSM van Zegel soms?' Hij wendde zich tot Kees. 'Hoor je dat? Meneer hier is de bommenlegger op het spoor.'

Van achter de tapkast had Kees het gesprek gevolgd, maar hij leek niet veel van Otto's beschuldiging te hebben begrepen.

'Er is wél een pakkie gevonden,' zei hij. 'Maar dat was dus loos alarm. Dat zeiden ze op tv, net voordat jij hier binnenkwam.' Kees knikte nu naar Otto.

'En daar zou ík dan schuldig aan zijn,' zei Waterland. De prijswinnaar zat zich er allengs vrolijker om te maken. Kees, zichtbare liefhebber van plezier om het plezier, lachte onbekommerd mee.

'Je moet er toch niet aan denken,' zei hij, 'de hele Pan naar de gallemesteinen.' Kees duwde zijn bril omhoog. 'Er was een of andere miep in beeld. Had een bos hout voor de deur waar je heel wat spaanders in zou kunnen hakken.' Mitrailleurlach. 'Ze stond midden op het Rokin, tussen al die pinguïns van de Eurobank. Had helemaal behuilde ogen en zo. Dat pakketje bleek gewoon een tassie met spullen van haar te zijn.'

Otto voelde zich licht in het hoofd. Onschuldig! Hij zou verhaal gaan halen, morgen al. Aanklacht bij de politie tegen de armtrekker uit hun korps. Openbaar excuus, genoegdoening, smartengeld, rehabilitatie... Dankzij dit goede nieuws had hij de moed Waterland alsnog een van zijn drie vragen te stellen. Dat deed hij op gedempte toon; Kees hoefde tenslotte niet álles te horen.

'Wat moest jij met Karin?'

De ander trok een niet-begrijpend gezicht.

'Karin, Karin, Karin...' zei Wee peinzend.

Otto schoot overeind en greep het bloedrode overhemd vast.

'Doe niet alsof je van niks weet. Jij zult Karin niet kennen.'

Hij wist niet waar Kees de snelheid vandaan had gehaald, maar in een mum van tijd was de barkeeper van achter de toog vandaan gekomen en stond met de borst vooruit aan hun tafel.

'Zeg vriend, Ed heeft je net een drankie aangeboden. Houden we het gezellig?'

Otto voelde flutterend de agressie uit zijn lichaam verdwijnen. Gedwee liet hij Waterland los. Hij zocht zijn stoel weer op. Vanuit zijn ooghoeken kon hij zien dat Waterland tóch enigszins geïntimideerd was geraakt. Hij frunnikte beduusd aan zijn boord en overhemdknoopjes.

Toen Kees weer achter de bar stond, zei Otto: 'Ze heet Karin van Hall.'

Waterland had zich al weer hersteld.

'O, Karin.' De toon was: zeg dat dan meteen. 'Is dat jouw vrouw? Zijn jullie getrouwd? Ik heb er nooit bij stilgestaan dat ze wel eens getrouwd kon zijn. Dat heeft ze me ook nooit verteld.' Hij hief zijn wijsvinger. 'Regel één van huize Waterland. Begin nooit iets met andermans vrouw. Karin kende die regel waarschijnlijk. Ik denk dat ze het daarom heeft verzwegen.'

'Ik zal het bij haar navragen,' zei Otto droogjes.

Hij zag een nieuwe confrontatie met Karin aankomen.

'Zijn jullie nog bij elkaar?' vroeg Waterland.

'Waarom vraag je dat? Jij weet alles over mij, dus ook dat. Jij hebt niet alleen m'n vrouw maar ook m'n ideeën gejat.'

Waterland deed alsof hem een licht opging. 'O ja. Je meende je te herkennen in de hoofdfiguur van *Het hart*. Zoiets hoorde ik van Zegel.'

Otto lachte bitter. 'Meende te herkennen. Méénde? Jij hebt m'n romanidee en meteen maar m'n hele leven geannexeerd. Schrijverscrisis, radiowerk, isolement. Alles.'

Waterland trok een gezicht zoals schrijvers trekken tijdens lezingen in de provincie.

'Ik heb ooit overwogen om te stoppen met schrijven,' zei hij op docerende toon. 'Dat moet jij weten. Dat heeft Arnoud Zegel je volgens mij ooit verteld.'

Otto maakte een snuivend geluid.

'Niemand vertelt mij ooit iets. Ik weet niks,' zei hij ferm, maar begon tegelijkertijd te twijfelen. Er stond hem vaag bij dat Zegel zich inderdaad eens zoiets had laten ontvallen. Maar Otto nam geen woord terug.

'Ik ben terechtgekomen in jouw miserabele roman. En dat vergeef ik je nooit.' Met enige voldoening zag hij dat Waterland zich begon te ergeren.

'Het is fijn voor je dat je jezelf zo'n rol van belang toedicht, maar ik moet je teleurstellen,' zei Waterland. 'Ik heb heel veel van mezelf in die hoofdfiguur gestopt. Die ik blijft natuurlijk van papier, maar als het íemand moet zijn, dan toch ikzelf. Dat moet je natuurlijk niet te letterlijk nemen. Ik heb die hoofdfiguur bijvoorbeeld in Buitenveldert gestationeerd. Dat vond ik om de een of andere reden wel bij hem passen. Ikzelf heb daar nooit één voet gezet.'

'Daar woon ík dus.' Otto keek strak naar het Perzisch tafelkleed.

'Ach. Jíj, in Buitenveldert? Meen je dat nou?'

'Ja, dat meen ik. Hou je nou maar niet van de domme. Karin zal je heus wel hebben verteld waar ze woont. Nou, waar zij woont, woon ik ook.'

'Dat heeft ze dus níet verteld,' zei Waterland. 'We zijn ook nooit bij elkaar thuis geweest. Nooit geweten waar ze woont. We wisten eigenlijk nauwelijks iets van elkaar.'

Otto wendde zijn blik af. Dit hoefde hij allemaal niet te horen. Nooit bij elkaar thuis geweest... Hij zag beelden voor zich van een broeierig rendez-vous in een gelikt vijfsterrenhotel, waar Waterland op haar wachtte in de lobby of, nog erger, de hotelbar, whiskey-cola voor z'n snufferd. Karin die daar binnenkwam, zonnebril op, want ze mocht eens herkend worden. Lift naar boven, zonder enige bagage de smetteloze hotelkamer in – en daarna de rest. Walgelijk. Waterland schrééf dus niet alleen veredelde *airport-novels*, hij lééfde er ook naar. Otto verbeet zich. Dat zíjn Karin zich tot dergelijke ontmoetingen had laten overhalen.

Los daarvan zat Waterland gewoon een stevig potje te liegen.

'Jij nooit in Buitenveldert geweest? Kom nou. Ik heb je er toch zelf gezien.'

Dit vond Waterland zo te zien zeer vermakelijk. 'Wat weet jij toch veel van mij, Vallei. Meer dan ikzelf.'

Otto was bijna weer opgesprongen. Maar van achter de bar hield Kees hem nog steeds in de gaten.

'Ik heb je daar gezien. En jij mij ook. Op dat fietspad. Op een zondag.'

Waterland zette grote ogen op. Deze keer was de verbazing op zijn gezicht zó duidelijk dat Otto er onzeker van werd. Misschien acteerde Waterland helemaal niet.

'Jezus, de fietspadscène...' Waterland slaakte een zucht. 'Zeg, jij neemt die hele roman van mij wel érg letterlijk hè. Je hebt het nu over de meest, hoe zal ik het zeggen, fabuleuze scène die ik ooit heb geschreven. Kun jij, jij die zelf schrijver bent –'

'Ex-schrijver,' verbeterde Otto, en voelde dat hij er nuffig bij keek. Hij vroeg zich af wat Waterland bedoelde met die fietspadscène. Zat er zo'n scène in *Het hart*? Daar had ie dan overheen gelezen.

'Goedgoed,' zei Waterland ongeduldig. 'Ex-schrijver. Wat ik wil zeggen is dit: kun jij nou niet aanvaarden dat ik voor dat boek van mij wel eens iets kan hebben *verzonnen*? Ooit heb ik overwogen om te stoppen met schrijven. En daar heb ik dus een roman over geschreven. En als jij' – Waterland wees nu naar Otto met een beschuldigende vinger – 'als jij blijft volhouden dat jij model hebt gestaan voor mijn hoofdfiguur, dan denk je dus in feite dat jij mij bent.'

Ondanks alles schoot Otto even in de lach. Dit was de wereld op z'n kop.

'Onzin. Jij hebt je met ziekelijke volharding in míj verplaatst. Wie werkt er bij de radio? Jij niet, ík. Wie wordt er verramsjt? Ik!'

Dat laatste flapte eruit. Otto stond versteld van zichzelf. Hij had zojuist niet alleen bekend dat zijn boeken zouden worden verramsjt maar had zich er zelfs op laten voorstaan. Gek genoeg werkte het bevrijdend.

'Jij lijkt helemaal niet op je eigen hoofdfiguur,' voegde hij eraan toe.

'O nee? Hoezo niet?' Nu klonk Waterland niet meer spottend.

‘Jij wordt herdrukt. Jij komt te pas en te onpas op tv. Jij bent niet bang.’

Grimas van Waterland. ‘Ach. Ik ben niet bang. Daar ben jij blijkbaar honderd procent zeker van. En waarvóór ben ik niet bang, Otto?’

Ja, waarvóór was Waterland niet bang? Hij wist het niet; wist inderdaad niet goed hoe de ander in elkaar stak. Otto zuchtte even. Dit gesprek verliep anders dan hij het zich had voorgesteld. De één beriep zich op verramsjing, de ander op zijn angsten. In feite boden ze tegen elkaar op door te zeggen hoe klein en zwak en *menselijk* ze waren. Misschien was dát het: ze wilden niet voor elkaar onderdoen in levensechtheid.

Waterland raakte ontstemd. ‘En waarom zou ik eigenlijk tegenover jou verantwoording over mijn boek en mezelf moeten afleggen? Ik ben schrijver, ik ben niemand iets verschuldigd en heb niemand iets misdaan.’

‘O nee? En al mijn collega’s dan bij Chaos en Rumoer? Ze voelen zich allemaal door jou misbruikt. Geen redacteur die jou nog in ons programma wil.’

Waterland was terug in zijn rol en hing weer de vermoorde onschuld uit.

‘Grappig is dat toch,’ zei hij. ‘Sinds de verschijning van *Het hart aan de rand van de stad* heeft geen enkel cultureel radioprogramma me meer gevraagd. De halve radiowereld denkt dat ik uitgerekend hún prachtprogramma heb geportretteerd. Dat betekent maar één ding: ik heb mijn werk goed gedaan.’

Otto hief bij wijze van ironische felicitatie zijn glas. Waterland negeerde dit gebaar.

‘Stel, je hebt gelijk,’ zei hij. ‘Als jij werkelijk mijn hoofdfiguur bent, dan kan ik dus alles met je doen wat ik wil. Ik kan besluiten om je nú te laten weggaan. Om je te laten stoppen met kankeren op mij. Om je’ – Waterland lachte fijntjes – ‘een bom te laten leggen.’

‘Is dat een dreigement?’ vroeg Otto, en gluurde naar de tapkast. Kees volgde nu het kaartspel van de vier zestigers.

Waterland leunde achterover. ‘Dreigement? Welnee, het is juist een bevrijding. Begrijp je dat dan niet? Ik ontlast je van al je ongenoegens. Ik verklaar hierbij plechtig dat jij niet bent wie je denkt dat je bent. Is dat geen opluchting? Of *wil* je graag die ander zijn?'

Otto zocht naar woorden. *Hij* hoorde hier de vragen te stellen.

'Ik denk dat je nergens over in hoeft te zitten, Otto,' zei Waterland op geruststellende toon. 'Want wat heb je eigenlijk te klagen? Het eindigt toch allemaal bijzonder voorspoedig? Ik bedoel, als je écht denkt dat jij die ander bent, dan loopt het goed met je af.'

'Is dat zo?' zei Otto. Ondanks zichzelf klonk hij hoopvol. Het was natuurlijk stom geweest om nooit het einde van *Het hart* te willen lezen. Zo verloor zijn beschuldiging aan kracht.

'Natúúrlijk!' zei Waterland nu enthousiast. 'Hij gaat toch gewoon weer schrijven?'

Otto voelde het bloed naar zijn hoofd schieten. 'Gewoon weer' schrijven – dát aspect van het romaneinde hadden Riekje en de anderen hem tijdens die ingrijpende vergadering niet verteld. Zo'n ontknoping opende perspectieven. Wég bij Chaos, wég van al die cultuurdrab, terug de schrijfcel in. Hij raakte al opgewonden bij het idee.

'Wie gaat er gewoon weer schrijven?' vroeg hij voor de zekerheid.

Maar Waterland had zijn aandacht verloren. Zijn blik was afgedwaald; hij boog zich over de cafétafel en keek van achter de vitrage naar buiten. Op het Spui had het oploopje bij de nieuwscorner de aandacht getrokken van een cameraploeg die kennelijk bij gebrek aan nieuws op het Rokin de omgeving was gaan verkennen. Toen Waterland de tv-ploeg in het oog kreeg, schoof hij in één beweging zijn stoel naar achter en wendde zich van het raam af. Bijna tegelijkertijd deed Otto instinctief hetzelfde. In een flits wisselden zij een blik van verstandhouding. Zó hadden ze elkaar nog niet bekeken. Het moment had zó kort geduurd dat de één het had kunnen ontkennen als de ander erover was begonnen.

'Wie gaat er weer schrijven?' vroeg hij nog een keer.

Waterland reageerde verstrooid. 'Wat? O, mijn hoofdfiguur natuurlijk, wie anders?' Met een onbestemd lachje voegde hij eraan toe: 'Jij dus, als je dat wilt.'

'Ik dus,' herhaalde Otto ongemakkelijk. Het was langgeleden dat hij in verband was gebracht met de daad van het schrijven. Het voelde aan alsof hij was betrapt op een intimiteit. Hij had het onprettige vermoeden dat de ander aan hem kon zien dat hij nu met een bijna huilerig heimwee aan zijn jaren als schrijver dacht. Hij broedde op een scherpe, ironische, afstandvergrotende opmerking, maar net toen hij er een meende te hebben gevonden, legde Waterland een hand op zijn arm.

'Waarom doe jij niet hetzelfde?' stelde hij voor. 'Je stopt met dat radiocorvee en begint weer met schrijven. Je schrijft een roman over wat er volgens jou met je is gebeurd nadat je had besloten te stoppen met schrijven. Kennelijk heb jij meegemaakt wat ik heb verzonnen. Een prachtig gegeven.'

'Dan mag ik zeker overdoen wat jij al hebt gedaan. Dank je beleefd.'

'Nee! Ik heb het over *jouw* verhaal. Over de man die zichzelf terugziet in andermans verhaal. Doe het desnoods onverbloemd autobiografisch. Schrijf het in de ikvorm. Of noem je hoofdfiguur...' – Waterland maakte een gebaar alsof hij overal confetti strooide – '...noem hem desnoods Otto Vallei.'

Otto tikte zich op het voorhoofd.

'En dan nóg eens op het schavot? Nooit.'

Waterland zuchtte. 'Stel je niet aan. Je hebt een ónderwerp. Waarom begin je er niet gewoon aan? Gun jezelf zes maanden, en als er in die tijd niets van de grond is gekomen, dan geef je het op en leg je het weg. Zo doe ik het tenminste altijd. Waarom probeer je het niet? Als het na die zes maanden niet blijkt te lukken, ga je gewoon weer wat anders doen.'

Otto kon de reacties van Berend en de anderen voorspellen. Een halfjaar verlof om Waterlands annexatie na te apen. Het was mesjogge, het was de kar achter de wagen, het was... Nou ja, het was beter dan niets.

'En hoe eindig ik dat boek dan? Zeker met een bommelding,' zei hij, en trok een vies gezicht.

'Bijvoorbeeld,' antwoordde Waterland onverstoorbaar.

'Dan moet ik wél een plot hebben,' zei Otto. 'Want wie is er verantwoordelijk voor die bom?'

Waterland haalde zijn schouders op. 'De schrijver. Dat spreekt voor zich.'

Otto boog over tafel. '*Welke* schrijver dan?' vroeg hij, maar juist toen Waterland antwoord wilde geven, kwam Kees tussenbeide.

'Ed, let je even op? Ik geloof dat we bezoek krijgen.' Kees wees naar buiten.

'Jezus!' Waterland schoot overeind. De cameraploeg had de nieuwscorner verlaten en kwam nu in de richting van Ruyters. Iemand had Waterland ontdekt, dat was duidelijk. Een opgewonden meute volgde de cameraploeg.

'Is hier een achteruitgang?' riep Waterland naar Kees. Hij was al opgestaan en wilde naar de toiletten lopen. Ook Otto was opgeveerd.

Kees keek sip. 'Ben bang van niet, jongen.'

De deur zwaaide open.

'*Daar is de winnaar!*' Een kluwen mensen rolde naar binnen, de cameraman voorop.

In één seconde veranderde alles in het gezicht van Ed Waterland. Hij leek alsnog te accepteren dat er een camera op hem zou worden gericht. Zijn gezicht verstrakte tot een masker dat wezenloze beminnelijkheid uitstraalde.

Otto vergaapte zich aan de gedaanteverwisseling. Hij herkende dit gezicht. Hij glipte voor de menigte langs en kwam pal voor Waterland te staan.

'Jij was het wél,' zei hij, en hoorde zichzelf uitademen.

Waterland keek verstoord opzij. Het masker vertoonde een barstje.

'Jij was het. Op dat fietspad. Ik zág je toch.' Otto bracht zijn gezicht vlak bij dat van de ander.

Ineens had Waterland hem bij zijn schouders vast. Otto liet zich willoos door elkaar schudden maar begreep niet door wie, want Waterland had hem al weer losgelaten. Tegelijkertijd merkte hij tot zijn schrik dat zijn handen Waterlands schouders hadden beetgepakt. Die schouders gingen heen en weer. Dat deed hij.

Dat deed hij níet. Net op tijd had hij de ander losgelaten.

Ja, hij was los.

'M'neer, kunt u even opzij gaan?' Een geluidstechnicus met een hengel stond schuin achter hem en gaf hem een por in z'n ribben. Meteen daarop werd hij door twee, drie man in zijn rug geduwd. 'Zeikerd, donder eens op. Wij willen de winnaar spreken.'

Iemand wees naar hem.

'Hé! Dat is die mafkees die de Pan bij elkaar stond te gillen.'

Otto wrong zich door het cafépubliek.

'Hou die eikel tegen!'

Bij de cafédeur heerste grote verwarring over wie nu wie moest tegenhouden, zodat Otto kans zag om zich sneller dan hij had durven hopen door het gedrang naar buiten te werken. Buiten begon hij niet te rennen. Dat hoefde niet, want niemand kwam hem achterna. Iedereen in het café werd geheel in beslag genomen door de aanwezigheid van de prijswinnaar.

Via een korte omweg liep Otto terug naar het Rokin. Niets herinnerde nog aan alle onrust eerder op de avond. Het Pantheon was weer vrijgegeven. De hotellobby was verlaten, er viel geen smoking of avondjurk meer te bekennen. Voor de ingang stond een portier in een jasje met epauletten. Hij tikte verveeld met de neus van zijn schoen tegen de glazen hoteldeur.

Otto wist dat hij een risico nam. Als zijn naam nog niet was gezuiverd en hij nog steeds ergens van werd verdacht – wijzen, schreeuwen, achterlating van een verdacht slagschip –, dan keerde hij nu terug naar plek van de misdaad. Maar op die plek, schuin tegenover het hotel, stond zijn fiets, een nieuwe. Die had hij nodig; hij wilde een triomftocht maken door de stad.

Onderweg werd hij groter dan hij ooit had durven dromen, groter dan alle plannen die hij inmiddels had. In de binnenstad hing zijn naam als lichtreclame boven de gevels. Otto fietste en zei zachtjes dank. Het was over twaalven, en eenmaal buiten het hart van de stad was het stil op straat, maar toch klonk overal waar hij kwam een daverende ovatie, die hem bij iedere slag op de pedalen bleef begeleiden. Hij was een ster. Amsterdam was een circuspiste en hij voerde een wereldact-met-fiets uit. Die act zou heel wat tijd in beslag nemen. Zes maanden op z'n minst. En hijzelf als hoofdfiguur? Misschien. Nee, níet misschien. Zeker.

Maar als zijn held zijn naam zou dragen, dan moest er een ándere schrijversnaam worden bedacht. Een schrijver en hoofdpersoon met een en dezelfde naam, dat gaf maar verwarring. Nee, hij moest op zoek naar een onvergetelijk pseudoniem. Wég met zijn eigennaam. Schrijver Vallei mocht dan verkommeren in helse dumpcatacomben, romanheld Vallei nam een voorschot op onsterfelijkheid.

Dat onvergetelijke pseudoniem bestond natuurlijk al. Hij zou de naam stelen, precies zoals hij zelf was bestolen. Waterland zou paf staan. Oog om oog. Goed, Otto zou het schrijven, maar de ander zou ervoor opdraaien. Hij twijfelde niet langer; hij zou zijn roman publiceren onder de naam van zijn berover.

De nieuwe Ed Waterland.

Voorbij Amsterdam-Zuid en binnen de grenzen van Buitenveldert zag hij in dat naamsmisbruik te ver zou gaan. Waterland zou hem voor het gerecht slepen. Maar íets van die naam zou hij laten doorklinken.

Ed Waterland. Mm, mm-mm-mm. Een variant moest niet moeilijk te vinden zijn. Kwestie van even puzzelen, thuis.

Hij kon niet wachten om Karin over zijn plannen te vertellen. Ze was vast nog wakker. Ze zou stralen bij het zien van zijn vermoeide, waarschijnlijk lijkbleke gezicht. Aan één woord genoeg.

Hij nam zich voor om geen ruzie te maken over de nieuwe bijzonderheden omtrent haar ontrouw en bedrog. Hij wilde haar vergeven.

Hij wilde ook de anderen vergeven. Ook Zegel, ook Waterland. Hij wilde iedereén vergeven. Hij wilde zovéél. Hij wilde: stil huis, mooi daglicht, lege dagen, eigen hoofd.

Hij wilde beginnen.